i No. 40
Fiction

記憶碎片

splitter

Sebastian Fitzek
瑟巴斯提昂·費策克
姬健梅 譯

生命中最悲慘的遭遇，真有可能完全自記憶中根除？
如果在根除記憶的過程中出了差錯，人生又會如何變化？

獻給克雷門斯

「你覺得怎麼樣？」

「嗯，我覺得，怎麼說呢……需要一點時間習慣？」

「說它醜得要命還比較貼切。」

「別人送妳的嗎？」

「不，我買的。」

「不會吧，妳花了錢在這東西上？」

「對。」

「妳花錢買一盞裝電池的淺藍色海豚小夜燈？一盞連妳自己都嫌醜的燈？」

「醜得要命。」

「好吧，那就解釋給我聽。如果這是女人的邏輯，那我實在不懂。」

「過來一點。」

「我幾乎已經躺在妳身上了。」

「再靠過來一點。」

「可別說妳打算在我們親熱的時候用上這盞燈。」

「胡說。」

「嘿，怎麼了？妳幹嘛突然這樣看著我？」

「答應我……」

「什麼事？」

「答應我，你會永遠留一盞亮著的燈。」

「我……我不太明白妳的意思。難道妳突然怕起黑來了嗎？」

「不是的，可是……」

「可是什麼？」

「嗯，我想過，萬一你出了什麼事，我會多麼難以承受。別動，等一等，留在這兒，我想緊緊抱住你。」

「怎麼了？妳在哭嗎？」

「聽我說，我知道這話聽起來有點瘋狂，可是我希望跟你約定一件事。」

「什麼事？」

「要是我們當中有一個人死去——別急，讓我把話說完——那麼先走的那個人應該給對方留個信號。」

「把這盞燈打開？」

「好讓我們知道，儘管如此，我們也並不孤單，知道我們惦念著彼此，就算我們看不見對方。」

「寶貝，我不知道這是否……」

「噓！你可以答應我嗎？」

「好吧。」

「謝謝。」

「是因為這樣，所以這玩意兒才這麼醜嗎？」

「醜得要命。」

「沒錯，看來妳很會挑。我們絕不會不小心點亮這個怪物。」

「所以你答應我囉？」

「當然，親愛的。」

「謝謝。」

「可是我們會出什麼事呢？」

碎片

若非真實，即是夢幻，沒有什麼模稜兩可的東西。

電光合唱團（Electric Light Orchestra）*Twilight*

為達目的可以不擇手段。

生活智慧

01

今天

馬克．魯卡斯猶豫著。他伸出骨折那隻手唯一還完好的指頭，擱在老舊門鈴的黃銅按鈕上，好一會兒之後，才提起勁來按了下去。

他不知道現在幾點了，這幾個鐘頭以來，他所受的驚嚇也剝奪了他的時間感。不過，在這遠離塵囂的森林裡，時間似乎不具意義。

十一月的冷冽寒風和下了幾個小時的雨雪稍微和緩，就連月亮都暫時從散開的雲層後面發出朦朧的光，在這個又冷又黑的夜裡，月亮是唯一的光源。沒有跡象顯示這棟爬滿長春藤的兩層樓木屋裡住著人，就連屋頂尖端那座嫌大的煙囪看來也並未使用。馬克也不曾聞到壁爐中燃燒的柴火所發出的特有香氣，今天上午，在醫生家裡，把馬克喚醒的就是那股香氣。上午十一點多，他們第一次帶他到森林裡來見這位教授。當時他就覺得自己病了，病得命在旦夕，然而，在那之後，他的情況更是急遽惡化。

就在幾個鐘頭之前，從他的外表還幾乎看不出衰敗的現象。此刻血從他的嘴巴和鼻子流出來，滴在他髒兮兮的運動鞋上，碎裂的肋骨在他呼吸時互相摩擦，而他的右臂軟軟地垂在體側，像個沒上緊螺絲的零件。

馬克．魯卡斯再次按下那個黃銅按鈕，還是沒有聽見叮咚、叮噹或是嗡嗡的鈴聲響起。他往後退了一步，抬頭望向陽台。陽台後面是臥室，白天從那兒可以看見屋後那座小小的林中湖泊，美得令人屏息。無風的時候，湖面宛如色暗而光滑的一片窗玻璃，假如有人扔進一塊石頭，就會裂成千百個碎片。

臥室裡還是一片漆黑，就連那隻狗也沒有叫，馬克忘了牠的名字。他也沒有聽見一般人半夜從睡夢中被吵醒時，通常會從屋裡傳出的各種聲響，沒有人打著赤腳跑下樓梯，沒有人穿著室內拖鞋踢踢答答地走在地板上，拖鞋的主人也沒有緊張地輕聲咳嗽，試著用一點口水把散亂的頭髮撫平。

儘管如此，當門突然開啟，像是被一隻看不見的手給打開，馬克也絲毫不覺得納悶。這幾天以來，他碰到太多無法解釋的事，乃至於他沒花半點腦筋去想，這位精神科醫生怎麼會服裝整齊地站在他面前，身穿西裝，領帶打得中規中矩的，彷彿他一向是在夜裡看診。說不定他是在這棟曲曲彎彎的小屋的後半部工作，研讀舊的病歷資料或是哪一本厚重書籍，屋裡到處散放著探討神經心理學、精神分裂、洗腦以及多重人格的書，雖然這許多年以來，他的工作只限於以專家的身分提出鑑定報告。

馬克也沒有多想，為什麼從放置壁爐的房間裡透出來的亮光，直到此刻才透到外面來。那道光線被櫃子上方的鏡子反射出來，有一瞬間，教授的頭上彷彿頂著光環。接著那位老人向後退了一步，而那圈光環就消失了。

馬克嘆了口氣，筋疲力盡地用沒受傷的肩膀倚著門框，舉起那隻骨折的手。

「拜託……」他央求著：「你得要告訴我。」

說話時，他的舌頭碰到鬆動的門牙，他咳了起來，一小滴血從他鼻子裡落下來。

「我不知道我出了什麼事。」

醫生緩緩地點點頭，彷彿要移動頭部對他來說很困難。換做是其他任何人，看到馬克這副模樣都會嚇一跳，可能會害怕地把門關上，不然至少會馬上去叫救護車。然而尼可拉斯・哈博蘭德教授沒有這麼做，他只是站到一旁，用憂鬱的口吻輕聲說：「很抱歉，你來得太晚了。我幫不上你的忙。」

馬克點點頭，這個回答在他預料之中，而他也已經做好了準備。

「恐怕你別無選擇！」他說，從他那件破爛的皮夾克裡掏出了槍。

02

教授走在前面，沿著走道往客廳走。馬克緊跟在後，手槍始終抵住哈博蘭德的上半身。他很慶幸老人沒有轉身，不至於察覺他虛弱得隨時會暈厥。馬克才踏進屋裡，就覺得頭暈。在這幾個小時裡，讓他所受到的心理折磨更加難熬的症狀：頭痛、想吐、冷汗直流……頓時全都再度出現。此刻他巴不得抓住哈博蘭德的肩膀，讓自己被拖著走。他疲憊不堪，而那條走道似乎比他第一次來訪時更長，幾乎沒有盡頭。

「聽我說，我很抱歉。」他們走進客廳時，哈博蘭德又說了一次。客廳最顯眼的物件就是一座開放式的壁爐，逐漸微弱的爐火在裡面緩緩燒盡。教授的聲音聽起來很平靜，幾乎帶著同情。「但願你來得早一點，現在時間不太夠了。」

哈博蘭德的眼神不帶一絲表情。如果他心裡害怕，那麼他掩飾得很好，就跟那條老狗一樣。那狗睡在窗前的一個小籐籃裡，他們走進來時，那團土黃色的毛皮連頭都沒有抬起來。

馬克走到客廳中央，拿不定主意地環顧四周。「時間不太夠了？這是什麼意思？」

「看看你自己吧，你的情況比我的屋子還糟。」

馬克對哈博蘭德報以微笑，就連這樣他都覺得疼。的確，這屋子的內部裝潢，就跟屋子座落在森林中一樣不尋常。沒有一件家具跟其他的家具相稱，一個堆了太多東西的IKEA架子，跟一個畢德麥爾時期的典雅櫃子並立，整片地板上幾乎都鋪著地毯，其中一塊一眼就看得出來是浴室用的踏墊，顏色也跟那塊手織的中國絲質地毯不協調。這不禁讓人想起一個雜物間，然而在這些擺設之中，似乎沒有一樣是偶然的，每一件東西都像是過去留下來的紀念品，從放茶具的推車上那具留聲機到那張皮沙發，從那張高背單人沙發到那些麻質的窗簾。彷彿那位教授害怕若是扔掉一件家具，就會失去生命中一個重要階段的回憶。那些醫學專業書籍和雜誌不僅放在書架和書桌上，也堆在窗台和地板上，就連壁爐旁邊的柴籃裡都有，所有雜物都像是互有關連。

「坐下來吧。」哈博蘭德請他坐下，彷彿馬克依舊是個受歡迎的客人。今天上午，他們把不省人事的他放在那張舒適的軟墊沙發上，那些靠墊讓人有在其中淹沒的危險。此刻，馬克最想做的是坐在爐火前，他覺得冷，這輩子他從未覺得這麼冷過。

「要我再添點柴火嗎？」哈博蘭德問，彷彿讀出了他的念頭。不等他回答，哈博蘭德就走到柴籃旁邊，抽出一塊木柴，扔進了壁爐。火焰往上竄，馬克有一股幾乎壓抑不住的渴望，想把雙手伸進火裡，好驅逐他體內的寒意。

「你出了什麼事？」

「嗄？」他需要一點時間來把目光從壁爐移開，再度把注意力集中在哈博蘭德身上。教授把他從頭到腳打量了一番。

「你身上的傷？發生了什麼事？」

「是我自己弄的。」

出乎馬克意料之外，那位年邁的精神科醫生只是點了點頭。「我已經料到了。」

「怎麼說？」

「因為你在自問你到底存不存在。」

這個事實似乎狠狠地把馬克按在沙發上。哈博蘭德說的沒錯，這正是他的問題。今天上午教授還只是含混地暗示，但此刻馬克想要弄個清楚，因此他才再度坐在這張軟軟的沙發上。

「你想要知道你是不是真實的。你把自己弄傷也是出於這個原因，你想要確定你還有感覺。」

「你是怎麼知道的？」

哈博蘭德把手一揮。「經驗。我自己也曾經處於相似的處境中。」

教授看著腕上的手錶。馬克不太確定，但他依稀看見錶帶周圍有好幾道疤痕，看起來不像是刀傷，而比較像是燒傷的痕跡。

「我雖然已經不再正式看診，卻沒有因此失去我的分析能力。可以請問你此刻有什麼感覺嗎？」

「我覺得冷。」

「不覺得痛嗎？」

「痛還可以忍受。我想我受到的驚嚇太深了。」

「可是你不覺得去掛急診會比較好嗎？我這兒連阿斯匹靈都沒有。」

馬克搖搖頭。「我不想吃藥，我只想要確定。」

他把手槍放在茶几上，槍口對著站在他面前的哈博蘭德。

「請向我證明我的確存在。」

教授伸手到後腦，抓了抓那頭灰髮裡髮量稀疏、約有杯墊大小的部位。「你知道談起人和動物之間的差別，一般是怎麼說的嗎？」他指著躺在籃中的狗，牠一邊睡一邊發出不安的呻吟。「差別在於自覺。我們會思索為什麼會有我們，我們什麼時候會死，還有死後會發生什麼事，而動物卻不會費半點心思去想牠到底存不存在於這個世界上。」

哈博蘭德一邊說，一邊朝他的狗走過去。他蹲下來，慈愛地把那毛茸茸的頭捧在手裡。

「泰山甚至不會在鏡子裡認出自己來。」

馬克把一點血從眉毛上擦掉，他的目光移向窗戶，有那麼一瞬，他以為看見了外面的黑暗中有一道光，但他隨即明白那只是壁爐的火光反射在玻璃上。雨想必又下大了，因為窗玻璃外面覆蓋了一層小水珠。過了一會兒，他在窗玻璃上，映照著遠方湖面的漆黑一片中，發現了自己的倒影。

「嗯，我還看得見自己，可是我怎麼知道那鏡子不是在說謊？」

「是什麼讓你自以為有妄想症呢？」哈博蘭德反問。

馬克再度把注意力集中在玻璃窗上的水珠，他的倒影似乎在融化。

嗯，比如說幾棟大樓在我離開之後不久就憑空消失？還有被關在我家地下室的人拿書給我看，在書裡，我可以讀到幾秒鐘之後我會碰到什麼事？對了，還有突然復活的死人。

「因為今天發生在我身上的一切都沒有合乎邏輯的解釋。」他小聲地說。

「噢，不，解釋是有的。」

馬克猛地轉過身來。「什麼樣的解釋？請你告訴我。」

「恐怕我們沒有時間了。」哈博蘭德又看看他的錶，「在你徹底從這裡消失之前，我們沒剩下多少時間了。」

「你在說什麼？」馬克問，從茶几上拿起他的槍，站了起來。「你跟他們是一夥的嗎？你也插了一腳嗎？」他把手槍對準這位精神科醫生的頭部。

哈博蘭德防衛地向他伸出雙手，「事情不是你想的那樣。」

「是嗎？你怎麼知道？」

教授同情地搖搖頭。

「說！」馬克大喊，脖子上青筋畢露。「你知道哪些關於我的事？」

哈博蘭德的回答讓他無法呼吸。

「一切。」

爐火旺了起來，馬克不得不看往別處，突然之間，他的眼睛不再能忍受那片光亮。

「我知道一切，馬克。而你也知道，你只是不願意承認。」

「那……」馬克眼泛淚光。「請你告訴我，這是怎麼回事？」

「不，不。」哈博蘭德懇切地把十指交叉，像是在禱告。「這樣是不行的。相信我，認知若不是出於內心，就毫無價值。」

「這根本就是鬼扯！」馬克大聲咆哮，然後暫時閉上眼睛，把注意力集中在疼痛的肩膀上。他先嚥下凝聚在嘴裡的血，才又往下說：「馬上告訴我這是怎麼一回事，否則我向上帝發誓，我會殺了你。」

此刻他不再瞄準教授的頭部，而是對準了他的肝臟。就算他沒打準，子彈還是會摧毀攸關性命的重要器官，就算有人前來營救，趕到這裡時也來不及了。

哈博蘭德不動聲色。

他們無言地凝視對方，好一會兒之後，教授說：「好吧，你想知道真相？」

「對。」

教授在那張高背沙發上緩緩坐下，把頭偏向壁爐，爐火仍在熊熊燃燒，他的聲音成了幾乎聽不見的低語，「你曾經在聽過一個故事之後，但願自己從未得知故事的結局嗎？」

他轉身面向馬克，同情地看著他。

「別說我沒有警告過你。」

03

十一天之前

有一種人為預感所苦。他們站在馬路邊上，看見一輛汽車駛過，而他們停下了所有的動作。那輛汽車並不顯眼，既不是剛洗乾淨，也不特別髒。駕駛人也跟那些每天從旁經過的無名臉孔沒有差別，他既不太老也不太年輕，既沒有緊張地握緊方向盤，也沒有一邊講電話還一邊吃東西。他只是微微超速，以配合路上其餘車輛的速度。沒有災難即將發生的預兆，然而還是有幾個人轉過頭去——基於事後他們無法向警方說明的理由——凝視著那輛汽車的背影，時間點早在他們看見那名幼稚園教師之前，她正在提醒那些稚嫩的學生過馬路時要手牽手。

馬克．魯卡斯也屬於這種「能感覺到命運的人」，他太太珊德拉總是這麼叫他，儘管這種能力在他身上不像在他弟弟身上那麼明顯，否則他也許就能阻止六個星期前發生的那場悲劇，那是場惡夢，而就在這一秒，那場惡夢似乎就要重演。

「別動，再等一下！」他仰起頭，對上方那個女孩喊。

那個十三歲的少女快凍壞了，她站在五公尺高的跳水板前端，雙臂抱住在薄薄的泳裝下清晰可見的肋骨。馬克不確定是那股寒意讓她打哆嗦，還是往下跳的恐懼令她膽顫。站在水放乾了的泳池裡，從他所站的位置，他無法分辨何者為是。

「去你的，馬克！」茱莉亞對著她的手機大喊。

馬克不知道那些人怎麼會注意到跳水板上這個瘦削的女孩，畢竟這座位於新科恩區的市立游泳池早在幾個月前就關閉了。茱莉亞想必是引起了一個路人的注意，而那人打電話到消防隊報警。

「去你的，你快滾！」

她俯身向前，看著下方，像是在骯髒的磁磚地上找一塊適合墜落的地方，在一灘水和一堆落葉之間的某處。

馬克搖搖頭，把手機改壓在另一隻耳朵上。「不，我不走。我可不會錯過這個機會，寶貝。」聽見有人在他背後竊竊私語，他朝消防隊的小隊長瞄了一眼，那人帶著四名隊員和一個救生墊在泳池旁邊待命，一副已經後悔叫他來幫忙的表情。

他們在茱莉亞的牛仔褲口袋裡找到了他的電話號碼，她把牛仔褲跟身上的其他衣物整整齊齊地疊放在通往跳板的梯子旁。她今天穿著她逃家時所穿的泳裝，那年夏天，當她那個吸毒成癮的繼父又躲在湖邊等她出現時，她也穿著同一件泳衣。

馬克又把頭往後仰，跟茱莉亞不同，他頭上已經沒有會被風吹亂的頭髮。在中學畢業後不久，他額角禿髮的情形就明顯到理髮師勸他乾脆剃個光頭，那已經是十三年前的事了。如今他過著每星期要喝掉上百杯咖啡的生活，偶爾在地鐵上會有陌生女子向他微笑，但那只是因為她誤信男性雜誌上的謊言，宣稱眼袋、額上的皺紋、沒刮乾淨的鬍子跟其餘的老化現象是性格的表徵。

「你在說什麼鬼話？」他聽見她在問。她氣呼呼的，吐出的空氣冒著白煙。「什麼機會？」

柏林的十一月以驟然來襲的寒流出名，馬克自問茱莉亞死於墜地還是肺炎的機會比較大。他自己的穿著也完全不恰當，不僅是不適合這樣的天氣，他認識的人裡頭，沒有人還穿著磨破的牛仔褲跟破球鞋到處跑，不過他們當中也沒有人從事跟他相同的工作。

「如果妳現在往下跳，我就會想辦法把妳接住。」他喊。

「那樣我們兩個都會完蛋。」

「有可能，不過更有可能的是，我的身體會消減妳跳下來的力道。」

十分鐘前，茱莉亞准許他下到那個骯髒的泳池裡，這是個好兆頭。她威脅那些消防隊員，假如他們把救生墊扔進沒水的泳池，她會馬上一頭往下跳。

「妳還在發育，關節還很柔軟。」

以她的吸毒量，他不確定這話是否正確，不過在此刻，這話聽起來很有說服力。

「這些鬼話又是什麼意思？」她吼了回來。

現在就算沒有手機，他也能聽到她說的話。

「如果妳現在不幸掉下來，往後的四十年，妳全身就只剩下舌頭能動，直到有一天，幫妳排出體液的哪根管子塞住了，妳因為感染、血栓形成、或中風而蹺辮子。妳想要這樣嗎？」

「那你呢？你想要死掉嗎？在我摔到你身上的時候？」

茱莉亞帶有喉音的聲音聽起來不像個十三歲少女，街頭的污泥彷彿沾在她的聲帶上，她的聲音洩漏出她靈魂的真實年齡。

「我不知道。」馬克老實地回答。接著他屏住了呼吸，一陣風攫住了茱莉亞，讓她往前搖晃，但她用手臂保持了平衡。

到目前為止，保持住了。

這一次馬克沒有回頭去看身後那群驚聲尖叫的人。從聲量的大小來判斷，除了警方和消防隊之外，又多了好些看熱鬧的人。

「不管怎麼樣，我其實也有理由往下跳，跟妳一樣。」

「你只是隨便亂說，想讓我不要跳下去。」

「是嗎？茱莉亞，妳到『海灘』來有多久了？」

馬克喜歡那些流落街頭的孩子替他在哈森海德的辦公室所取的名字。海灘。這個名字聽起來很樂觀，而且的確很適合那些日復一日，被命運的波浪沖進他辦公室的漂流者。那個中心當然另有正式的名稱，不過就連市政府的檔案也早就不再稱呼它為「新科恩區青少年輔導中心」了。

「我們認識多久了？」他又問了一次。

「誰曉得。」

「已經一年半了，茱莉亞。在這段時間裡，我跟妳說過什麼鬼話嗎？」

「我不知道。」

「我對妳說過謊嗎？我有試過去通知妳的家長或是老師嗎？」

她搖搖頭，至少從下面看上去，他覺得她在搖頭。她烏黑的頭髮披在肩膀上。

「我有告訴過任何人，妳在哪裡掙錢，還有妳睡在哪裡嗎？」

「沒有。」

馬克知道，假如茱莉亞現在往下跳，他就必須替自己辯解他為什麼這樣做。然而，他若能成功地阻止這個有毒癮的少女自殺，那麼全要歸功於他在之前這好幾個月裡，贏得了她的信賴。他不怪那些不明白的人，像是他的朋友，直到今天，他們仍然不懂，他為何把自己的法律專業浪費在這些他們稱之為「社會渣滓」的人身上，而不去一家大型法律事務所賺大錢。

「你有六個星期不在。」茱莉亞倔強地說。

「聽我說，我不是妳，妳的世界不是我生活的世界。我也有我的問題，而目前我的問題是那麼嚴重，換做是其他人，也許早就結束自己的生命了。」

茱莉亞又在上面舞動雙臂。從下面看上去，她的手肘彷彿弄髒了，但馬克知道那個深色的痂是她自己弄出來的傷疤。這不是頭一回有女孩自殘，有些孩子用刮鬍刀割傷自己，為了至少能感覺到一點什麼，而這些孩子是「海灘」的常客。

「發生了什麼事？」她小聲地問。

他小心地摸摸後頸上貼著的紗布，最慢後天就得再去換藥。「這無關緊要，我的麻煩也減輕不了妳的麻煩。」

「阿門。」

馬克微微一笑，朝他的手機瞥了一眼，手機顯示有一通來電。他轉向側面，注意到一個身穿黑色風衣的女子，她睜大了眼睛，從泳池邊上凝視著他。這位警方的心理學家顯然剛剛抵達，而且不怎麼贊同他的處理方式。一位年紀較長的男士站在她身後，身穿一套昂貴的斜紋西裝，和藹地向他揮手示意。

馬克決定不理會這兩個人。

「妳還記得我跟妳說過的話嗎？當妳第一次戒除毒癮，因為太過痛苦而想要中斷的時候？有時候去做對的事情……」

「……感覺上像是錯的。對啦，對啦，我現在就把這句蠢話當做是放屁。可是你知道嗎？你錯了。活著不只是感覺上像是錯的，那根本就是錯的。你這些蠢話已經阻止不了我……」

茱莉亞向後退了兩步，看起來像是想要助跑。

馬克身後的人群失聲驚呼，他對又一通插撥進來的電話置之不理。

「好吧，好吧，那妳至少再等一下子，好嗎？我帶了一樣東西給妳……」

他從外套口袋裡摸出一個小小的 iPod，把音量調到最大，把耳機緊貼著手機的麥克風。

「我希望妳聽得見。」他朝上面喊。

「現在到底是要怎樣？」茱莉亞問，聲音聽起來有點沙啞，彷彿她知道接下來會發生什麼事。

「妳知道的，音樂響起的時候，電影才真正結束。」

這一次他引用了她常說的話。她自願在輔導時間去見他的那寥寥幾次，她堅持在離開之前聽一首特定的歌曲，那成了他們之間的習慣，類似一種固定儀式。

「搖滾小子。」他說。那首歌的開頭聲音太小，幾乎被風聲和手機傳出的雜音所掩蓋。於是馬克做了一件他在青少年時期以後就沒做過的事，他唱了起來。

「Roll on, roll on, rollercoaster.」（轉吧，轉吧，雲霄飛車。）

他往上看，似乎看見茱莉亞閉上了眼睛。然後她往前走了一小步。

「We're one day older and one step closer.」（我們又老了一天，我們又靠近了一步。）

他身後歇斯底里的叫聲更大了，茱莉亞距離跳板的邊緣只有幾公分。馬克繼續唱。

「Roll on, roll on, there's mountains to climb.」（轉吧，轉吧，我們有群山要爬。）

茱莉亞右腳的趾尖已經懸在跳板邊緣外，她還是閉著眼睛，手機拿在耳朵旁邊。

「Roll on, we're...」（轉吧，我們……）

當她正想跨出左腿，馬克就在那一秒停止唱歌。音樂正唱到副歌，茱莉亞的身體顫抖了一下，在前進的動作中僵住，她吃驚地睜開眼睛。

「...we're on borrowed time」（……我們活在借來的時間）好一會兒之後，她輕聲呢喃。圍繞在泳池旁邊的人群變得鴉雀無聲。

他把手機塞進褲袋，設法跟她做目光接觸，喊道：「妳以為妳現在要去的地方會比較好嗎？」

風扯動著他那條牛仔褲的褲管，捲起他腳邊的落葉。

「一切都會比較好，」茱莉亞大聲地回喊：「一切。」

她哭了起來。

「真的嗎？我剛剛在想，在那裡，他們會不會播妳的歌。」

「你真是個王八蛋。」茱莉亞的咆哮變得嘶啞。

「是有可能的吧？我是說，有可能妳再也聽不到這首歌了？」

說完這句話，馬克就轉過身，在那些警消人員手足無措的震驚之下，朝泳池邊大步走去。

「你瘋了嗎？」他聽見有人在喊，另一個憤怒的意見淹沒在眾人的齊聲驚呼之中。

馬克抓住那具鋁製的梯子正要往上爬，這時候他聽見身後有東西摔落在磁磚上。

一直等到他爬出了泳池，他才轉過身去看。

茱莉亞的手機摔裂在他剛才所站的地方。

「你是個王八蛋，」她往下朝他大喊：「現在我不但害怕活著，也害怕死掉！」

馬克向茱莉亞點點頭，她對他比出了中指。她在跳水板上坐下，深深的啜泣撼動了她瘦削的身體。兩名救護人員已經動身往她那兒爬上去。

「而且你唱得爛透了！」她哭著又對他吼了一句。

馬克忍不住微微一笑，拭去了臉上的一滴眼淚。

「為達目的可以不擇手段。」他大聲地喊回去。

他從媒體記者此起彼落的閃光燈裡擠出一條路，試圖閃過那個身穿風衣的女子，她擋住了他的去路。他本以為會聽見一連串的指責，看見她投來洽談公事的眼神反倒吃了一驚。

「我叫雷娜．施密特，」她公事公辦地說，像在做求職面談一樣，向他伸出了手。及肩的棕髮被她緊緊綁在腦後，看起來就像有人從後面扯著她的辮子。

馬克猶豫了一下，又伸手去摸後頸上的紗布。「妳不打算先去照顧茱莉亞嗎？」

他抬頭往跳水板看過去。

「我不是為了這件事來的。」

他們四目相接。

「那是為了什麼？」

「為了你弟弟。班雅明前天從精神病院裡出院了。」

04

那輛黑得發亮的 Maybach 高級房車停在那條狹窄的死巷子盡頭，不僅因為車身異常龐大而和附近地區顯得格格不入，像這種有如戰艦的豪華轎車通常只會在政府機關林立的城區穿梭，而不會行駛在柏林市犯罪率最高的這個行政區。

馬克撇下那個想跟他談談他弟弟的陌生女子，設法盡快離開這裡。一方面是，就算沒有班尼的消息，他的麻煩也已經夠多了；另一方面是，他必須和這個令人沮喪的地方保持距離，再說外頭愈來愈冷了。

他豎起皮夾克的領子，揉揉耳朵。耳朵是他全身最怕冷的部位，一旦受凍，總是一陣抽痛，如果他不馬上進入溫暖的地方，抽痛感很快就會擴散到太陽穴。

馬克正在考慮是否該過馬路去搭地鐵，此時他聽見身後有寬大的輪胎與地面摩擦的聲音。駕駛閃了兩次大燈，鹵素燈的光線反射在濕濕的石塊路面上。馬克沒有過馬路，同時加快了腳步。如果說他從他在街頭的工作學到了什麼的話，那就是在柏林應該盡量避免搭理陌生人。

那輛車緊跟著他，放慢了速度，幾乎無聲地在他身邊滑行。

那個駕駛似乎並不在乎他是逆向行駛，而這輛車也太寬了，就算有車子迎面駛來，也無法從它旁邊開過去。

馬克聽見電動車窗升降時所發出的嗡嗡聲，然後一個女子沙啞的聲音輕輕喊著他的名字：「魯卡斯博士？」

那聲音聽起來很友善，有點有氣無力，於是馬克從眼角偷偷瞄了一眼，吃驚地發現，原來說話者是個上了年紀的男子，看樣子已經六十好幾了，甚至可能超過七十歲。大多數的人上了年紀以後，聲音會變得低沉，可是在這人身上卻正好相反。

馬克加快了腳步，從那男子身上的斜紋西裝，他認出此人就是之前在泳池邊上向他招手的人。

可惡，難道今天盡是些怪裡怪氣的傢伙在跟蹤我？

「馬克．魯卡斯博士，三十二歲，住在荀能堡區史坦梅茲路六十七號？」

那位老者坐在淺色的真皮座椅上，背對著行駛的方向。顯然這部豪華轎車的內部大到足以讓後座的人相對而坐。

「你想幹嘛？」馬克問，並沒有抬起頭來。他的直覺告訴他，這個有著一頭白髮、兩道濃眉的陌生人不具威脅，但這可不表示他不是帶來壞消息的信差。天曉得這幾個星期以來，他收到的壞消息實在已經太多了。

老人清了清嗓子，用幾乎聽不見的聲音說：「是害死他懷孕的妻子的那個馬克．魯卡斯嗎？」

馬克呆住了，頓時無法再往前走，秋天潮濕的空氣變成了一堵無法穿透的玻璃牆。

他轉身面向那部車，車子的後門緩緩打開，一個電子警示音輕輕響起，就像有人沒繫安全帶的時候一樣。

等到馬克終於又說得出話來，他問：「你想幹什麼？」他的聲音幾乎跟車上那個陌生人一樣沙啞。

「珊德拉和胎兒死了有多久了？六個星期？」

馬克的眼裡湧出淚水，「為什麼你要這樣對我？」

「來吧，請上車。」

老人露出和藹的微笑，拍拍身旁的座位。

「我帶你去一個地方，在那裡，你可以讓這一切彷彿從不曾發生。」

05

從那輛轎車的深色車窗看出去，那些從他們身旁無聲掠過的房屋牆面宛如搭出的電影布景，毫不真實。坐在這部隔音良好的豪華轎車裡，很難想像外面那些骯髒的房屋裡住著真實的人，也很難想像路上的行人不是臨時演員，包括那個在垃圾桶裡翻找回收瓶罐的退休老人，還有那一群蹺課的學生，他們正打算弄翻一個流浪漢的推車。當然也有些不起眼的人在剛落下的雨中艱難地行走，這些人似乎也活在一個已失落的平行世界裡，而自從馬克坐上那個陌生人的車，他就逃離了那個世界。

「你是誰？」他問，身體前傾。那張真皮座椅的設計符合人體工學，液壓氣墊立刻配合他的新姿勢做了調整。老人沒有回答，只遞給他一張名片。那張名片厚得出奇，大約有一張折過兩次的紙鈔那麼厚。馬克相信，假如他把名片拿起來聞，就會聞到一種高級木材的香氣。

「你不記得我了嗎？」那個陌生人問，又露出和藹的微笑。

「派崔克・布萊托伊教授？」馬克唸了出來，若有所思地用指尖摹寫著布紋紙上的黑色浮雕字母。「我們認識嗎?」

「你寄了封電子郵件到我的機構來,大概是兩個星期前。」

「等一下……」馬克把名片翻過來,認出了那所醫院的標誌。一個優秀的設計師把這位教授的姓名縮寫揉合成一個立體的橫寫8,那個符號象徵著無窮。

「那則廣告……《明鏡週刊》上的那則廣告是你刊登的?」

布萊托伊點點頭,掀開他旁邊的扶手,拿出一本雜誌。「我們在《焦點雜誌》、《星週刊》和《明鏡週刊》上登了廣告。我想你是在看了廣告之後跟我們聯絡的。」

當老人把翻開的雜誌遞給他,馬克點點頭。他會注意到那則廣告純屬巧合,平常他根本不看新聞雜誌,更別說廣告了。可是自從他得要每週兩次去他岳父的醫院換藥,他就有很多時間去讀那些陳列在候診室的過期刊物。

「學習遺忘」,他複誦著那則廣告的標題,當時這個標題就像一塊磁鐵一樣吸引了他。

你受到沉重的打擊,想將之從回憶中消除?那麼請用電子郵件跟我們聯絡,布萊托伊精神科私立醫院徵求參加者,在醫生指導之下進行實驗。

「我們打了好幾通電話,為什麼你沒有回電?」教授想知道。

馬克揉揉耳朵,他的耳朵漸漸暖和起來,伴隨著熟悉的刺痛感。原來這幾天他沒有接聽的那許多通電話是這樣來的。

「我從來不接沒顯示來電號碼的電話，」他說：「而且老實說，我也從來不上陌生人的車。」

「那你剛才為什麼破例了？」

「車子裡比外面乾燥。」

馬克又靠回椅背上，指著濕濕的車窗。車子行駛時揚起的風，挾著大顆雨滴，橫掃過不沾水的車窗玻璃表面。

「在你們的醫院裡，新病患總是由院長親自照料嗎？」他問。

「只有在對方像你這樣被看好的時候。」

「為了什麼事被看好？」

「為了我們實驗的成功。」

教授取回雜誌，放進扶手的置物格裡。

「我想對你完全坦白，馬克。我可以這樣叫你吧？」教授的目光落在馬克的球鞋上，然後往上移到從磨破的牛仔褲裡露出的膝蓋。

「你看起來不像講究繁文縟節的人。」

馬克聳聳肩膀。「那是關於什麼的實驗？」

「布萊托伊醫院在記憶研究這個領域，是全世界數一數二的。」

教授把腿翹了起來，斜紋西裝褲稍微被拉高到襪子上方，露出一小截毛茸茸的小腿。

「為了弄清楚人類的大腦是如何運作的，在過去這幾十年裡，我們投注了上億的研究經費。說得簡單一點，主要是在研究跟『學習』有關的課題。許多研究人員都一心想要更加善用大腦的能力。」

布萊托伊在自己的太陽穴輕輕敲了敲。

「直到現在，都沒有高性能計算機能勝過人類的大腦，從理論上來說，每個人都應該有能力在讀過電話簿一次之後，記住所有的號碼。形成神經元以增加大腦的儲存能力到近乎無限大，這並非可望而不可及的事。不過，依我看來，所有研究一開始就都走錯了方向。」

「我想你馬上就會告訴我為什麼。」

車子駛進一個圓環。在駕駛跟後座之間，隔著一道不透明的玻璃。

「因為我們的問題不在於我們學得太少。相反的是，我們的問題在於遺忘。」

馬克伸手觸摸後頸的紗布，當他察覺自己這個無意識的舉動，立刻把手縮了回來。

「根據最新的統計數字，每四個兒童當中，就有一個受到虐待；每三個女性當中，就有一個曾經受過一次性侵或是強暴。」布萊托伊娓娓道來。「在這世上，幾乎每個人都曾有過至少一次成為犯罪行為的受害者的經驗，而半數的受害者事後必須接受心理治療，至少是短期治療。然而，不僅是犯罪行為，許多日常生活的經歷往往也會在我們的心靈留下傷痕。舉例來說，從心理學的角度來看，愛情所造成的負面影響幾乎比失去一位近親更大。」

「聽起來你這篇演講好像已經說過幾十次了。」馬克插了一句。

布萊托伊從手指上摘下一枚深藍色的印章戒指，改戴在另一隻手上，他露出了微笑。

「到目前為止，精神分析領域著重於研究受到壓抑的回憶，而我們的研究則正好相反。」

「你們幫助人們遺忘。」

「沒錯。我們把負面的回憶從病患的意識裡消除，永遠消除。」

這聽起來讓人害怕，馬克想。之前他就猜到這個實驗會有這種結果，他發出那封電子郵件之後沒多久，就氣自己在酒後做了這件事。在清醒的狀態下，他絕對不會回應布萊托伊醫院這則可疑的廣告，可是那天晚上他犯了一個後果嚴重的錯誤，不小心給了計程車司機他的舊地址。於是他突然又回到了那棟小屋前面，那屋子的門看起來像是隨時可能打開，而珊德拉會光著腳笑著朝他跑來。

是草地上那個「出售」的牌子讓他傷心地明白自己失去了什麼。他立刻轉身，沿著那條沒有人行道的馬路往回跑。夏天，鄰居的小孩在柏油路面玩耍，家中寵物睡在垃圾桶上，因為在這裡沒有任何生物想過會有壞事發生。他愈跑愈快，盡他所能地快，回到他一文不值的新生活，回到他在荀能堡區的單身公寓，出院之後，他就搬進那裡。然而他跑得還是不夠快，擺脫不了那些追趕著他的回憶：憶起他們在十七歲時的初吻；憶起珊德拉的笑容，當她在他尚未想到之前就又透露了一部電影的關鍵情節；憶起當他告訴她，她有多美的時候，她那不敢置信的眼神；憶起當驗孕棒呈現陽性反應時，他們一起流下的眼淚；最後他憶起了不久之前他讀到的那則廣告。

學習遺忘。

馬克深深吐了一口氣，試著把精神集中在當下。

「刻意引發的失憶症具有很大的優點。一個小孩突然跳到一輛汽車前面，駕駛人再也不會被施救無效的恐怖畫面糾纏；一位母親不會直到生命的盡頭，都在苦苦等候她十一歲的兒子從海裡回來。」車子和緩地減慢速度，但木製外殼的迷你吧裡，還是傳來好幾個水晶杯叮咚作響的聲音。

「不瞞你說，情報單位對我們的研究結果也很感興趣。從現在開始，如果有情報員想帶著他們所知道的情報投效敵方，用不著除掉他們，只需要把關鍵性的資訊從他們的大腦中消除即可。」

「是因為有軍方贊助，所以你才這麼有錢嗎？」

「我承認這是樁價值億萬的生意，而且不會有別的生意更能主宰未來這幾年。不過，在醫療產業一向如此，這個產業讓少數人富有，卻讓許多人恢復健康，說不定還能讓許多人幸福。」

此刻布萊托伊以咄咄逼人的目光緊緊盯著馬克，彷彿想要審問他。

「我們的研究才剛剛起步，馬克。我們做的是開路的工作，所以我們在找像你這樣的人來做受試者，跟你一樣被迫承受如此沉重打擊的人。」

馬克嚥了一口口水，他的感覺就跟六個星期前一樣，當時他岳父在病床邊，親口告知他那個悲慘的消息。

「她沒有撐過來，馬克。」

「你自己想一想吧，」布萊托伊這樣請求，「假如你明天早上醒來，第一個念頭想到的不是你死去的妻子，不是你永遠不會出生的孩子，那不是很好嗎？你不會再有罪惡感，因為你根本就不會知道你開車撞上了那棵樹。你可以再去上班，跟朋友碰面，在電影院看一部喜劇片而開懷大笑，你後頸的碎片不會時時刻刻提醒你，珊德拉從擋風玻璃被甩出車外，當場因流血過多而死，你卻只受了一點輕傷。」

馬克毅然決然地鬆開安全帶，在旁邊的車門上尋找門把。「請讓我下車。」

「馬克。」

「馬上！」

布萊托伊把手輕輕放在他的膝蓋上。「我不是想要惹你生氣，我只是重述你電子郵件上所說的話。」

他把手拿開，但馬克仍然感覺到那手沉甸甸地壓在他大腿上。

「你現在也一樣。剛才我在游泳池邊看見你，你說你想過要自殺！」

「那時候我幾近崩潰。」

「我可以提供你比自殺更好的選擇。」

水晶杯又開始叮噹作響，彷彿有兩個鬼魂在嘲諷地碰杯。此刻馬克才發現，他的背脊全汗濕了，儘管車裡的溫度冷熱適中。他又不安地伸手去摸後頸的紗布，這一次他讓手留在紗布上，傷口在紗布下發癢。

「只是假設性地問一下，」他用沙啞的聲音問：「你們的實驗到底是怎麼一回事？」

06

艾迪．瓦爾卡的店裡瀰漫著貓尿和玫瑰花的氣味。對略知艾迪的人來說，這種混合氣味並沒有什麼不尋常，不尋常的是艾迪這麼早就要見他，畢竟他才出院兩天，而且最後期限是下星期。

「怎麼啦，你想向我求婚嗎？」班尼笑著說，揉揉自己的左肩，那兩個笨蛋想把他扔進行李廂時，差點把他的肩膀弄脫臼。

他其實會自願上車的。如果瓦爾卡想要召見，任何人都不會抗拒，至少抗拒不了多久。

艾迪只抬起頭來看了一眼，就又一心只顧著前方工作檯上的長梗玫瑰。他把玫瑰一枝一枝地高高舉起，仔細端詳它們的生長情形，用剪刀把花梗剪短，然後放進一個銀灰色的鐵桶裡。

「你得先去跟我爸媽提親，請他們把我許配給你。」

「你爸媽已經死了。」瓦爾卡聲調平板地說，剪掉一朵玫瑰的花苞。

顯然他不滿意那朵花的顏色。

「你知道嗎？如果花朵下垂的話，應該把它們放在沸水裡浸一下。」園藝用的小剪刀在艾迪手裡彈開，嚇跑了一隻想爬上桌子的法國藍貓。

「浸花朵還是花梗？」班尼打趣地問。

他看著那隻貓悻悻然地走到暖氣下方，牠的兄弟姊妹那兒，沒有人知道瓦爾卡怎麼會容忍這些畜生在他身邊晃蕩。艾迪不喜歡動物，如果觀察得仔細一點，基本上他不喜歡任何生物。他之所以開這家花店，只是因為他很難向財政局說明他真正的錢財來源，再說，他有一群奴隸，每晚在城裡的酒館，挨家挨戶地賣玫瑰，他覺得沒有理由讓他們去跟別家花店進貨。如果他要掌控一門生意，那就要百分之百掌控。

班尼想找個地方靠一下，但這悶熱的店鋪不是為等待的人所設計的。這家商店似乎根本就對顧客不感興趣，距離科本尼克區的主要商店街太遠，而且還緊鄰一家拳擊健身房，那些粗壯的健身房客人實在不能算是花店所期待的散客。

「這倒是個好名字。」班尼說，看著那片光滑的櫥窗。櫥窗上倒映出「玫瑰戰爭」這幾個字，貼上去的字母排成半圓形。

「很貼切。」

艾迪表示讚許地點點頭。「你是頭一個注意到的人。」

瓦爾卡是個捷克姓氏，意思是「戰爭」，東柏林黑道守門保鏢圈的這位老大對這一點十分自豪。

艾迪在一條綠色的橡皮圍裙上擦了擦手，然後才第一次正眼看他。

「你的氣色比以前好，不再那麼無精打采的。你有做運動嗎？」

班尼點點頭。

「媽的，被關在精神病院裡似乎對你有好處。你怎麼這麼快就被放出來了？」

「每幾個月就會審查一次，這是規定。」

「啊哈。」

瓦爾卡從桶子裡抽出一枝花梗特別長的玫瑰，聞了聞，讚賞地點點頭。

「也就是說，精神病科的那些傢伙現在認為你對公眾不再具有威脅囉？」

「在我親愛的老哥終於修正了他的說詞之後……」班尼伸手去拉一株絲蘭的葉片，「……對，在那之後，他們就放我走了。」

「他們其實也可以來問我。」瓦爾卡說，班尼忍不住笑了。

「老實說，我不確定你在司法機構的眼裡，是不是值得信賴。」

艾迪拉下嘴角，擺出一副受侮辱的表情。「沒有人比我更適合證明你連一隻蒼蠅都不會傷害。我們認識有多久了？」

「超過十七年了。」班尼回答，暗忖瓦爾卡到底什麼時候才會言歸正傳。他們這次見面不太可能是為了敘舊。

「媽的，那時候我現在的女朋友還沒出生呢。」

瓦爾卡的臉上突然浮現微笑，那微笑又同樣突然地消失。「起初我們不想要你加入，班尼。我們覺得你實在太軟弱了。」

又一朵玫瑰被齊頭折斷。

「而我就會這樣對那些把你關起來的精神科傢伙解釋，我會偷偷告訴他們，我從前的同事是個HSP。」

班尼微微一笑，很少有人知道他這毛病的專有名詞，但瓦爾卡是那種不可貌相的人。他有張粗壯的臉、高而扁的額頭、一口不整齊的牙齒，看起來就像個典型的打手。然而他念完了中學，甚至還在大學讀過兩年心理學，後來他發現自己並不想解決別人的惡夢，反而寧願成為別人做惡夢的原因。

「你怎麼知道的？」班尼問。

「這個嘛，我常常想，你是哪裡不對勁。為什麼你跟你哥哥那麼不一樣，他從來不會閃避任何衝突。」

艾迪扯著工作檯下方一個卡住的抽屜，費了一點勁兒才把抽屜拉開。

「我是說，我從來沒見過你跟哪個小妞在一起，所以我想你大概是個同性戀。可是後來我發現了這個。」

他拿出一篇剪報。「HSP，高度敏感的人，」他大聲地唸出來：「在一般的用語中，也稱之為病態的過度敏感的人。這種人對他們周遭事物的感覺遠比一般人強烈，他們的感覺、觸覺、視覺、味覺和嗅覺都更為敏銳。」

班尼把手一揮，「這全是胡扯。」

「是嗎？這裡寫著，從前，這些高度敏感的人是宮廷裡的顧問和智者，或是由於能夠設身處地理解別人的想法和情緒，而成為外交官、藝術家、財務專家……」艾迪抬起頭，從那篇文章的上緣望出去。「這可以解釋為什麼你老是跟我囉唆，要我寬大一點，對敵人要有同情心，諸如此類的廢話。」他吸了一下鼻子，發出一陣聲響。「這也說明了，我當時為什麼讓你當我的會計。」

班尼不動聲色，雖然瓦爾卡現在終於快講到他們見面的真正原因。錢。

「不過這裡也寫著……」艾迪又看著那篇文章，咂咂舌頭，「……可惜高度敏感的人經常會有憂鬱症，在精神失常的情況下，很多人選擇自殺。」

「我還活著。」

「對，但這不是你的功勞，而是你哥哥的。」

「我們非要提起馬克不可嗎？」

艾迪笑了起來。「很好，你提醒了我本來是想讓你看什麼的。跟我來。」

瓦爾卡把圍裙扔到工作檯上，拿起那把園藝用的剪刀，向他打了一個再清楚不過的手勢，要班尼跟他到後面的房間。

相鄰的房間沒有窗戶，被當成儲藏室使用。不過，不是用來存放鮮花、肥料或花瓶，班尼赫然發現這裡放的是垃圾，是變成垃圾的人，而且他們還活著。

「總算是時候了，該讓我們來治療一下你這個高度敏感的毛病。」瓦爾卡指著一個被吊起來的赤裸男子，他被吊在一個平交道的斜十字警示標誌上。那人嘴裡塞著一顆橘色的球，球的中間有個吸管大小的開口，那個裸身男子想必就是靠著這個開口呼吸的。眼看他就要換不過氣來，因為他被打歪的鼻子不再能呼吸。

「你現在給我好好地看著。」艾迪說，打開了一盞建築工地所使用的燈，那燈從天花板上垮垮地垂下來。他一邊說，一邊把剪刀拿在手裡，有節奏地一開一合，被綁住的男人聽見這陣喀嚓聲時，睜大了眼睛，他還看不見剪刀的刀刃，因為他的頭被卡在一個類似螺旋夾鉗的裝置裡，讓他無法轉動頭部。固定的螺絲插在他的兩個耳朵裡，左耳已經流出血來。

班尼想要別過頭。

「不行，不行。」艾迪咂了好幾次舌頭，像是在安撫一匹馬。「你給我看好了。」他走到那個裸身男子前，把剪刀舉在那人面前。那人還在激烈地喘氣，刀刃在他的瞳孔中閃動。

「那篇文章真是讓我恍然大悟，班尼。因為那裡面寫著，高度敏感的人對於痛覺特別敏感，對不對？」

班尼震驚得說不出話來。

「有些人甚至對麻醉藥都沒有反應。你想想看，去看牙醫的時候，那該有多痛苦。」

艾迪用剪刀挑開遭他拷打的那人的上唇，那人有一口被尼古丁染黃的爛牙。

「不過，班尼，我覺得最有趣的是，據說你這種人對別人的痛苦特別敏感，對於他人的疼痛，往往比自己的疼痛感覺還要強烈。」

艾迪用拇指把那人的右眼皮翻上去。

「別這樣。」班尼呻吟著，他知道這沒有用。瓦爾卡要讓他看看，如果不歸還他向瓦爾卡借的那九萬歐元，會有什麼下場。

艾迪最後一次轉過身來面對他。「這讓我省事多了，我敏感的小老弟。因為這表示我不必傷害你，就能讓你受罪。」

班尼看著裸身男子的上半身規律地鼓動，他最多不會超過二十五歲。班尼看進他突出的眼睛，聞到瀰漫在這個潮濕房間裡的恐懼。班尼能在自己的皮膚上感覺到那份恐懼，也能在自己的舌頭下嚐到，而且他知道，再過幾秒鐘，他就會感覺到一陣極大的痛楚，就像是他自己的眼珠被挖了出來，而一把生鏽的刀子割斷了相連的視神經。

07

布萊托伊醫院位在法國路上，一棟用玻璃和鋼骨改裝過的老式建築裡，距離憲兵市場不遠，光從這一點就看得出來，在這裡，健保病人充其量只能擔任清潔人員。

那輛豪華轎車直接把他送到地下二樓停車場的私人電梯前，在那之後，馬克對於接下來的一切都做好了心理準備：接待處的錦鯉池，名家設計的客用洗手間裡的純麻毛巾，還有一間可媲美新加坡航空頭等艙候機室的候診室。從那間豪華的男士廁所裡，可以享受俯瞰腓德烈大街的寬廣視野，這一點甚至還超出他的期望。來到這上頭的人或許有精神上的毛病，但他還是可以朝著普羅大眾的頭頂小便。他父親肯定會欣賞這種有品味的奢華。錢要放在一個漂亮的皮夾裡才覺得舒服，這是他父親常說的一句話。

但當他被要求在那個現代感十足的候診室裡填寫保密協定和一份病患問卷，馬克卻自覺像個進了屠宰場的素食者。半小時之前，他必須把他的手機、身上所有的金屬物品、甚至他的皮夾交給接待處的警衛。

「這純粹只是種安全措施。」布萊托伊向他解釋。「為了竊取我們的研究成果，我們的競爭對手什麼事都做得出來，說出來你都不會相信。」

隨後他向馬克告辭，把他交給一個像是南歐人的助理。那個助理帶他進了一間光線調暗的診療室，沒有說話就又離開了。

走進這房間時，馬克不禁想起一間牙醫診所，這個光線昏暗的房間中央有張白色躺椅，能用液壓調整高度，五顏六色的電線從那張椅子連接到一張電腦桌上。「腦波記錄儀。」一個女子輕聲說道。馬克嚇了一跳，那扇沉重的門喀答一聲關上，他轉過身去。「我們用它來量測你的腦波。」

這個正方形的房間一角被一排高度及臀的小柑橘樹給隔開，馬克既沒有注意到樹後面的那組皮沙發，也沒有注意到那位女醫生，此刻她正從她所坐的單人沙發站起來。

「抱歉，我無意嚇到你，魯卡斯博士。我叫帕翠西亞．梅納迪，是這裡的神經科醫師。」

她伸出手朝他走過來。她成功地同時流露出友善和強勢，部分原因在於她的聲音很輕柔，臉上卻完全沒有笑容。馬克發現她的上唇有一個小小的凹痕，可能是一次優異的顎裂手術留下的痕跡。他幾乎可以確定她握手時的堅定，和她那有點男性化的舉止，都是她用來保護自己的防衛，那座防護堤的建造，可以追溯到她由於兔唇而在學校裡飽受嘲弄的年代。

「梅納迪醫生，我其實只是想……」

「不，不要叫我醫生，叫我梅納迪就好。」

「好吧，那請妳也不要叫我的頭銜。我只有在訂旅館時會使用我的博士頭銜，不過我從來沒有因此得到房間升等的待遇。」

那個女醫生面無表情。

好吧，幽默感不是她的強項。

「布萊托伊教授什麼時候回來？」他問。

「再過一會兒。在那之前，我會先做好檢查的準備。」

「等一下，等一下，妳弄錯了吧？我並不想接受檢查。教授他只是想跟我說明實驗的過程，純粹只是假設性質的說明，因為我根本不打算參加這個實驗。」

梅納迪把頭歪向一邊，不耐煩地伸手檢查她的髮髻是否還整齊。

「哦？但我被告知，你是下一位等著做ＭＭＥ的人。」

「ＭＭＥ？」

「記憶實驗，等主任醫師巡完病房之後，就會讓你熟悉這個實驗。讓我們利用時間，先記錄一下你的病患資料。」

馬克嘆了口氣，看看手錶。

「妳是在浪費妳的時間。」他說，儘管如此，他還是在那位女醫師對面坐下。她也已經又坐了下來，從一個玻璃瓶裡倒了杯水給他，翻開一個小檔案夾，檔案夾就放在他們之間的茶几上。

「馬克．魯卡斯，三十二歲，以優等成績獲得法學學位。」她讚許地敲敲面前的問卷上相應的段落，就是剛才在候診室裡，馬克被要求填寫的問卷，以及那份保密協定。不過，寫到一半他就失去了興趣，沒有再寫下去。

「兩次考試成績都是優等，也以優異成績取得法學博士學位，專攻青少年刑事法，真令人佩服。就我所知，只有極少數人能辦到。」

她面帶嘉許地點點頭。

「目前你在新科恩區擔任街頭社工人員，輔導弱勢兒童和青少年？」她問，以一種順帶一提的口吻。

她的目光掠過馬克右腕上的手錶。

「泰國製的仿冒品。」他撒了個謊，把食指塞進鬆鬆的錶帶下。他懶得解釋，以一個社工人員的薪水，怎麼買得起價值相當於一部中等汽車的名錶，雖然這不過是珊德拉送他的生日禮物。

「你父親也從事法律工作。」她從檔案裡抽出一張相片，以她拿照片的方式，馬克什麼也看不見。

「你長得跟他很像。」她說，又再繼續翻閱。馬克不動聲色，雖然他巴不得把那份問卷從梅納迪手裡搶走。他和他父親的相似程度的確令人驚訝，不過外人很少會注意到，因為他們的相似之處主要是在個性和人生觀上，倒不太在於外表。法蘭克・魯卡斯也是個鬥士，跟馬克一樣，在夜校取得念大學的資格，志向是當律師，替小人物服務。一開始他還沒有錢租辦公室，就把律師事務所設在客廳裡，那時候有半數的鄰居都坐在沙發上，接受法蘭克的法律諮詢服務。丈夫出軌的婦人、酒醉的駕駛、在行騙時被逮到的小混混，社區居民與其說把魯卡斯老爹當成律師，不如說把他當成了牧師。他常常允許他的「朋友們」延後支付律師服務費，有時候甚至乾脆不收錢，就算事後魯卡斯太太會大發雷霆，因為她連房租都尚未付清。

不過，他免費服務過的幾個小混混後來發跡了。這些宵小之徒突然能用現金付款，而且從來不要收據。隨著事務所的客戶愈混愈好，事務所的生意漸漸好轉，雖然為時甚短。

「你父親還在壯年就死於未能及早發現的肝硬化，你母親是位家庭主婦，她也在幾個月之後去世。」梅納迪繼續說。

她怎麼會知道這些事？

如果他沒記錯，他並沒有填寫問卷上的這一欄和之後的欄位。

「你有一個弟弟叫班雅明？」梅納迪又問。

馬克感覺有股輕微的壓力勒住他的脖子，於是伸手去拿那杯水。顯然這位精神科醫生花了不少時間在網路上搜尋有關他的資料。

「班尼，至少我最後一次見到他的時候，他是這樣稱呼他自己的。」

「那是什麼時候？」

「嗯，讓我想一想。」馬克喝了口水，把杯子再放回茶几上。

「那是，呃……星期一，星期二，星期三……」

他用手指數算著。

「嗯，粗略地估計，是在大約一年半以前的一個星期四。」

「在他被強制入院的那一天？」梅納迪闔上檔案，用手裡的筆輕敲她的門牙。「在他又一次自殺未遂之後？」

勒住他脖子的那股壓力更強了。

「聽我說，我不知道妳是怎麼拿到這些資料的，但我來這兒肯定不是為了跟妳聊我們家的陳年往事。」

他作勢要站起來，那位女醫師表示安撫地揮揮手。

「那就請你跟我說說，最後促使你跟我們聯絡的那段創傷。」

馬克猶豫了一下，又再看看錶，隨即坐回沙發上。

「我聽見聲音。」他說。

「嗄？」

「我又聽見了，剛剛有人說了『嗄』。」

梅納迪打量著他，沒有說話，然後在他的檔案上做了註記。

「妳寫了什麼？」馬克想知道。

「我寫下你用幽默感來隱藏自己。這在智力高、有創意的人身上很常見，但是卻讓治療你變得困難。」

「我根本不打算接受治療。」

「可是你應該考慮這麼做。可以請你敘述一下意外發生的經過嗎？」

「既然妳什麼都知道了，何必還要問我？」

「因為我想從你口中再聽一次。我注重的不是你說了什麼，而是你怎麼說。舉例來說，如果你及時求救，你太太也許還會活著，可是和這個事實相比，你想讓一切都顯得可笑的企圖更能說明你這個人。」

馬克覺得這位醫生彷彿在他身上發現了一個氣門，從那裡可以洩掉裡面所有的氣，就跟放掉充氣床墊裡的氣一樣。他自覺能聽見放氣時的嘶嘶聲，他體內的所有力氣都隨之流失。

「這是什麼意思？我當時沒有辦法求救，我昏過去了。」

「哦，是嗎？」女醫生皺起眉頭，又朝那份檔案瞄了一眼。「根據這份意外報告，你打了電話給消防隊，不過是在撞車之後十四分鐘才打的。」

她把那張紙條遞給他，那張紙薄而透明，像裹奶油的紙一樣。馬克抬起頭來，覺得在她眼裡看見了由衷的憂慮，他更加迷惑了。

「等一下，」她猶豫著，臉頰泛紅，手裡的紙開始不安地抖動。

「難道你不記得了嗎？」

08

那不可能，馬克想，完全不可能。

他不可能撥打了一一二，不可能在那個時間點。沒錯，報警記錄上登記的是他的手機號碼，但那絕不可能是他，天曉得這份記錄怎麼會在他的醫院檔案裡。他的頭先是撞到車門，接著又撞到方向盤，他立刻失去了知覺，而不是在車禍發生十四分鐘以後。

有人敲門，馬克轉過身，以為會再看見那位精神科女醫師，她在幾分鐘前帶著憂慮的表情離開了診療室。然而站在門口的是布萊托伊教授，他帶著可親的笑容，這副笑臉肯定出現在這家醫院的許多廣告單上。

「這是怎麼回事？」馬克語帶責怪。「我以為我來這兒是為了遺忘，結果現在我將帶著更加可怕的記憶離開你的醫院。」

「我得為梅納迪女士的行為向你道歉，魯卡斯博士。這個錯誤令人遺憾。」

「錯誤？」

「她無權向你提起那件事。」

「無權？」馬克把雙手交叉在腦後。「難道我當時真的打了電話給消防隊？」

「不。」

布萊托伊做了個請坐的手勢，但馬克寧願繼續站在窗邊，不想再在沙發上坐下。

「那是個路人，」教授解釋，「第一個經過意外現場的人沒有帶手機，所以他把手伸進碎裂的車窗玻璃，拿了你的手機。」

在十二層樓下方的街道上，有汽車駕駛猛按喇叭引人注意，若非塞車，就是有人結婚。馬克把乳黃色的窗簾拉到一邊，但由於窗前的鷹架外面罩著帆布，幾乎什麼也看不見。

「你怎麼會知道這些事？」

教授驚愕地看著他。「你的病歷資料裡有一份意外報告的副本，你在電子郵件裡表示，同意我們查閱。」

馬克隱約回想起他在下載的表格上勾選的那個小方格，那天晚上，他什麼都不在乎。

「難道你自己從來沒看過那份報告嗎？」

馬克搖搖頭，他甚至不曾問起那份報告。對於他生命中最黑暗的一天，他絲毫無意得知更進一步的殘酷細節。

「我了解，」布萊托伊說：「你還處於傷痛的第一階段。」

第一階段：拒絕接受。第二階段：情緒湧現。第三階段：尋找，找尋自我，與死者分離。第四階段：找到與自己和世界的新關係。馬克曉得這種劃分。他的工作內容包括在辦公室裡替那些落難的青少年做心理輔導，那些孩子痛失街頭夥伴時，這套模式幫助他更加了解他們的處境。然而他並不想把這一套用在自己身上。

「我沒有否認珊德拉的死。」他反駁。

「可是你想要驅逐這個念頭！」

「教授，這不正是你所建議的辦法嗎？遺忘！」

布萊托伊走到他身旁，此刻也同樣站在窗邊。外面颳起強風，把鷹架前的帆布往裡面吹。

「嗯，這聽起來也許有點矛盾，」這位主任醫師說：「可是在遺忘之前先得要回憶。所以，恐怕我們得一起回顧一下意外發生的經過。」

「為什麼？」馬克轉身面向他。

「好讓我們不至於漏掉任何隱藏的記憶，以免這些記憶事後像雜草一樣，在你潛意識的沉澱物裡萌芽。」布萊托伊把長著老人斑的手擱在馬克的肩膀上，這份意外的親近，暫時突破了他本能的防衛態度。

第一階段。否認，壓抑。

09

他們再度坐下來。

「可說的不多。事情發生時，我們正在回家的路上，之前我們去她父親的別墅參加一個小型的家庭聚會。」

布萊托伊傾身向前。「聚會的原因是什麼？」此刻窗前的風大力搖晃著鷹架，儘管窗玻璃有隔音效果，隔著窗，還是能聽見支架嘎吱作響。馬克嘆了一口氣。

「珊德拉得到寫作一齣新劇本的合約，她是演員，也是作家，這一點你想必已經知道了。」他說話時不安地在沙發上扭動。他是個坐立不安的人，這一向讓珊德拉覺得很好笑。在電影院裡，他幾乎沒法安靜地坐著看完一幕戲。

「那將是她第一次替電影寫劇本，美國人願意出一大筆錢買下這部劇本。為了這件事，我們和她父親一起舉杯慶祝。」

「康斯坦丁・希納教授？」

「沒錯，就是那位外科醫生。他是……」馬克頓住了。「他是我岳父，也許你聽說過希納醫院。」

「如果病患有動手術的必要，我們總是向他們推薦希納醫院。感謝老天，這種情形並不常出現。」

馬克又換了個坐姿，不安地拉著下頷的皮膚，繼續說道：「我們經過一條幾乎沒有車子的林間道路，從沙克洛夫通往史潘道。」

「波茨坦附近的沙克洛夫嗎？」

「對，看來你曉得那個地方。希納家族的莊園就座落在水邊，可以看見孔雀島。總之，就那條單線道路而言，我當時開得快了一點。為了這個，珊德拉發了脾氣，我想她那時候揚言要下車。」

馬克閉上眼睛，試著不去想那趟意外的車程在他腦中殘存的少數回憶，他這樣做已經不知多少次了。「後來發生了什麼事？」布萊托伊小心地問。他說話愈是小聲，聲音聽起來就愈像女性。

「老實說，我不知道。意外發生前那幾個小時的記憶被抹去了，除了我剛才說的這些之外，我什麼都不記得。我岳父說那是一種逆行性失憶。在我岳父家的慶祝、在回程上的談話，全都消失了。」

馬克乾笑了一聲。「可惜消失的只有那些，剩下的部分就是你的責任了。」

「嗯。」

醫生把雙臂交叉在胸前，更加重了他下一個問題所隱含的懷疑。「在車內最後那幾秒鐘的回憶再也沒有浮現嗎？」

「不，其實有部分回憶浮現，那是最近的事。但我不確定哪些是夢境，哪些是真實發生過的。」

「很有意思。你夢到了什麼？」

馬克把手一揮。「大多數時候，我在第二天早上都只記得斷斷續續的對話。珊德拉想要說服我，求我不要阻止那件事。」

「你不是老說：只要目的正確，可以不擇手段嗎？這句話不是你的座右銘嗎？」

「妳瘋了，珊德拉。目的再正確，也不能拿死亡做為手段。」

「你想要阻止什麼事？」

「我不知道。我猜是我的潛意識在作祟，而我所說的是那場意外。」

馬克正在考慮，是否真的該把他們最後那段對話，原原本本地告訴這位教授，此時教授問出了那個最折磨他的問題。

「為什麼她鬆開了安全帶？」

他嚥了一口口水，接著又嚥了一口，然而哽在他脖子裡的那塊東西卻似乎更大了。

「我不知道，」他終於說：「她探身到後面去，可能是想拿點吃的。她有六個月的身孕，我們總是隨身攜帶一些甜食，以防她突然覺得餓。而她經常覺得餓，尤其是在她生氣的時候。」

馬克心想，在車子的殘骸被送進廢車場之前，不知道有沒有人把置物箱裡的巧克力拿出來，想到這裡，他幾乎無法呼吸。

「接著發生了什麼事？」布萊托伊小聲地問。

我看見她手裡拿著一樣東西，是張照片嗎？她把照片拿給我看，可是那張照片沒有顏色，而且顆粒很粗，我看不出什麼來。其實我根本不確定自己真的經歷過這件事，因為我只在夢裡看見那張照片，儘管我的夢境一天比一天清晰。

到目前為止，馬克只跟他岳父提起過這件事，而且也只是點到為止，因為他認為那個夢可能只是藥物的副作用，由於後頸的碎片，他必須持續服藥。

「接著車胎爆了，」他往下說：「我們的汽車原地轉了兩圈，然後……」

他試著微笑。基於某種荒謬的原因，他覺得，在陌生人面前，必須把那場悲劇說得輕描淡寫。

「等我醒過來，人已經在希納醫院了，其餘的部分，你反正查閱得到。」

布萊托伊點點頭。「從那以後，你感覺如何？」

馬克伸手去拿那個水杯，杯子幾乎已經空了，但他沒有力氣再去倒水。

感覺就像一個害死了妻子和還沒出世的兒子的人。

「我覺得疲倦、無精打采、要動一下都很難。我四肢疼痛，頭也痛。」他試著發出笑聲。「如果把我送進一家養老院，我會有很多話題可說。」

「重度憂鬱的典型徵兆。」

「或是任何一種致命疾病的徵兆。我用谷歌去搜尋過這些症狀，首先跳出來的是葬儀社和棺材店的橫幅廣告。」

布萊托伊揚起左邊的眉毛，這喚起了馬克對他妻子的另一個回憶。珊德拉天生就有高高上揚的眉毛，讓她看起來始終都帶著一副吃驚的表情。

「這些身體不適的情況是在你出了車禍之後才有的嗎？」

馬克猶豫著，沒有馬上回答。事實上，在車禍之前，有時他會覺得自己像條被擰乾的毛巾，彷彿熬了夜又有宿醉，儘管他滴酒未沾。他岳父很擔心，說服他去做一次徹底的檢查，那是在珊德拉死前兩週的事，檢查內容包括驗血和核磁共振造影，不過並沒有發現什麼異狀。

「這樣說吧，那場車禍並沒有改善我的情況……」

一陣響亮的答答聲響起，過了好一會兒，馬克才明白，是他手錶的鬧鈴在提醒他該吃藥了。他從一個小口袋裡摸出兩粒管狀的膠囊，基於不可知的原因，在大多數的牛仔褲上，那個小口袋都隱藏在右邊的褲袋裡，從前他習慣在那個口袋裡放口香糖。

馬克用最後一口水把藥吞了下去。教授問：「你吃這些藥是因為你脖子上的傷嗎？」他點點頭，本能地伸手去摸頸上的紗布。

「醫生們不想冒險動手術。那個碎片很小，但是緊貼著頸部脊椎。我服用的藥物會讓這個異物更容易跟肌肉組織長在一起，不至於發炎或是被排斥。如果達不到這個效果，他們就只好動手術把碎片取出來，只不過那樣做的風險是，等我從麻醉中醒過來，我可能從脖子以下都會癱瘓。」

「會痛嗎？」

「不會，只覺得癢。」真正的痛苦在更深的地方。相對於那個可笑的碎片，那份痛苦有如用一把斧頭砍進了他的靈魂。

「好……」布萊托伊想要再開口，可是馬克打斷了他。

「不，一點都不好。到此為止吧。這些藥讓我疲倦得要命，而且我常會覺得想吐，所以我得趕快躺下來休息，免得吐在你們的地板上。自從我上了你的車之後，你就一直敷衍我。我不但沒有得到答案，你和你的同事反而把我好好盤問了一番。所以，現在你有兩個選擇，要不就是我現在立刻從這扇門走出去……」

「……要不就是我終於把我們的小祕密告訴你。」布萊托伊替他把話說完，又露出那五星級的廣告笑容。「好吧，請跟我來。」

教授有點笨拙地把身體從沙發裡撐起來，但並沒有收斂臉上的笑容。

「請跟著我，也許你距離一個全新的生活只有幾步路了。」

10

「人類的大腦並不是個檔案室，」進門後，布萊托伊一邊解釋，一邊關上他辦公室的鑲皮木門。「沒有可以任意開關的抽屜，能讓我們把資料放進去或是再拿出來。」

教授在一張笨重的書桌後面坐下，坐下之前，他得先把椅子上的一疊紙拿起來，擱在他腳邊堆積如山的檔案和書籍上。馬克在一張漆成白色的木椅上坐下，環顧四周。

相較於這家醫院其他房間那種經過消毒的整潔，這個房間顯得乏人照料。書桌上除了胡亂疊在一起的專業書籍和病患資料，還有用過的咖啡杯和一個啃過的三明治。在天花板刺眼的鹵素燈光下，馬克看見教授的領帶上有一塊油漬，之前車上和診療室的光線太過昏暗，他因而沒有注意到。

「從前大家以為，每一份記憶都在大腦裡有一個特定的位置，但事情當然並非如此。」

布萊托伊坐的高背椅有輪子，他在地板上滑行，靈巧地閃過地上堆積如山的文件，然後打開一個塗了亮光漆的櫃子，拿了一個大腦模型回到書桌後面。他費了點工夫，把那個模型塞進電話和一個啞鈴大小的紙鎮中間，就放在一本攤開的神經心理學專業雜誌上。

「讓我展示給你看。」

那個模型由一塊人造的灰色海綿構成，大約像小孩玩的足球那麼大，插在一根木棍上，下面是擦拭光亮的底座。

等馬克把注意力移回布萊托伊身上，看見他手裡拿著兩個細頸圓腹的玻璃瓶，左邊那個裝著紅色的液體，右邊那個裝著透明的液體。

「現在要開始表演魔術了嗎？」

「差不多，請你注意看。」

教授把左邊那個玻璃瓶從頸部打開，把瓶子斜舉在灰色的大腦模型上。

「一個念頭就像是一滴液體。」他一邊說，一邊把大約一毫升的紅色墨水滴在大腦皮質上，那滴墨水立刻滲進那塊海綿的毛細管系統。

「當經歷過的事物變成記憶，這份記憶會儲存在幾百萬個神經連結當中。」

「神經元。」

「沒錯。馬克，請你仔細看。」教授用一枝原子筆點出大腦的不同區域，那些區域漸漸染成了紅色。

「每一份記憶都儲存在數不清的橫向連結中。馬達聲、爭吵聲、一股氣味、一首收音機正在播放的特定歌曲、投向水面的一瞥、森林裡樹葉的沙沙聲，這些都可能重啟你的記憶，喚起你對那場車禍的可怕回憶。」

「你打算怎麼把這份回憶從我的腦袋裡消除呢？」馬克問。

「我根本沒打算這麼做。」

布萊托伊打開了另一個玻璃瓶。「至少不是單獨消除那份回憶。很遺憾，我們只能清除你所有的記憶。」

「等一下，」馬克輕輕咳了一聲，敲敲那個模型前腦部位僅剩的一塊灰色區域。「我沒有聽錯吧，你打算取走我所有的回憶？」

「蓄意引發的完全失憶。對，這是唯一的辦法，我們就是在研究這個。」

布萊托伊把那個模型轉過去面對馬克，讓他能更清楚地看見那片紅色如何繼續擴大。

「基本上，記憶喪失是由三種因素所引發，」他逐一敘述，「分別是人的心靈想要遺忘強烈的創傷經驗、意外造成腦部受損，或是像麻醉劑這樣的化學物質所導致。」

此刻布萊托伊把第二個玻璃瓶裡的透明液體倒在海綿上，馬克吃驚地看見幾個被染紅的部位顏色立刻變淡了。

「讓我來猜猜看。你使用化學物質，發展出一種失憶藥丸，而你打算叫我吞下這種藥丸？」

「差不多是這樣。當然事情要稍微複雜一點，但原則上就跟你說的一樣。」

「在那之後會發生什麼事？我這樣問，純粹只是出於好奇。」
此時海綿染紅的部分幾乎已經完全褪色。
「你是說，在我們讓你失去記憶之後？」
「對。」
「很簡單，我們再把你的記憶載入。」
「什麼？」
「當然只載入你真心想要取回的記憶和經歷。這就跟把電腦重新格式化一樣，如果在系統中找不出錯誤，那最好是把硬碟清空，再逐一灌入那些能夠運作的軟體。我們打算採用相同的做法。先在事前的詳細詢問中，確認你事後還想記得的事物，等我們以人為的方式，在你身上造成逆行性失憶之後，你會在接下來的復健期間，再度想起自己的過去，當然，不包括跟你太太有關的那些記憶。」
「那我周遭的人呢？」馬克問，「我的朋友、熟人、珊德拉的父親？我只要遇見我岳父，他自然就會提起他女兒的死。」
「如果你不再見到他們的話，就不會有這種可能。」
「什麼？」
布萊托伊微微一笑，把他坐的椅子往後滑動。他如魚得水，比起之前在車裡顯得要年輕許多，聲音也更堅定。「正因為如此，你在我們眼中是個合適的人選。你從事社會工作，但是你自己幾乎沒有社交圈。你的父母早逝，你跟你弟弟不再聯絡，在辦公室裡，跟你一起工作的同事來來去去，而你跟你所輔導的對象之間，多半只有短期的關係。」

「可是我的朋友會想念我。」

「你那些在大型法律事務所賣命的朋友嗎？要不是你的生日被記在他們的電腦行事曆裡，他們甚至不會記得你的生日。」

「可是我並不是生活在真空裡。你是怎麼想的？難道你要我離開這個城市嗎？」

教授點點頭，讓馬克大吃一驚。「我們當然會替你安排新生活，這也是實驗的一部分。我們送你到另一州去，替你在那兒找到工作，給你編個合理的故事，讓你融入街坊鄰居之中。就連搬遷的費用也由我們負擔，我們會跟安排證人保護計畫的專家一起合作。」

「你神智不清了。」馬克說的這句話並非提問，而是確認一個事實。

「的確，我們的做法很極端。不過，總是走在前人老路上的人，永遠不會發現新世界。」

教授又揚起了左邊的眉毛。「考慮一下這個可能，馬克。你將是這個地球上，幾個能夠在心理上展開新生活的人，心靈上沒有任何負擔，就像新生兒一樣無憂無慮。我指的不僅是那場車禍，我們會讓你忘記曾經傷害你的一切。」

他指著那具大腦模型，此刻那具模型全是灰色，一如他展示之初。

「回到初始狀態？重新設定？」馬克問。

「選擇權在你手上。」

布萊托伊拉開書桌的抽屜，抽出一小張印滿文字的紙。

「你只需要在這張報名表上簽個名，我們就可以馬上開始。」

11

那是個錯誤。馬克知道不該讓對方說服自己，這個實驗令人完全無法接受，但他以為，與其花時間跟布萊托伊討論該實驗的利弊，不如先忍受初步檢查，之後再也不要回來還比較容易。

所以他表面上同意接受檢查，看看他在醫學上或心理上是否符合參加實驗的標準。

說不定你根本不是適當的人選？布萊托伊最後用這句話引他上鉤。

尚未被發現的精神疾病、嚴重的感染或是虛弱的心臟，都會讓他無法成為受試者。單單是他罕見的AB型陰性血型就可能會是個問題。

又過了漫長的兩個半鐘頭，那輛高級轎車才終於把他送回他在荀能堡區的出租公寓門口。在那一百五十分鐘裡，他抽了血，為了做耐受力心電圖檢查，不得不在好幾種健身器材上賣力運動，也做了腦電圖檢查，看他的腦波是否有不規律的情形。在那當中，一位共同科醫師先是請他提供尿液樣本，接著檢查他的心肺功能，同時一位眼科醫師還在等他去做視力測驗，讓他自覺像在接受服兵役之前的體格檢查。

幾個星期前，他岳父曾替他做過許多相同的檢查項目，但那些醫生並不在乎，因為布萊托伊醫院不想使用其他醫院的資料，因此他甚至還得再做一次神經放射科的核磁共振造影。

耗費最多時間的是那些心理學家絞盡腦汁想出的問題。不同於珊德拉愛看的女性雜誌上的心理測驗，馬克完全不知道這些看似無關緊要的問題究竟能測出什麼結論。

假如你能夠選擇，你寧願失去一隻眼睛還是嗅覺？

你的夢境通常是彩色還是黑白的？

請把這個句子完成：「我贊成死刑，如果……」

馬克累壞了，這會兒他已經想不起自己當時的回答，再加上每走一步，他就感到關節痠痛。他一心只想著安眠藥片還有待會兒要泡的熱水澡，想得出神，難怪他沒有看見蜷縮在大門旁邊的黑影，那人已經在那兒等他很久了。

12

「雷娜．施密特？」他複述那個名字，之前她已經向他自我介紹過一次，就在今天，就在幾個鐘頭之前，在茱莉亞試圖於新科恩露天游泳池自殺之後。她的頭髮看起來仍像是用熨斗往後燙平般，馬克猜想，在她那件包得緊緊的風衣底下，是一套質樸的淺灰色褲裝。只有她手裡那個塞得滿滿的塑膠袋讓她整個人顯得放鬆一點，那是家平價超市的袋子，好幾件「女性購物商品」從裡面探出頭來。在商店裡，基本上，男性對這些東西視而不見，例如一把小紅蘿蔔或是一根芹菜。從前珊德拉和他常常拿他們兩人不同的購物習慣來打趣，在超市裡，她把水果、脫脂牛乳、柔軟洗衣精和香菜放進購物車裡，他則站在拍賣貨品架前，架上堆著CD片、電鑽或是一袋袋的洋芋片。

「妳是怎麼找到這兒來的？」

那位身形苗條的女士把購物袋放在地上，用凍僵的手指揉揉手腕上被袋子勒出的痕跡。「我去過你的辦公室，他們給了我你的地址。」

她的語調很果決，幾乎像在等他為了自己讓她久候而道歉。

「妳找我做什麼？」

「我是……我之前是你弟弟那一區病房的護士。」

「那又怎麼樣？」

他摸出他的大門鑰匙，但其實沒必要。他搬進來時，拿到一張住戶公約，上面雖然提醒房客，在晚上八點以後，把面向街道的大門鎖上，但是並沒有什麼人遵守這條規定，就跟另外那條要大家別把玻璃瓶扔進垃圾裡的規定一樣。

「我擔心班尼。」她直接地說，馬克不難想像這位堅決的女士如何跟她的病患相處。她的語氣顯得很專業，但並不至於嚇到對方，軟硬適中，不會讓病人覺得受到管束，但又有足夠的權威，不至於讓病人質疑每一項指示。說不定雷娜並不只是個普通護士，而是她工作部門的護士長，或者至少有成為護士長的可能。

他走進大門，走道上的燈光自動亮起。她又拿起那袋東西，跟在他後面。

「他跟我說過，你曾經救過他一命。」

「哦，是嗎？」

事實上，一年半前，他在浴缸裡發現割破動脈的班尼。通常他們一年只見一次，即聖誕節時在他們父母墳前。可是那天早上他的手機顯示有三通未接來電，而在他的語音信箱裡，有一通聽不清楚的留言，被斷斷續續的雜訊掩蓋，聽起來像是他弟弟的聲音。他回電給班尼，但班尼沒有接，於是馬克在一股本能的衝動下，開車到班尼家。在那裡，真相赤裸裸地呈現在他眼前，他語音信箱裡的那通留言原來是一聲訣別。

「我認為你不該推翻你的證詞。」她又眨了眨眼睛，「我是指，在那些法官和醫生面前。」

馬克還是不明白，這番奇怪的對話會談出什麼結果。他打電話叫救護車來拯救班尼的生命時，用了個老招數，這一招總是能讓尋死之人立刻受到精神病院的監管。他聲稱班尼在自殺未遂之前也想要殺他，班尼就這樣成了對公眾有所危害的人。由於班尼的檔案中已有多次嘗試自殺的記錄，整體情況讓暫時強制他住進療養機構成為正當的做法。馬克為了達到這個目的而說謊，為了讓他弟弟脫離街頭的生活，離開那個顯然讓他無力自拔的環境。此外，在精神病院裡，班尼不會那麼容易拿到皮帶或刮鬍刀片，而且可以徹底把他跟瓦爾卡隔離開來。

「聽我說，我今天已經聽夠自殺的故事了。」他一邊說，一邊想打開他的信箱，可是想必有人故意破壞，用螺絲起子把鎖撬壞了。

真是禍不單行。

鑰匙插不進去，所以他唯一能拿到的郵件就是塞在信箱縫裡的家具廣告。

「如果妳不介意的話，我想要休息了……」

「你弟弟突然變了很多，」她打斷了他，「就在一夜之間。」

她抓住他的衣袖，他正想掙脫開來，此時燈光熄滅。自動照明的固定時間已到，由於樓下這個老舊的開關跟一般的開關不一樣，上面沒有亮點，過了好一會兒，馬克才摸索著找到那個開關。等到燈光終於再度亮起，馬克覺得自己再也沒有半分力氣，也明白他無法拒絕跟這位奇怪的護士談下去。

「班尼當然變了，畢竟他住在精神病院裡。」他先開了口。

「我說的不是這個，」她搖搖頭。「好幾個月以來，他都很任性，不肯刮鬍子，不肯吃東西，整夜躺著不睡。他常常拒絕離開他的房間，如果有人要求他離開，他會變得很粗暴。」

馬克無奈地點點頭，這對他而言不是什麼新聞。正因為如此，醫生也沒有替班尼開列正面的診斷書，而暫時的留置就變成了長期留置。

「可是就在一夜之間，」雷娜瞇起眼睛，她的目光因此變得更咄咄逼人，「……大約是在評估他能否出院的一個月前，他突然像是變了一個人，要求給他水果和維他命果汁，並在有人監看的情況下，到公園慢跑，還閱讀聖經。」

「聖經？」

這聽起來真的不像他弟弟。

「我不確定這是否有什麼意義……」她繼續說：「可是班尼的舉止就從做過核磁共振檢查的那一天開始改變。」

核磁共振？難道班尼的心理問題是生理狀況所導致？

「那個檢查很奇怪。通常我們會掃瞄大腦，看看有沒有異常之處，可是班尼卻只有掃瞄下腹，雖然他從來沒有抱怨過哪裡不舒服。我把片子找來看過。」

「結果呢？」

「沒有任何異常，他很健康。」

「妳並不是醫生，雷娜。」

「可是我頭上長了眼睛，而且我知道在這次檢查之後，班尼好幾次想吐掉他服用的藥物。當我問起這件事，他說他不想讓任何毒素進入體內。」

馬克轉身面向她，朝她走近一步。「妳到底想說什麼？」

「我認為他是在做樣子給調查委員會看。」

「他何必那麼做？他明知道我要推翻我的證詞。」

在那場悲劇撕裂他的人生之後，在那場車禍奪走他的最愛之後，馬克什麼都不在乎了。他岳父不需要大力說服，就能說動他推翻當年把班尼強制送進精神病院的假證詞，儘管這樣一來，他自己就得面對刑事訴訟。

「把你弟弟從那裡弄出來，」他岳父這樣勸他，「你需要他。如今他是你唯一還活著的親人。」直到珊德拉死前，他每天都還記掛著他情況不穩定的弟弟，可是在她死後，一切對他來說都無所謂了。他不再思考，比起在街頭，班尼在封閉的病院裡是否會受到更好的保護。如今他自己都無力區分正確和錯誤的決定，而今天晚上他更是辦不到。在這一天裡，他不得不阻止一個少女自殺，之後又做了一場馬拉松式的醫學檢查。

馬克感到一股怒氣上湧。「原諒我這麼說，可是妳之所以在這裡等我，該不是只因為班尼突然開始注意他的健康吧？」

「不是。」

「那是因為？」

「我剛才說過了，我很擔心。你真的應該多注意他一下，我不認為他一個人在外面能活得下去。」

不需要妳來告訴我這個。畢竟當年是我在浴缸裡發現了他。

「是什麼讓妳做出這樣的結論？」

「是這個。」

她放下手裡的袋子，伸手到外套的內袋，抽出一個鼓鼓的信封。

「這是我在他的房間裡發現的，在他被釋放之後一個小時，我去換床單的時候。」

她打開那個信封，而馬克說不出話來。

「一萬五千歐元，全是真鈔。」雷娜的聲音頭一次聽起來有點不安，接近無助。「我不明白這是怎麼一回事，而且我實在不懂，在封閉的醫院裡，你弟弟怎麼能弄到這筆錢。」

13

他終於打發了那個憂心忡忡的護士，承諾他會留心他弟弟，把那筆錢的事弄清楚。他們說好在他跟她聯絡之前，她不去動那疊鈔票。然而他想像不出，自己到底什麼時候才會有力氣去跟她聯絡，此刻就連爬上樓梯，對他而言都像是難以克服的障礙。

他吃力地拾級而上，經過每間公寓門口堆積如山的鞋子，那些鞋子的狀況、大小和氣味足以說明公寓裡住的是什麼樣的人，就跟門上貼的貼紙，或是從門內傳出來的電視節目噪音一樣。在他住進來之後的短短時間裡，馬克幾乎沒有碰見任何人。儘管如此，他對他的新鄰居卻有很清楚的概念，包括那個沒錢補鞋的單親媽媽，那個上午就寧願看摔角節目而不願把瓶子拿去回收箱的酒鬼，還有那個在踏墊上寫著「禁止進入」的淘氣鬼。

他總算爬上了四樓，伸手進褲袋裡掏鑰匙，跟雷娜交談時，他把鑰匙又塞回去了。在口袋裡，他還摸到了那份參加記憶實驗的報名表，檢查結束時，他自然沒有在上面簽名。

我還需要一點時間考慮，向布萊托伊告別時，他撒了個謊。他很確定，道別之後，他不會再跟對方見面。

想像只用一顆藥丸就能忘記那場車禍固然很誘人，但不能以喪失他的身分做為代價。如果要忘了自己，他大可以考慮持續吸食毒品，渾渾噩噩地活下去。

馬克把鑰匙串摸出來。離開布萊托伊醫院時，警衛把鑰匙跟其他的貴重物品，還有他的手機一併交還給他。手機螢幕上未顯示有未接來電。

一隻飛蛾不知怎地，飛進他公寓門上的塑膠燈罩裡，從裡面一再撞上那個塑膠殼。馬克嘆了口氣，把鑰匙插進鎖孔。

搞什麼鬼？

馬克往上看，好確認他沒有在疲憊之中走錯了房門。然而綠色的灰泥上寫著黑字，三一七室，是他的公寓沒錯。儘管如此，鑰匙卻無法轉動分毫。

可惡，真是夠了。

他把那根鋸齒狀的安全鑰匙再從門鎖裡抽出來，拿在光線下端詳。

一切都很正常，沒有折損，沒有凹陷。

馬克又試了一次，那隻飛蛾發出嗡嗡的聲音，帶著威脅性。這一次他推得更大力，甚至用肩膀頂住那扇門，可是毫無用處。他正想再試第三次，此時他的目光落在門鈴旁邊的名牌上。

馬克在震驚之下停了手。

看在老天的份上，這是誰幹的？

他手中的鑰匙串開始顫抖，他瞪著那個以花體字寫成的姓氏，無法置信。有人用一個新名牌換下了他的名牌，上面寫的不再是「魯卡斯」，而是「希納」，他亡妻的娘家姓氏。

在頭一秒的震驚之後，驚嚇轉為無邊的怒氣，這個玩笑太殘忍了。他又把鑰匙插進門鎖中，用力搖撼那扇門，甚至用腳去踢，直到他聽見一陣聲響，他整個人僵住了，彷彿全身麻痺。

有人在外面嗎？

毫無疑問。馬克把耳朵貼在門上，聲音響亮而且清楚，一陣腳步聲從屋裡傳出，直接朝著他走來。從他的公寓裡。

憤怒變成了赤裸裸的恐懼。

他就在門打開的那一瞬間往後退，門只開了一條縫，是那條金色的安全門鏈所允許打開的最大限度。然後，時間就在那一剎那停止轉動，當他看見那個臉色蒼白、頭髮凌亂的身影，而那人也從他的公寓裡，用悲傷的眼神望著他。

他眨眨眼睛，一個字也說不出口。他閉上眼睛，好更確定一點，然而他無需再看第二眼，就已經從她高高揚起的眉毛認出她來，從她那不敢置信的表情，彷彿他剛剛才對她說她有多美。

就在他面前，只相隔十公分的距離，她站在他伸手可及之處。

珊德拉。

他此生最愛的人。

他懷孕多月的妻子。

14

「這是怎麼……妳該不會……妳……」

馬克無法清楚思考，一個個句子起了頭卻無法完成，他結巴得愈來愈厲害。

「什麼？」門後的女子問。她把一綹頭髮從額頭上撥開，剎那間，千百個回憶同時傾洩而出，像大雨一樣朝他襲來。是法國蜂蜜洗髮精的香味勾起了他的回憶，珊德拉愛用的那種洗髮精。

是她沒錯。

「妳在……這裡？」他問，右腿開始顫抖，彷彿他剛跑完一次跨欄賽跑。他伸出手，想從門縫裡摸摸她，好確定自己不是在跟一個鬼魂說話。那女子嚇了一跳，把身體縮了回去。

「你想幹什麼？」

他有那麼多問題想問，卻只說得出三個字：「珊德拉？」

「我們認識嗎？」門後的女子又稍微走近一點，挑起了左邊的眉毛。

「呵。」他不是在笑，只是在吐氣。「妳怎麼會……我以為……妳怎麼可能……」

「抱歉，我爐子上還在煮東西。」她說，壓住門想再把門關上，但馬克在最後一刻把腳伸進門縫裡。他感覺到腳趾被夾住，覺得心安，因為那陣疼痛讓他知道這不是一場夢。

「我以為妳死了？」他脫口而出，而那女子的臉上失去了所有的表情。這個肖似他妻子的金髮女子用他妻子抑揚有致的語調說話，穿著他幾週之前才在孕婦時裝店裡替她買的毛背心，此刻她正使勁從裡面把門往外推，同時喊人來幫忙。

「等一等，求求妳。」

馬克抵住門，「是我啊，我是馬克。」

「請你離開。」

「馬克·魯卡斯，妳的丈夫。」

「我不認識你。」

「什麼？親愛的，我……妳總不能就這樣再度出現，然後……」

「走開。」

「可是……」

「馬上走開，不然我要叫警察了。」

此刻她高聲大喊，而馬克不由得向後退，在她冷冷的眼神下退縮，在明白她有多認真的那種心酸中退縮。他六週前死亡的妻子不知道站在她面前的是誰，在她眼裡，他是個陌生人。不，比那更糟，她看他的眼神，就像在打量一個她害怕的陌生人。

「珊德拉，求求妳跟我解釋，這是怎麼……」

馬克沒能把話說完，門就已經在他面前關上。

15

拒絕相信，抗拒，否認。

他全身無力，拖著腳步走下樓梯，心想，在哀悼第一階段的典型伴隨現象裡，不知是否也包括幻覺在內。接著他想起一篇文章，裡面敘述，哀悼的第一階段出人意料地跟面對死亡的第一階段完全相同。就跟失去親近之人一樣，染患不治之症的人在頭幾個星期也不願意接受這個殘酷的事實。

抗拒、否認、遺忘……

馬克緊緊抓住欄杆，不只是因為暈眩，主要是因為他想感覺到手指下那冷冷的木頭。剛摸到欄杆時的觸感有點潮濕，摸起來甚至有點不舒服，彷彿摸到了某種死掉的東西，但至少他還有感覺。

我活著，也許我發瘋了，但是我還活著。

他的腹痛也是他還活著的一個確定跡象。才走了幾公尺，他就感到體側刺痛，然而比起珊德拉冷淡而恐懼的眼神所帶給他的心靈傷痛，這根本不算什麼。

她沒有認出我來。

如果那果真是她的話。

馬克抓著欄杆，繼續拖著身子下樓，暗忖是否是他的大腦開了他一個玩笑。莫非他還在夢境裡，只要醒過來就會沒事？可是這個夢代表什麼呢？為什麼門邊的名牌上寫著另一個名字？他又何以進不了自己的公寓？再說他那該死的腳趾為何到現在都還在痛？被珊德拉用門夾住的腳趾？

馬克在二三樓之間停下腳步，目光落在一雙小孩穿的靴子上，那靴子看起來像是已在等待聖誕老公公到來。靴子的主人是艾蜜莉，自從馬克搬進來以後，除了管理員之外，就只跟她交談過幾句話。週末如果沒有下雨，她就會在院子裡搭起小小的跳蚤市場，賣的東西只在六歲小孩的眼裡有價值。馬克用不著那些東西，儘管如此，在這段短短的時間裡，他已經成了她最好的主顧。他就是沒辦法從艾蜜莉身邊走過，而不向她買點東西：一粒彈珠、一個有《叢林奇譚》人物的削鉛筆機、一把乾燥花。

他考慮了一下，不知是否該按她母親公寓的電鈴。

「抱歉，我知道這聽起來很奇怪。妳不認識我，不過可以麻煩妳把艾蜜莉叫起來嗎？她得向我死去的太太證明我真的住在這裡，好讓我太太允許我進我的公寓。」

他不由得苦笑，頓時明白，何以有些人會坐在公園的長凳上自言自語。接著他的手錶發出答答聲，提醒他又該吃藥了。藥在他浴室鏡子後面的小櫥子裡等他，在一間他進不去的公寓裡，因為他認為已死的妻子既沒有認出他來，也不願意讓他進去。他決定先回到車上。自從他駕駛珊德拉的車出了車禍之後，他只在有一天必須去醫院換藥時開過他那輛銀灰色的Mini，因為那一天他的悲傷大到他害怕自己會在地鐵上崩潰。從那以後，他都在車上的置物箱裡多放一盒備用藥片。

「就這麼辦。」馬克繼續自言自語，等他克服了他的頭痛，他就會想出一個計畫。也許他剛才真的是失去了理智，也許是悲傷把他逼瘋了，不過只要他還能把一隻腳放在另一隻腳前面，只要他還能思索這個情境的荒謬，那麼他就還不至於做出失控的舉動。

他的決心只維持了不到兩分鐘。他走出大門，走進十一月的風雨之中，一眼就看見他那輛銀灰色的Mini已經不在停車場裡。平時停在那兒的其他車輛也全都消失了，取而代之的是幾個生鏽的「禁止停車」標誌，在風中搖搖晃晃。之前他跟那位護士談話時，並沒有注意到這些標誌。

馬克吸進冷冽的空氣，聞起來有潮濕葉片的氣味，還有泡脹的垃圾氣味，那些垃圾從慢慢漲滿的下水道裡被擠上來。為了讓他顫抖的手指平靜下來，他在人行道邊緣蹲下來繫鞋帶。此時一輛警車轉進這條街，緩緩沿著鋪石路面行駛，身穿制服的警察狐疑地打量著他，以步行的速度從他身邊駛過。

馬克站起來，考慮是否該打個手勢請那輛警車停下來，可是機會稍縱即逝，那輛福斯休旅車已經又在街角轉彎了。

他追在警車後面，沿著鋪石道路一直跑到下一個十字路口，愈跑愈快，繞著街區轉了一圈，雖然他明知道自己並沒有把車停在附近任何一條巷子裡。最後他再度站在他那棟出租公寓的大門口，氣喘吁吁地往上看。在他四樓的房間裡，擺滿尚未拆開的搬家紙箱，相片豎在地板上，空著的水族箱暫時充當垃圾桶。就在那個房間裡，窗簾後面有人影往後退，一個有金色長髮的人。

好了，到此為止。

馬克伸手到褲袋裡，在那份報名表和一盒吃完的藥片旁邊摸出他的手機。在他的一生中，極少需要求助，可是此刻他絕對無法獨力解決。

我要先打回我自己的公寓，看看珊德拉會不會接。然後打給康斯坦丁，說不定也打給警察……

「可惡，這是怎麼回事？」馬克又在自言自語。接著他把手機闔上之後又再打開，聽見平常的嗶聲，用拇指撫摸螢幕上那道熟悉的刮痕，看見螢幕保護程式那熟稔的雲朵背景，儘管如此，這支手機還是讓他覺得很陌生。

什麼都沒有。

就連一筆記錄都沒有，他沒有辦法再打電話給任何人，因為他儲存的所有號碼都被消除了。

16

「不，魯卡斯是我的姓，名字是馬克。你找過了嗎？」

馬克暫時用手蓋住手機的麥克風，探身向前對那個計程車司機說話，他剛剛才上了這輛賓士車。

「麻煩請到卡爾馬克思路，在哈森海德。」

聽見馬克的目的地，司機皺起鼻子，把收音機轉得更大聲一點做為回應。印度西塔琴的樂聲叮叮咚咚地從擴音器裡傳出來。

「沒有嗎？車牌號碼是B-YG 12。好吧，所以說我的車沒有被拖吊囉？謝謝。」

他結束了跟警方拖吊場的通話，剛才他請查號台替他接通對方的電話。這時，引擎出人意料地猛然起動，他往後倒在罩著塑料護套的座位上。他尋找著安全帶，可是安全帶滑到可折疊的靠背後面了。

「怎麼了嗎？」禿頭的司機問，狐疑地看著後視鏡，鏡子上掛著兩個晃來晃去的毛呢骰子，同時他把鍛鍊過的手臂擱在前座的頭靠上。假如他嘴裡再叼根菸斗，他大可以扮演大力水手。

沒錯，的確是有點狀況。我剛才遇見了我太太，而我很想繫上安全帶，免得和她遭遇相同的命運。因為她其實已經死了，你知道嗎？

「沒事。」馬克回答。他很想挪到旁邊的座位上，但是大力水手看起來不像是會喜歡乘客坐在他背後。於是他坐在原位，沒有繫安全帶，凝視著窗外。

他從不曾感到如此寂寞，就連在哀傷最深的那段日子也不曾。

從他第一次呆望著他手機的空白螢幕至今，才過了五分鐘，五分鐘，他意識到他如何名符其實地失去了跟自己生活的連結。他曾經多次跟朋友討論，假如突然沒有了電，世界將會如何大亂。他沒有想到的是，失去他的手機幾乎也有同樣嚴重的後果。當手機不再只是用來通話，而是一具電腦，被人用來管理他全部的社交生活，在這樣的社會裡，要斷絕一個人跟外界的聯絡，最簡單的辦法莫過於偷走他的 SIM 卡。

在過去這幾年裡，他不曾再撥過一個號碼，而是每次都從數位聯絡簿裡選擇他想要打的電話。若是要打給珊德拉、康斯坦丁、他的同事羅絲薇塔、他的大學同學湯瑪斯和幾個常聯絡的人，他甚至只需要按一個快速撥號鍵。他唯一會背的號碼此刻對他一點幫助也沒有：他自己的手機號碼。所有其他的號碼都在他儲存在某個名字之下後，隨即遺忘了。

學習遺忘。

馬克再一次檢查手機裡所有的次選單，包括通訊錄、已撥電話、未接來電、文字訊息和多媒體訊息，全都空空如也。一定是醫院裡哪個人把他的手機回復成初始模式了，不管是無心還是有意，結果都一樣——他跟外界斷了聯繫。當然還有查號台，可是康斯坦丁・希納的號碼沒有登記在電話簿上，查號台也幫不了什麼忙。如果現在真有誰能幫上他的忙，那人就是他的岳父。一方面他也是當事人，跟他一樣為了珊德拉而哀悼；二方面他是位醫生，如果馬克目前處於一種瘋狂的狀態，康斯坦丁會知道該怎麼辦。換做是他的朋友湯瑪斯，就只會不知所措地聳聳肩膀，出幾個馬克自己也想得出來的無用的點子：檢查一下你今天去過的那家醫院，去跟警方談一談，找鎖匠去你公寓開門。

可是事情並沒有那麼容易，如果你把身分證忘在家裡，又還沒有正式去戶政機關登記搬遷。搬家才不過是三個星期前的事。

而湯瑪斯在跟他講電話時會不停地看錶，拜託馬克講話不要太大聲，免得把嬰兒吵醒，那他太太就會跟他沒完。

這些年來，馬克沒能好好維繫跟朋友之間的友誼，他自問這說明了他是什麼樣的人。其實他這一生中只有一個夥伴，而那個夥伴在六個星期前把屍體捐做科學研究之用。

珊德拉。

他真的沒辦法到病理部門去看她最後一次，目前她的屍體在那裡供醫學院學生解剖，因此直到現在都還沒決定正式舉行葬禮的日期。

「今天有什麼？」計程車司機朝後面吼，沒想到要把擴音器轉小聲一點。

「什麼意思？」馬克不解地問。

「我是說在赫胥黎俱樂部，今天是誰在表演？」

我看起來像是要去參加搖滾演唱會嗎？

「不知道。我只是得再去辦公室一趟。」大力水手朝後視鏡瞄了一眼，又皺起了鼻子，清楚地表達他對位在那種地方的辦公室有什麼看法。

「我是個亞洲迷。」他解釋道，雖然並沒有人問他。看來他期待別人的肯定，就算是勤練健身的人也可以有與眾不同的音樂品味。馬克設法不去理他，他需要用全副力量來釐清過去這幾分鐘裡，他的理智無法回答的問題：為什麼我進不了自己的公寓？如果珊德拉已經死了，她又怎麼能替我開門？如果她還活著，為什麼認不出我來？

「你是做什麼的？」司機問，此刻他不僅要跟西塔琴的音樂比大聲，還得要蓋過無線電中心模糊難辨的嘶嘶聲。

難怪我無法清楚地思考。

起初他想馬上坐車去找康斯坦丁，可是他隨即想到，他辦公室的電腦裡有手機資料的完整備份。再說他皮夾裡那薄薄幾張鈔票也不夠讓他搭車到希納家族位在沙克洛夫的別墅，又負擔不了到康斯坦丁位於黑爾路的私人醫院的車資。

〇一六二一……馬克想破了腦袋。珊德拉和康斯坦丁的手機號碼頭幾碼相同，他也知道兩個號碼都以六六結束。

「魔鬼的數字。」珊德拉曾經開玩笑地說，可惜她沒有給他更多提示，能讓他想起中間還缺少的那四個數字。他覺得宛如回到了童年，他和班尼想在校園裡破解腳踏車號碼鎖的那一刻。要碰巧找出正確的電話號碼組合根本是不可能的。

好吧，一步一步來。你現在到辦公室去，把資料載入手機，拿了錢，然後找回你的人生、你的身分。

計費表跳到了十二歐元三十分，馬克的腦中浮現一個念頭。他試著驅散那個念頭，但是隨即明白，如果他想弄清楚剛剛發生在他身上的究竟是怎麼一回事，就必須順著這個念頭去做。假定有人在他的手機上動了手腳，那麼只有用一個不相干的人的手機才能加以驗證。

「抱歉，你說什麼？」

馬克把手機放在司機看不見的地方，探身向前。

「可以請你幫我一個忙嗎？」

大力水手立刻鬆開了油門，把車子靠向右邊，雖然距離目的地還有兩百公尺。

「你付不出車錢嗎？」他猜疑地轉過頭來問。馬克把手機塞到大腿下。

「不是，不是。我想我把手機搞丟了，可以麻煩你打我的手機號碼嗎？」

馬克指指司機掛在計費器旁邊一個塑膠套裡的手機，那手機同時也充當導航系統。

「搞丟了？你上車的時候不是才在打電話？」

該死。馬克急昏了頭，根本沒想到這一點。

「這是我的第二支手機，可是我的黑莓機不見了。」他倉皇地扯了個謊。計程車司機的懷疑顯而易見。

「你是同性戀嗎？」他問。

「你怎麼會想到這上頭去？」

「喔，這是他們很愛用的一招。我打給你，你不就有了我的手機號碼。可是我不是同性戀，雖然我有時候也喜歡穿皮褲，可是那不表示……」

「不是的，別擔心。我真的只是想知道我是不是把工作用的手機搞丟了，或者只是把它忘在我女朋友那裡。我本來是要打給我自己的，可是這玩意兒沒電了。」他再把手機從大腿下拿出來。

司機還在猶豫，「我的號碼不會顯示出來。」

「你看，那就根本沒有問題嘛。」

大力水手繃緊了上臂的二頭肌，輕蔑地從鼻子裡哼了一聲，但還是使勁把手機從座上拿了下來，撥出馬克唸給他聽的號碼。

「電話在響。」過了一會兒後他說，把手機從耳邊拿開。

馬克聽見小聲的嘟嘟聲，但他的手機螢幕上沒有顯示有人來電。

所以我想的沒錯。他們只不過是把我的 SIM 卡掉包了。可是為什麼呢？

「你不是說你把手機留在女朋友那兒嗎？」司機打斷了馬克的思緒。

「怎麼樣？」

「可是接電話的卻是個男的。」

「什麼？」

大力水手把手機遞到後面給他。

他把手機拿到耳邊，聽見一個低沉的聲音接二連三地說了好幾次「哈囉」。

「對不起，我大概是打錯了。」

「沒關係，你本來是想找誰呢？」

馬克報出他的全名，正打算掛掉電話，此時對方和氣地笑了。「喔，那你並沒有打錯，老兄，有什麼事嗎？」

「請再說一次？」

手機差點從他汗濕的手指滑落，而他的脈搏似乎加快了兩倍。

「我就是馬克．魯卡斯，」線路另一端的陌生人說，他咯咯地笑道：「請等一下，我馬上回來。」

那頭傳來一陣窸窣聲，依稀聽見那個男子在說：「怎麼回事，寶貝？」

然後電話從馬克手中滑落，就在他聽見對方身後那女子的笑聲之後。

珊德拉。

17

「嘿，我還要找錢給你！」計程車司機在他背後大喊，可是馬克沒有再轉身。他必須下車，必須呼吸一下新鮮的空氣，就算他知道新鮮的空氣也無法減緩那股噁心想吐的感覺。通常他在服藥之後會覺得噁心，但此刻這種嘔吐感純粹是由那通電話引起的，他剛才跟那個陌生人通過的電話。

一個陌生人，用我的名字？過著我的人生？

計程車停錯了邊，儘管疲憊不堪，馬克還是設法跑完到紅綠燈前的那最後一百公尺，如果要去他的辦公室，他就必須要過馬路。然而才跑了幾步，他胸脅兩側就開始刺痛。從前他毫不費力就能慢跑十公里，自從那場車禍以後，他的體能似乎就跟一個癌症病患差不多。而在經歷這一天所發生的所有事件後，他會感到沒有體力也不足為奇。

康斯坦丁認為他的虛弱不僅是免疫抑制劑的副作用所引起，該藥物能避免他後頸中的碎片遭到身體排斥。「這是因為你的心靈在沒受過訓練的情況下要跑一場馬拉松。」他向馬克解釋，想說服他接受心理治療。

馬克用一隻手壓住胸側，試著藉由呼吸來減輕疼痛，這是他弟弟教他的。當年他們還是小孩子，經常得在碰到地鐵查票員的時候拔腿就跑，那時候他們兄弟之間還沒有嫌隙。

「我要發瘋了。」他說，彷彿像在朗誦。雨中的路上只有少數行人，沒有人對一個搖著頭喃喃自語的人感到詫異，不管是那個賣報的、那對大學生情侶，還是那一大家子外國人。在柏林，沒有人會大驚小怪，至少在這個城區不會。

「要不就是我瘋了，要不就是在醫院時，他們在我身上動了手腳。」他對自己說。

快到紅綠燈時，馬克經過一家藥局，窗柵已經放下來了，可是裡面的燈還亮著。他看看錶，九點五十七分。櫥窗裡有個發光的告示牌，寫著「今日提供夜間服務」。這麼長一段時間以來，在他的生活中，頭一次至少有件小事似乎還在正常運作。

他只剩下三分鐘的時間來購買他所需要的藥物。馬克按了鈴，接著一個拿著塑膠袋的男生排在他後面，點了根菸。馬克從玻璃門的倒影看見，那人的鼻子在流血，他最多不過十八歲，可能還更年輕。那人的倒影隨即消失，當玻璃窗口從裡面打開，一個疲倦的藥劑師對他點點頭，沒有開口打招呼。藥劑師手裡還拿著遙控器，在受到打擾之前，他拿著遙控器在電視頻道之間轉來轉去。馬克掏出原本裝著藥錠的鋁箔片，遞給那位藥劑師，每一顆藥的鋁箔都已經被壓破，藥全部被取出了。根據藥劑師工作袍上的名牌，他姓史泰納。

「Axemnosphalt？」他從鋁箔片的背面讀出藥名，露出不敢置信的表情，彷彿馬克想買的是海洛因。「你有醫師處方嗎？」

馬克搖搖頭，到目前為止，他都是在換過紗布之後，直接到醫院的藥局拿藥。

「這什麼藥啊？」藥劑師說，穿著那雙露出腳跟的健康鞋，搖搖擺擺地走到櫃臺後面。馬克聽見金屬櫃的幾個抽屜被抽出來又推回去的聲音。

「麻煩你順便幫我拿點阿斯匹靈和止吐劑。」馬克在他身後喊。

那個小混混模樣的少年在馬克背後不耐煩地嘟囔，把香菸的煙直接吹向他後頸。

史泰納放棄了尋找，拿著一個小藥袋回到窗口。

「我查過了，這種藥我們沒有存貨。不過，如果你明天上午再來，我可以替你訂購。」

該死，我沒辦法等到明天。

藥劑師把其餘的藥品放在窗口下方的小洞裡，接過馬克的信用卡。剛才走回窗口時，他順便把讀卡機拿過來，免得要再跑一趟。

「不，只剩下一個傢伙排在我前面。我馬上回來，寶貝……」

馬克朝那個小混混轉過身去，他正在跟女友通電話。

「……然後我們就可以繼續做，好嗎？」

繼續做？做什麼事會先把鼻子打破？

「你還有別張信用卡嗎？」他聽見藥劑師問，便又朝窗口彎下身子。

「怎麼了？」

史泰納把讀卡機的螢幕秀給他看。

卡片無效。

「不可能，這張卡片是全新的。」馬克再把他的美國運通卡遞過去，可是讀卡機也不接受，這下子那個藥劑師不耐煩了。

「不然你就只好付現，魯卡斯博士。十四歐元九十五分。」

「不然你就閃到一邊去，讓真有緊急狀況的人先來。」他背後那人罵道。然而馬克既沒有理會史泰納，也沒有理會那個在流鼻血的小子。因為就在這一瞬間，他從玻璃的倒影看見馬路對面一家店鋪的燈光熄了。

在「海灘」！在他的辦公室。

「我馬上回來。」他說，從窗口抓起了那個藥袋。

「嘿！」那個藥劑師震驚地喊。

「別擔心，我在這附近工作。我馬上就拿錢過來，好嗎？」

此刻他沒空跟對方爭論，他得到他的辦公室去，去到他的辦公桌，找回重返自己生活的路。那兒有他需要的一切，上鎖的抽屜裡有現金，電腦裡有他所有的聯絡電話。

於是他用手肘把那個小混混撞到一邊，衝過卡爾馬克思路，儘管時間已晚，路上車輛還是很多，就跟一座小城市的主要街道一樣。

「哈囉！」他人還站在馬路中間的安全島上就先喊了出來。一輛跑車故意駛過一灘水，濺濕了他牛仔褲的下半截。他渾然不覺，又向那個男子再喊了一聲，那人正蹲在通往他辦公室的店門前，打算用一把掛鎖把放下來的鐵門鎖上。

那人穿著一件黑色雨衣，雨帽蓋在他頭上，宛如修道士的頭巾，因此儘管距離很近，馬克還是看不清他的臉。

「嘿，我在跟你說話！」馬克大喊，當他終於站在那人面前。「你是誰？」

「喔，你是說我嗎？」對方抬起頭來，他大約三十出頭，個子很高，穿著褪色的牛仔褲和一雙很大的球鞋，馬克的腳橫著放，大概都能放進那雙鞋裡。為了不讓雨水直接滴進眼睛，那人用手掌遮著臉。

「有什麼事嗎？」他問，口氣還算和善，他站了起來，比馬克至少高出兩個頭。

「你是誰？」

「你又是誰？」

「我是你剛剛鎖上的這間辦公室的主任，既然我不認識你，我納悶你在這裡做什麼？誰把鑰匙給你的？」

那男子先看看右邊，再看看左邊，彷彿在找人為這番談話做見證，然後他低頭對馬克露出嘲諷的微笑。

「今天是幾月幾號？」

「十一月十二號。這跟我的問題有什麼關係？」

「我就知道。今天是四月一號愚人節。」

馬克火大地看著那個陌生人伸手拿起一個公事包，轉身離去。

「你在耍我嗎？」

那人把頭轉過來，「是你先開始的。」

他走得離「海灘」愈來愈遠，馬克要費很大的勁才能跟上這個陌生人的腳步。

「等一下，停下來，不然我就去報警！」馬克喊道，自己都覺得自己有點可笑。

「報警做什麼？」

「去通報有人闖進我的辦公室。」

「你的辦公室？」

「沒錯。」

那個大個子停下腳步。

「為什麼這一切都在一天之內發生在我身上？」馬克自問，抬頭望向漆黑的天空，雨滴落在他鬍子未刮的臉上，但此刻他好像已經不再在乎。馬克隱約覺得自己好像曾經見過這個人。

「老兄，我才是這兒的辦公室主任，而我實在不知道你是誰。」

「這太可笑了！」馬克叫道，從口袋裡摸出了他的鑰匙串。

然後他往回跑了十步，跑回辦公室，那個陌生人搖著頭，佇立在雨中。

「我的名字是馬克．魯卡斯，我是……」

他說不下去了，無法置信地看著那把換過的掛鎖。他根本連試都不必試，就知道自己沒有鑰匙能打開這把大鎖。儘管如此，他還是一把鑰匙接一把鑰匙地試，直到他聽見對方的聲音在他身後響起。

「馬克．魯卡斯？」

他點點頭。

「從來沒聽過。」

馬克站起來。

「好吧，那請你打個電話給羅絲。」

「羅絲？」

「我的助理，她負責處理辦公室的雜務。」

「不，你弄錯了。既沒有一個馬克．魯卡斯在這裡工作，也沒有……」

「我真的受夠了，」馬克粗魯地打斷了他。「我要求你立刻打電話給羅絲薇塔．貝恩哈德。」

「好吧，好吧。」那男子表示安撫地舉起雙手，掏出了他的手機。很顯然他上過化解火爆場面的基本課程，面對難以捉摸的人，先設法答應對方所提出的要求中，比較容易達成的部分。

「告訴我羅絲的電話號碼。」他說。

馬克伸手摸向後頸，眨了眨眼。

電話號碼。可惡，我連我自己的號碼都不再確定。

「我不知道她的號碼。」停頓了好一會兒，馬克這麼承認，此時雨勢也漸漸小了。一切似乎都靜止下來，天氣、車流、時間，只有他內在的傷痛繼續流淌。

「你出了什麼事嗎？」他聽見那男子在問，聲音像是從遙遠的地方傳來。突然之間，那人聽起來是真心替他擔憂。

「我……我不知道。」

「你的氣色真的很差。你的眼睛……你去檢查過嗎？」

「不，那只是些副作用……」

「你在服用藥物嗎？」

那陌生人的聲音裡流露出一絲理解。

「對，但那不是問題。」馬克試著讓對方明白，他想錯了。

我不是心理變態。至少今天上午我還不是。

一隻手觸碰著他的下臂，把馬克嚇了一跳。

那個巨人看起來雖然像個籃球隊員，可是想必也是個癮君子。他站得離馬克這麼近，馬克聞得到留在他衣服上的尼古丁氣味。

「聽我說，」自稱是辦公室主任的那人和氣地說：「我的工作就是處理別人的煩惱，而今天我已經搞砸一次了。也許我至少可以幫你一點忙？如果我讓我太太再多等半個小時，利用這個時間送你回家，你覺得怎麼樣？」

回家。

馬克絕望地笑了出來，但是那個陌生人不放棄。

「我可以替你跟什麼人聯絡嗎？」他的目光落在馬克的婚戒上。

馬克笑得更大聲也更絕望了。然後他驟然打住了笑，指指身後的門。

「不，我哪裡也不想去。我只需要進去裡面。」

那人的笑容消失了。

「很抱歉，我不能讓你進去。在辦公時間以外，『海灘』不允許陌生人進入。不過，我可以給你另外一個建議。我們開車到一家醫院去……」

不，不要去醫院。

「……在那裡你可以先休息一下，然後……」

不，我不要再一次……雖然……

「……他們會替你徹底檢查一下……」

為什麼不呢？那家醫院！

馬克轉過身，望向馬路對面，那個藥劑師走到門外，朝著馬克喊了幾句聽不清楚的話，想來他的意思是他該拿到錢了。不過，這件事得要晚點再解決，反正那人拿了他的信用卡。那錢馬克明天會付，他口袋裡僅剩的十五歐元，只勉強夠他把自己從這場瘋狂中解救出來。

該死，為什麼我偏偏沒把那個護士的電話號碼記下來？雷娜・施密特？

之前她把電話號碼告訴他時，他根本沒有注意聽，此刻馬克無法理解，自己何以在半小時前打發了一個揣著一萬五千歐元，而且可以證明他的身分的女人。

「好吧，那你一起來。」他對那個男子說，抓住了對方的衣袖。

「什麼？去哪裡？」對方想把馬克甩開，但是馬克緊緊抓住了他的雨衣。

「我們一起到警察局去。」

「想都別想。」

「噢，你錯了。這就是我們要做的事，我倒要看看，我們兩個當中，是誰需要接受治療。」

「我說了不要。不要又來一次。」

馬克愣了一下，鬆開了對方的衣袖。

「又來一次？」他重複著對方的話。

「今天我一整天都在跟警察打交道，我很慶幸終於擺脫了他們。」

「警察已經來過了？」馬克指指通往「海灘」的入口，「在辦公室裡？」

「是啊，你仔細看看我的臉。」那人把雨帽從頭上拉下來，「你沒有認出我來嗎？」

我認得的，可是我不知道自己在哪裡見過他。

「你沒有看新聞嗎？」

「沒有。你為什麼問？」

「你很幸運，不必聽見茱莉亞的故事。」

「茱莉亞？」

「在新科恩露天游泳池自殺的那個女孩。」

那男子又把雨帽拉起來，緊緊裹住頭部，朝他停在路邊的汽車走去，他走路時彎著腰，個子太高的男人常有這種姿勢。

馬克站在原地，覺得自己似乎又有一部分人生隨著那個陌生人離他遠去。

「她怎麼了？」馬克在他身後喊：「告訴我，發生了什麼事？」

那男子已經把手擱在車門上，最後一次轉過身來，用疲倦的眼神看著馬克，眼裡流露出的深沉悲哀是馬克很少見到的。

「可惡，我就是阻止不了，」他說，踢了汽車輪胎一腳。他的聲音幾乎被他身後呼嘯而過的車聲給吞噬了。

「茱莉亞就那樣跳了下去。」

18

一個人最大的力量泉源也是他最敏感的弱點——他的家人。有些黑手黨往往不殺死敵人本身，而是殺死所有對那人深具意義的人，這不是沒有道理的：他的父母、朋友、妻子，當然還有小孩。尤其是小孩，他們是一個男人的致命傷，特別是女兒，就像肯恩．蘇可夫斯基的小孩。她們當中的兩個，五歲和七歲，下午在前院裡玩樹葉，把樹葉耙成一小堆一小堆，彼此用樹葉扔來扔去。最小的女孩裹著一件厚厚的浴袍，只能站在窗邊看著兩個姊姊。她感冒了，所以最好留在溫暖的室內。至少班尼是這麼猜想的，午後不久，他就監視著蘇可夫斯基一家人的小房子。此時天色已黑，不過每一層樓都還亮著燈。

要不了多久了……

班尼朝手中那張皺巴巴的紙條瞄了最後一眼，是他在醫院的最後那幾天裡寫成的名單。當時他只能用蠟筆寫，因為病患不准使用尖銳的物品。自從聽證會決定釋放他之後，他把這張紙條折起來又打開了不知多少次，紙條的邊緣已經磨損。如今他重獲自由才只有幾天，但上面的十個名字已經被劃掉了兩個。

班尼把那張薄薄的紙放回置物箱裡，右肩往下沉，把頭歪向一邊，直到頸椎發出喀喀的響聲。緊繃的情況並不嚴重，這輛出租汽車是瓦爾卡替他準備的，用來做這種監視工作再適合不過。只要按個按鈕，就可以把座椅整個放平，車子裡裝有引擎加熱器，此外，這輛車跟西區這一帶很相稱：既不會太豪華，也不會太廉價，在那些越野車和高級轎車之間，不至於引人注目。

班尼打了個呵欠。跟平常一樣，即使在漫長的等待中，他的心緒也無法平靜下來，他想著他跟瓦爾卡怎麼會走到今天這個地步。

在柏林這個充滿青少年夢想的城市，他們的故事很常見。因為在這個國家首都的貧民窟裡，即使想要闖出一番事業，也幾乎不可能在高級金融業、企管業，或是大型律師事務所找到工作。待遇較佳的職業就跟沒有狗屎的街道一樣稀有。偶爾，在波茨坦廣場的燈海中，或是在市郊的綠森林這兒，一個人可以隱約意識到生活可以是什麼樣子，暫時拋開每四個人就有一個靠救濟金過活、四成的兒童都生活在貧窮線下的事實。那些孩子只能勉強把夢想寄託在一種事業上，就算中學沒有畢業也能致富、開好車、女友成群，那就是在足球場上，或是跟他一樣在音樂界闖出一片天。班尼閉上眼睛，回想那段決定了他此刻命運的歲月。起初，馬克不讓他加入樂團主要是基於原則，雖然班尼既不會唱歌也不會彈奏樂器，但那並不成問題，畢竟其他團員也一樣不會，而那並未阻止他們去糟蹋「怪人合唱團」、「流行尖端樂團」和其他樂團的暢銷歌曲，那些他們視為典範的樂團。他們自稱為N. R.，意思是「新浪漫主義者」，把自己化妝得宛如「怪人合唱團」的主唱羅伯特．史密斯，每隔一天晚上，就在一家葬儀社的地下室裡練習。那家店的老闆是卡爾．瓦爾卡，艾迪的爸爸，他提供停屍間旁邊的一個房間給他們使用，條件是他們必須容忍他那體重過重而脾氣暴躁的兒子充當鼓手，雖然他兒子比較想唱歌，但是麥克風前面的位置已經給了馬克，雖然他的歌聲也遠遠稱不上完美，但還是比瓦爾卡的歌聲順耳得多。在頭一年，他們的演奏爛透了，艾迪的爸爸開玩笑說，他們早晚會把死人吵醒，毀了他的生意。後來他們開始演出，在學校裡，在私人宴會上，在企業的慶祝活動上。他們的水準並沒有提升，但知名度卻變高了——而壞就壞在這裡。

當時還沒有像美國那種幫派，沒有人持槍，街頭打架用的是拳頭而不是刀子。可是隨著他們的每一場表演，跟其他學生樂團之間的敵意就隨之升高。跟「靈異樂團」的競爭尤其激烈，那個樂團發出的聲音比較接近建築工地的噪音，而不像是鄉村搖滾樂。隨著馬克愈來愈受歡迎，班尼則漸漸成了局外人。班尼的長睫毛、鬈髮和柔和的五官讓他看起來一副好欺負的樣子，他更適合站在高級住宅區的網球場上，而不是新科恩區青少年活動中心那些好鬥的傢伙面前。從前馬克設法保護他，陪他搭地鐵去上學，不管那能否配合馬克自己的課表。然而現在他無法總是陪在班尼身邊，在樂團排練或演出時更是不可能，不可避免的事情就這樣發生了。一天晚上，班尼被靈異樂團的兩名成員痛打了一頓，一週之後，他才能夠再度走路，又過了一週，他脫臼的下巴才不再做痛。

馬克氣瘋了，那些可惡的傢伙挑了他們當中最弱的一環下手。在那一天，他和瓦爾卡想出了兩個後果嚴重的計畫，而悲劇就隨著這兩個計畫展開：其中之一是讓班尼成為樂團的一員，雖然他不會演奏樂器，天賦比較偏向美術方面，但他其實也根本不需要演奏樂器。是瓦爾卡看出來，如果讓班尼替他們安排演出、管理金錢、跟演唱會的主辦者結帳，他們就能更加善用班尼細膩的才智。就這樣，這個敏感的小弟成了他們的經理人，他也替他們自己作的曲子填上感傷的歌詞，就算根本沒有人去注意歌詞。除此之外，他們雇用了學校裡最強壯的男生來防止鬧場，確保在他們的演唱會上，不論在前台還是後台都很安全。這就是瓦爾卡在看門保鏢這一行事業的開端，後來班尼在這一行裡找到了會計這個職位。

班尼睜開眼睛，注意到屋子裡有了動靜，把他嚇了一跳。

好吧，開始了。

在充當書房的溫室裡，一個身材圓胖的男子從書桌前站起來。

班尼從前座拿起一份報紙，把報紙翻了過來。

死神就在門口

這是最後一頁的標題，很貼切。在老式的街燈照進車內的微弱光線下，那篇報導幾乎連一個字也無法辨識。不過班尼也無需辨識，他早已讀得滾瓜爛熟，而且能了解艾迪為何發怒。報導中，瓦爾卡的名字連一次也沒被提起，但那個揭發內幕的記者指的是誰卻毫無疑問。肯恩・蘇可夫斯基做過詳細調查，而且很可能他只是暫時放下工作，去親吻他親愛的女兒，跟她們說晚安，接著會再寫出又一篇揭發內幕的報導。

班尼把報紙擱在一邊，又等了半個小時。等到屋裡所有的燈光都熄滅了，只剩下肯恩書房裡的燈還亮著，他下了車。

看見肯恩拿著一杯威士忌走回那個亮著燈的房間，班尼猶豫了一下，然而他又想起瓦爾卡說過的話，於是強打起精神。

「九萬歐元，班尼。四個星期前你打電話給我，而我幫了你這個忙。我把一半的錢偷偷送進精神病院給你，另一半匯到這個蹩腳醫生在捷克的帳戶，完全按照你的要求。」

班尼打開院子的矮門，經過那幾堆落葉，每走一步，他的右小腿就一陣疼痛。

「我當時就警告過你，說會出問題，可是你不肯聽我的話，現在鈔票飛了。」

班尼在屋子門口停下腳步。

「你被騙了——被騙的錢是我的。可是我喜歡你，班尼，你替我記帳記了那麼久，從來沒有欺騙過我。所以我才給你一個機會，讓你清償你的債務。」

班尼輕輕地敲門，過了一會兒，又敲了一次。

「想辦法讓蘇可夫斯基再也不能寫關於我的狗屎文章。」

班尼聽見溫室裡，椅子在地板上滑動的聲音，他把那把園藝用剪刀從外套口袋裡拿出來。

「幹掉他。」

他從十往前倒數，數到四的時候，門開了。

「肯恩・蘇可夫斯基嗎？」

那人訝異地看著他，但是態度還算友善。「是的，有什麼事嗎？」

「把他那幾根臭指頭拿來給我做為證明，他用來寫那些關於我的狗屎文章的手指頭。」

「你的車子拋錨了嗎？我幫得上忙嗎？」

「不。」

班尼搖搖頭，按住那把園藝用剪刀。其中一片刀刃上，還沾著上一個受瓦爾卡凌虐的受害人的血，在花店後面的房間裡。

「小傢伙，把這當成是治療你的高度敏感症，只要好好發洩一下你的憤怒就行了。」

「很抱歉，誰也幫不上我的忙。」班尼一邊說，一邊擠進了屋子裡。

19

另一部計程車的司機是位女性，但馬克仍在同一場惡夢裡。他把車窗搖下來一點，好讓新鮮空氣吹進車裡，又趕緊把車窗關上，因為開了車窗，他就幾乎聽不見線路另一端的那位小姐在說什麼，他從查號台查到了那個號碼。

「很抱歉，但是我無權這麼做。」

「我是他女婿。」

「可是在電話裡我沒辦法確認，魯卡斯博士。」

馬克無力地呻吟了一聲，用空洞的眼神呆望著紅燈前，停在他們旁邊的那輛汽車。兩個小孩從後座向他吐舌頭，看見他別過頭去時笑了出來。

「那麻煩妳用呼叫器叫他一下。」他請求對方。

「這樣做是沒有用的，因為希納教授正在動手術。告訴你這件事已經超過我的本分了。」

怎麼會這樣？

因為他得去換藥，所以認識了掛號處的這個護士。他知道她養了一條狗，知道她右手的每一片指甲都塗著不同顏色的指甲油，也知道她講電話時，會把掛號表格上的字母描上顏色。她肯定也知道他是誰，儘管如此，在電話裡，她卻待他有如陌生人，雖然有禮貌，卻保持著距離。而隨著他的催促，她聲音裡刻意流露的輕快漸漸消失。

「好吧，可以麻煩妳至少留個話給他嗎？請他一出手術室就打電話給我，這是個緊急狀況。」

馬克正想掛斷電話，突然想起他忘了一件事。「請再等一下，妳看得見來電顯示裡我的號碼嗎？」

「看不見，沒有顯示。」

糟了，如果打我原本的電話號碼，他根本聯絡不上我。

「如果教授真的是你岳父的話，那他想必知道你的手機號碼。」此刻那護士話中的冷嘲熱諷再明顯不過。

「對，沒錯。」

馬克結束了通話，把頭抵在前座的頭靠上，按摩著兩個太陽穴。涼涼的人造皮和他拇指的輕壓都無法減輕他的頭疼，為什麼他買的偏偏是添加了維他命C的阿斯匹靈，而不是一種無需用水服用的止痛藥。

「後面一切還好嗎？」

馬克無聲地笑了。

一切還好？

是的，今天中午才被他救了一命的少女死了，而他不久之前還躺在太平間的妻子竟然活著，卻不再認得他，撇開這些不談，那麼一切都好得很。

「妳碰過那種日子嗎？地球似乎朝著反方向轉動？」他問，第一次注意到這位女司機。在徵友啟事裡，她可能會把自己的身材描寫成「有女人味，該豐滿的地方都很豐滿」。事實上，她塞滿了車門和排檔桿中間的位置。

「就像那句俗話說的：『把地球停下來，我想要下車？』」她回答。

她的笑聲讓人心生好感，和她裹在身上的彩色布料也很相稱。馬克猜想她那件纏繞式的洋裝源自非洲，跟她腦後晃來晃去的三條細辮子很相配。

「我曉得你的意思，老兄。」

是囉，妳肯定曉得。

汽車猛地剎車，因為一對小情侶急著趕上停在對街的公車，從他們前面衝了過去。

「昨天我才載了個老爺爺，一個很可愛的老頭子，大概快八十歲了。走到半路，他突然忘了自己要去哪裡。」

好吧，也許妳的確有點概念。

「更糟的是，他甚至忘了自己坐在計程車裡，還以為我要綁架他之類的。」

「那妳當時怎麼做？」馬克問，又看出窗外，一個汽車出租的霓虹廣告從他身邊飛逝。

「年輕人，如果我在人生中學到了一件事，那就是：當別人發瘋時，你得保持正常。」

她按了兩下喇叭，跟一個同行打招呼，那人剛轉進腓德烈大街。

「我不理會老先生的大吼大叫，還是把他送到他原本想去的地方，也就是說，我表現得很平常。幸好他女兒在那裡等他。」

她在路邊並排停車，看進後視鏡裡。「阿茲海默症。每天都會見識到不同的人，對不對？」

她朗聲大笑，彷彿這個老掉牙的笑話是她剛剛才想出來的。然後她滿腹狐疑地看出車窗外。「你剛才說的是法國路二一一號嗎？」

她朝後座轉過身來時，車子晃了一下。

「是啊，怎麼了？」

「那我希望你帶了頭盔。」

她吃吃地笑著，伸手去拿收據本。馬克揮揮手表示不需要，把皮夾裡僅剩的錢給了她。之後他下了車，好確定眼前並沒有出現幻覺，因為他從計程車裡看見的景象實在令人無法置信，他得要就近再仔細看一下。

那個坑洞。

他愈接近那道圍籬，腳步就放得愈慢，到最後他的腳步萬般躊躇，彷彿他正走向一道沒有護欄的陡峭海岸。而在某種引申的意義上，他也的確是在這麼做。

風吹著他的臉，雨水模糊了他的視線，卻沒有模糊到讓他讀不出左右兩邊那兩棟商業大樓的門牌號碼。馬克打了個寒顫。

這是不可能的。

左邊是二〇九號，右邊是二一三號。

他再往前走了一步，此刻他的鼻尖幾乎要碰到那塊「禁止進入工地」的警示牌。

他再往左邊看向門牌是二〇九號的經濟辦事處，接著再看看右邊那棟私人銀行的建築。最後他凝視著下方，望進那七公尺深的挖方，就在這個位置，今天中午，門牌二一一號的布萊托伊醫院還在這裡，此刻這家醫院也消失了，就跟他粉碎了的人生中最後殘存的正常一樣。

20

馬克的父親在五十七歲時死於肝衰竭，在那之前，他是企業顧問、藝術家經紀人、南非多家飯店與賭場的業主、兩個私生子女的父親、酒鬼、作曲家、漫畫家、健美先生，甚至還是個暢銷作家，以筆名寫作享譽全球。這一切都是他的業餘身分，在那份小律師的工作之外，只是，這一切都只存在於他的想像中。

法蘭克．魯卡斯當然從未在家裡提起他在想像世界中的經歷，他也沒有告訴馬克、班尼或是妻子，他那家小事務所的財務早就出現了赤字。每天早上，他帶著一個空空如也的公事包出門到事務所，在他那些幻想一再出現在他所寫的訴訟狀裡之後，事務所的生意就愈來愈差。不過，儘管他有輕微的精神分裂症狀，靠著幾個不疑有他的客戶，他也還勉強撐了兩年半。就連事務所的祕書阿妮塔，到他死前不久，都還來上半天班，幾乎是免費工作，直到她也明白了，她永遠不會參與投資那個預定在巴西興建的工程，因為這項工程也只存在於她債臺高築的老闆的幻想之中。

直到某天警察上門後，法蘭克．魯卡斯的輕微精神分裂和他們家一場糊塗的財務狀況才被揭露。為了馬克的妹妹遭受性侵的事，警察想詢問本人一些細節，而這一家人的反應讓他們傻了眼，因為既沒有性侵這回事，馬克也沒有妹妹。這是法蘭克扯謊的時候，頭一次搞錯了對象。

當然他們母子都隱約覺得有點不對勁，父親的情緒波動、失眠、直冒冷汗，還有他喜歡把事情戲劇化的傾向都沒有逃過他們的眼睛。然而，孩子之所以愛他們的父親，妻子之所以愛她的丈夫，部分原因不正是因為他不那麼在乎事實嗎？不正是為了他那些充滿想像、浪漫而不可思議的故事嗎？他用這些故事擄獲了妻子的芳心，而馬克跟班尼小時候躺在架高的床上，張大了嘴巴偷聽這些故事。再說，一個好律師偶爾不是也得撒個謊，好替他的委託人脫罪？

由於害怕面對真相，星期天一起用餐時，全家人都不敢在他描述一週的經歷時細加詢問。而他的妻子愈來愈常暗中把空酒瓶拿到舊瓶回收箱去，免得孩子或是鄰居發現。儘管如此，她還是不願相信丈夫會有酗酒的問題，而馬克當時其實也不太確定。

雖然後來醫生向他說明，那間歇性發作的飲酒過量是他父親出現幻覺的原因，但馬克認為事情很可能正好相反。他父親從不曾因為酗酒而進入一個想像的世界，他始終活在那個想像世界裡，只有在清醒的時刻才去喝酒，在那些時刻，認清自我的痛苦變得難以承受。馬克常常自問，當幻想的簾幕被拉開，讓人看見後面殘忍的現實，還有什麼比那一刻更可怕？在那一刻，一個人唯一的願望就是盡快再回到他熟悉的世界，就算那個世界根本不存在。

爸，你也經歷過像這樣的事嗎？

馬克深深吸了一口氣，緊緊抓住圍住工地的鐵絲網，像個體力耗盡的長跑選手。他很少像此刻這樣，覺得自己跟父親如此接近，醫生聲稱他父親的精神錯亂不會遺傳，但也許是他們弄錯了。也許他根本不是自己所以為的那個人？也許他，馬克．魯卡斯，從來沒結過婚，從來不是個準爸爸，也從來沒去過布萊托伊醫院？而剛剛在他身後響起的說話聲也只存在於他的腦海裡……

「對不起，先生？」

那個女子的聲音怯生生的，就像一個被拒絕太多次的乞丐，已經不再真心期望能討到幾個小錢。他轉過頭去，一眼就看出這個超重的女子有點不對勁。她用舌頭舔著上唇，緊張地扯著她抓破的手指。

「幹嘛？」他不客氣地問，此刻他完全沒有心情去幫助一個無家可歸的街友。

她往後退了一步，同樣抓緊了那片鐵絲網。在戶外昏暗的光線下，很難清楚看出她究竟落魄到了什麼地步。及肩的黑髮可能是油膩膩的，也可能只是淋濕了，就跟那件有縫線花紋的白色羽絨大衣一樣，穿在她胖胖的身體上，讓她活像是汽車輪胎廣告上的白色小人兒。

「我可以問你一個問題嗎？」她小聲地問，彷彿對答案感到害怕。她站進一盞工地照明燈投下的圓形光束中，沿著鐵絲網圍欄，每隔兩公尺就掛著一盞這樣的燈，做為前有挖方的警告。她腫脹的臉孔和傷痕累累的雙手，讓馬克確信她的精神狀態有點問題。這個有著雙下巴、戴著廉價土色眼鏡的女子正受到強烈藥物的影響，要不然就是剛好相反，因為沒有服藥而難受。

「最好不要。」馬克故意往上看，佯裝對那具旋轉式起重機很感興趣，無人的駕駛座裡還亮著燈。若非他本來就已經感到暈眩，光是看著那盞燈，都會讓他覺得像在暈船。

「你也參加了那個計畫嗎？」那個羞怯的聲音在他身邊問。

請再說一次？

直到她把那句話重複了一次，馬克才完全朝她轉過身去。她摘下眼鏡，有點無措地用手指擦拭沾了水氣的鏡片。

「那個計畫！」她又說了一次，首度正視著他，那雙黑色的小眼睛讓她看起來有點像個布偶。儘管看起來比他老，但她很有可能比他更年輕，馬克深知流落街頭的生活會對一個人造成什麼影響。他猜疑地看看四周，人行道上空無一人，商店和公司行號早在幾個鐘頭前就已經打烊。

「妳在說些什麼？」

「那個嘗試，那個實驗。」

也許他本能的預警系統在那場車禍之後受到損傷，在之前這幾個鐘頭也曾數度失靈，儘管如此，最後僅存的部分還是足以讓他進入警覺狀態。當他在夜雨之中，凝視著一個空空的坑洞，被一名流浪女子當街攀談已經夠奇怪的了，而她想談的事使得這個情況顯得更不真實。

「妳是誰？」他問。

「艾瑪。」她急忙朝他伸出手來，像個小孩在父母要求下，向客人有禮貌地介紹自己。「我叫做艾瑪・魯德威希，我……」

她好脾氣的眼神讓馬克想起他母親，當辛苦的一天結束，她疲憊地站在廚房裡，卻還是會投給他一個充滿關愛而又帶點憂傷的眼神。

馬克正想跟艾瑪握手，但她接下來所說的話讓他本能地把手縮了回來。

「……我從好幾天前就在等你。」

一輛汽車在他們背後以高速駛過一灘積水。

「等我？」

他嚥了一口口水。一大顆雨滴落在他光光的頭皮上，趁著冷冷的水滴還沒順著他的後頸流下，他便把水擦掉。馬克記不得他最後一次刮鬍子是什麼時候，而指尖觸及的鬍渣讓他變得更加悲傷。珊德拉生前喜歡他留一點鬍子來搭配他的「髮型」。

「妳一定是認錯人了。」他終於說，把手從鐵絲網上鬆開。在他站在這兒的短短時間裡，他的牛仔褲已經濕透了。

「不，等一下。你為什麼會來這裡？來到這個土坑前面？」

他倒退了一步。這個奇怪的女子每說一句話，一種看不見的威脅就隨之增長。「這關妳什麼事？」

「我可以幫你的忙。」

馬克把手一揮，「妳怎麼會認為我需要幫助？」

她的回答讓他屏住了呼吸。

「因為我也是一個病患。」

也是？為什麼也是？

「我參加了布萊托伊計畫，就跟你一樣。」

不，我甚至沒在報名表上簽名。

「可是後來我退出了。從那以後，我一有時間就到這裡來。」她指著那塊工地，又把眼鏡戴上。

「來到這塊消失的地方，期待能碰到不明白二二一號門牌到哪兒去了的人。」

馬克轉身，只想離開，就算他根本不知道在沒有車、沒有藥也沒有錢的情況下，三更半夜裡，他能逃到哪兒去。

「像你這樣的人。」

他想去找康斯坦丁，或是去找他的大學同學湯瑪斯，甚至去找羅絲薇塔，他從來沒有私下約她見過面，但至少她是個熟悉的臉孔。然而最後他哪兒也沒去，只是站在原地，並非由於這個自稱為艾瑪・魯德威希的女子表示願意幫助他，也不是因為她想讓他看一份她認為他會感興趣的檔案。

「魯卡斯博士，請跟我來。如果有人看見我們一起出現在這裡，那就太危險了。」

而是因為，如果這個曉得他的名字、跟他一樣認為這裡有一家醫院的女子果真存在，那表示，有個微小的可能存在著，也許他並沒有發瘋——就算他發瘋了，至少他不是唯一的一個。

21

事情很弔詭。在他面前是個陌生女子，她聽起來就像個有妄想症的人，深信有某種陰謀存在：她認為自己被看不見的監視者跟蹤，因此他們得趕緊離開。儘管如此，馬克還是必須跟她交談，因為這麼久以來，她是第一個認出他的人。

「妳知道我是誰？」

「對，跟我來。」

艾瑪把雪白的連衣帽蓋在濕漉漉的頭髮上，拔腿就走。直到此刻，馬克才注意到她腳上的高統靴，那雙靴子出人意料地保養得很好。此外，她的身體似乎比想像中健康，雖然她超重的體型給人不同的印象。馬克設法跟上她的腳步，很快地，他便汗流浹背。

「我們認識嗎？」他問。艾瑪低著頭，就像一個正準備上場的拳擊手。「我是說，我們以前見過嗎？」馬克重複他的問題，有點上氣不接下氣。他感覺到沒有按時服藥的後果，比起平常在這個時段，現在的他更為疲倦。但至少想吐的感覺已經淡了，可能是他最後一趟搭計程車時服下的止吐藥發揮了效果。

「不，我們從來沒見過。」

艾瑪的回答既讓他心安，又讓他不安。一來這個回答跟他自己的記憶吻合，他也很確定自己從未見過這個女子。但另一方面，這個回答又引出了另一個問題，她是怎麼認識他的？

他抓住她的衣袖，強迫她停下腳步。

「關於我，妳知道些什麼？」

「這個我們可以在路上解釋嗎？」

「去哪裡的路上？」

一輛汽車緩緩從他們身旁駛過，艾瑪立刻轉身面向一個櫥窗，裡面陳列著比筆記型電腦還貴的女鞋，儘管粗粗的字體表明現在有七折優惠。

「那人只是在找停車位。」馬克說，而她立即對那些義大利細帶涼鞋失去了興趣。

「快點，快點。」

她匆匆跑到對街，從外套口袋裡掏出一串鑰匙。當馬克看見她短跑衝刺的目的地，他最初的懷疑終於完全粉碎。流浪街頭的女子不會開著一輛有兩片後車窗的舊福斯金龜車。

可是馬克沒有興趣跟這個奇怪的女人開車去兜風。他等不及要聽見答案。

「等一下，請等一等。」

他並沒有提高音量，但她想必聽出了他的語氣中帶有威脅意味。當她轉過身來，馬克把手機拿在手裡。

「你打算做什麼？」

「我現在要打電話報警，然後……」

「不，不要……」

她走了回來，雙手擋在身前，擺出防衛的姿勢。此刻她的眼中滿是驚慌，馬克認得這種絕望的表情，在他輔導的那些街童身上，他經常看見這樣的神情，當他們得知他們的爸媽就坐在隔壁房間。

「我要打，之前我在『海灘』的時候就該打了。」

他撥了一一〇，把拇指放在有著綠色電話的那個按鍵上。

「『海灘』？你這樣稱呼你在哈森海德的辦公室，對不對？」

她怎麼會知道？

馬克把拇指從那個接通鍵上拿開。

「妳還知道哪些關於我的事？」

艾瑪做了個深呼吸。

「你是馬克．魯卡斯博士，法學家兼街頭社工，今年三十二歲，住在荀能堡區的史坦梅茲路。你是鰥夫，妻子是珊德拉．希納，她三十三歲，在一場車禍中死亡。還有……」

她先打開前座旁邊的車門，然後繞過了車身。

「……還有現在你千萬不能打電話給警察。」

馬克又感覺到那股寒意，從他濕透了的麻布球鞋，一直擴散到他急遽跳動的太陽穴。他按摩自己的耳朵，但是他的耳朵就跟他的手指一樣麻木。

「為什麼不該打？」他問。

「在我跟你說明你出了什麼事之前不要打。」

她打開駕駛座旁邊的車門，坐進去，搖下了車窗。她的眼睛在淋濕的鏡片後面顯得模糊。

馬克凝視著她。「看在老天的份上，妳究竟是什麼人？」

她向他投以悲傷的眼神，發動了引擎，引擎的聲音不夠大，不足以蓋過她那神祕而駭人的回答：

「我記不得了。」

艾瑪把車子從停車位裡開出來，掉了個頭，直接停在他身旁，開著的前座車門正對著他。

「拜託你上車，魯卡斯博士。我們處於極大的危險之中。」

22

當艾迪．瓦爾卡打電話來，班尼知道他必須馬上接聽。

馬上，非馬上接不可。

他不能不理會這通在靜音模式下打進來的電話，否則他的生命就會提早結束，比他所計畫的更早——八成就在明天一早，最晚在中午，但那要他運氣夠好，而艾迪想要睡個飽。

他明白事關重大，畢竟他們講好他要在晚上十一點以前把事情解決，並且提出證明，而現在時間早就超過了。

但是基於兩個原因，他無法伸出手，把電話從汽車的前座上拿起來。

第一個原因是折磨著他的憂鬱症發作，從身體內部麻痺了他。第二個原因是，有一個金髮長度及於下巴，頭上戴著一頂綠色大盤帽的傢伙，正用一支袖珍手電筒照著他的臉。

「交通臨檢，請你把證件拿出來。」

他點點頭，想朝置物箱彎下身子，然而他的大腦拒絕對他的肌肉下達必要的指令。

透過瓦爾卡，他認識許多道上兄弟，他們都嘲笑憂鬱症是娘兒們的疾病，是同性戀者跟女人才會有的富貴病。班尼羨慕他們不識得真相。真正的憂鬱症就像胸腔下方的一塊海綿，吸滿了黑暗的念頭，變得愈來愈沉重，直到你能感覺到它的重量。起初是在呼吸和吞嚥的時候，之後它會麻痺你的每一個動作，直到你甚至無法把被子從頭上拉下來。

「如果可能的話，請你動作快一點。」那名年輕女警向她的同事投以求助的目光，另外那位警察正在他們前面五公尺處檢查另一輛汽車。

他知道為什麼她偏偏從布魯能路的車流中挑中了他，他開得太快了，因為收音機占卜讓他分了心。

我撐得下去嗎？

他無法解釋，為什麼他偏偏在今天又開始玩起他哥哥發明的這個愚蠢遊戲，這個遊戲一向只給他們惹來麻煩。

占卜的規則很簡單，而且不能改變。你問一個還不知道答案的問題，例如：「將來我會不會名利雙收？」或是「我該怎麼做，才能讓十年甲班的妮可蕾塔跟我親近？」或者，就像今天：「我撐得下去嗎？」然後把車上的收音機打開，第一首歌的歌詞就提供了答案。

他們最後一次玩收音機占卜是在許多年前，他們想要決定，是否真的該把父親的汽車沉入停工的積水礦坑裡。

當時他們才十六歲，當然還不被准許駕駛父親的旅行車。可是在那之前，他們經常趁夜偷偷開車在柏林兜風，從來沒出過紕漏：沒有發生車禍，沒有碰到警察臨檢，沒有在座椅上留下污漬。一切都很順利，他們可以一個晚上連趕三場派對，女生允許她們心目中的「英雄」在汽車後座撫摸她們，因為他們是那一夥人當中最酷的：唯一擁有汽車的青少年。

直到有一天清晨，大約四點的時候，他們開車回家，發現位於賣法拉費捲餅的小店前的停車位已經被人佔了。根據這個社區不成文的規矩，這個停車位是保留給「律師」的，可是某個從德國西部來的笨蛋完全不懂規矩，竟把他那輛掛著漢堡車牌的烏賊車停在那個車位上，三個小時之後，魯卡斯老爹就會去那裡找他的車。

於是馬克提議，把老爸的車沉入水潭裡，以免東窗事發，搞不好他們會因此被送到寄宿學校。於是他們又開車兜了一圈，打開了車上的收音機——當時正好在播放〈I am sailing〉，那首歌只有一種可能的詮釋，而且他們知道那首歌是洛史都華唱的。那又是一條不容更改的規則：必須說出演唱者是誰，這個占卜結果才成立。

最後，他們把那輛車沉入水中。

「證件在這裡，請拿去。」

他總算辦到了，把證件從車窗遞出去給她，差一點就把同樣放在置物箱裡的那張名單也遞了出去。

當那名女警帶著懷疑的表情，打量那張行車執照，班尼把振動中的手機拿起來。

「我待會兒再打給你，艾迪。」他說，儘管如此，那名女警還是不高興地皺起了眉頭。

「麻煩你下車一下。」她沒好氣地說，但是比起在線路另一端的艾迪，她的語氣還是要和氣好幾倍。

「我聽起來像個婊子嗎？」喧鬧的舞曲音樂隨著瓦爾卡的話語，從線路中傳出來，也許他又站在他掌控的一家迪斯可舞廳，或是桌舞酒吧的櫃臺邊。「你他媽的什麼也別做！」

班尼不確定瓦爾卡指的是他之後的回電，還是想禁止他下車。

「交通臨檢到底還要多久？」因此他大聲地問，聲音大到足以讓他的兩個談話對象都能聽見。

「你把事情辦好了嗎？」艾迪完全不為所動。

班尼咳了一聲，表示辦好了。

「這完全要看你的情況來決定。」那名女警不客氣地說，再次要求他下車。而艾迪也不在乎地繼續往下說。

「好，那把證明拿來給我。」

「稍等一下。」

「媽的，不……」

班尼把通話中的手機塞進口袋，並使出所有的力氣，好把身體挪下車。他體內那塊黑暗的海綿讓每一個動作都是種折磨。

他閉上眼睛，接連朝著酒測器長長地吐氣。

「請你留在這裡。」之後那名身材苗條的女警指示，朝著警車走過去，她肯定會在車裡仔細檢查他的證件。班尼再把手機拿到耳邊。

「艾迪？」

「你這個驢蛋，你腦筋不清楚了嗎？膽敢對我不理不睬？」

「聽我說，現在這裡有警察，我不方便說話。」

艾迪吼了一句聽不清楚的話，背景音樂的音量突然變小了，接著瓦爾卡又對著電話說：「我要你辦妥事情的證據。」

「證據在我的行李廂裡。」

「那樣的話，你的第二項任務就是把垃圾處理掉。」

「你放心，等臨檢結束，我就會處理。」

警車的拉門開了，那位金髮女警下了車。

「然後你就離開我的城市。」

「你這是在學約翰韋恩嗎？」班尼問。

「我是認真的。這是你的第三項任務，從這裡滾開，我再也不要在柏林看到你。」

那名女警踩著穩穩的腳步朝他走近。

「好吧，給我兩天的時間。」

班尼想起那張名單，上面才只劃掉了兩個名字，十個當中的兩個。

「我給你兩個小時。」

「那不夠。」

「媽的，我想我的手機在胡言亂語。」艾迪大笑，「聽起來你好像在說你辦不到。」

「我需要多一點時間。」

「多一點時間幹嘛？收拾你的運動用品嗎？」

「我……」班尼嚥了口口水，他無論如何不能對艾迪說真話。「我還得要道別。」

「跟誰道別？」瓦爾卡又笑了，這一次笑得更加嘲諷。「別跟我耍花樣，小傢伙，我可不能讓別人以為我變得心軟了。你把貨給我送出柏林，而且再也不要回來。聽懂了嗎？」

班尼聞到身後那位女警的香水味，就在這一秒，他把手機塞進口袋。那是卡文克萊的 Escape 香水。

Escape，逃逸。

這其中的諷刺讓他微微一笑。

「檢測值是零。」那名女警好似有點失望地說，她把證件遞還給班尼。

「你出來還沒有很久，對吧？」

他的微笑消失了。「臨檢結束了嗎？」

她看著他好一會兒，然後那名女警做了他最擔心的一件事。她指著行李廂說：

「只要再讓我看看三角警示牌跟急救箱，那我們的臨檢就結束了。」

23

事後很容易找出錯誤，然而當一個人尚未進入颶風的暴風眼之前，當他仍位於瘋狂的漩渦邊緣，他會不由自主地被吸進去。當生活中的布景道具從他耳邊颼颼飛過，他失去了綜觀全局的能力，做出一個又一個錯誤的決定。馬克才坐上艾瑪的車，就意識到自己正犯下一個錯誤，當他隨著她進入機場附近的廉價旅館，又意識到他還會加重這個錯誤。

假如他像是在看電影一般地看著自己的人生，他肯定會對銀幕上那個悲傷的主角喊出合理的建議：打電話報警，搭車去康斯坦丁的醫院，請求不相關的第三者協助，但是無論如何不要跟這個女人走！更不要跟著她進這家破落的小旅館。

但此刻他並非輕鬆地坐在戲院舒適的座椅上，而是坐在旅館房間裡一張老舊的床墊邊緣，他的理智也並非在正常情況下運作，不足以讓他做出理性的決定。在幾個小時之內，馬克失去了到目前為止他所相信的一切：相信他記憶的真實性，相信他自己。

來此的途中，艾瑪無言地把一張紙片塞到他手裡，那看起來像是在盛怒之下，從一個文件夾裡撕下來的。說得更確切一點，是從一個求職資料夾裡撕下來的，藉著車內昏暗的照明，會發現那原來是一份長達三頁的正式履歷的第一頁。然而，比起他對艾瑪的第一印象，以為她靠著行乞度日，這份履歷和她的外表更不相稱。

根據履歷上的資料，她出生於德勒斯登，在東德政權尚未瓦解之前，就隨著父母逃到法國，後來在巴黎索邦大學先是學醫，然後改讀德文、西班牙文和法文。最後她在專業會議，主要是在製藥界的大型會議上擔任同步口譯，由於她曾經念過一陣子醫學，因此能夠勝任這份工作。

「嗯，這裡到底有什麼東西那麼重要，妳非給我看不可？」馬克再度嘗試打破她的沉默。抵達這裡之後，除非必要，他們並未交談。她無言地表示，他還得再耐心地等待一會兒。

馬克看著她拿出一個旅行袋，從裡面抽出好幾疊舊報紙，然後他緩緩環顧這個旅館房間。

在櫃臺把鑰匙交給他們的那個男子有張方臉，不甚整潔，面色陰沉，跟這個房間給人的感覺很像。說不定就連房間裡污濁而悶熱的空氣，都跟那個值夜班的門房腋下的氣味相同。看來艾瑪把那張「請勿打擾」的牌子掛在門上好幾天了，在這段時間裡，她把這個房間變成一種介於雜物間和舊書店的混合體。

那張雙人床的半邊散放著剪報、雙面書寫的便條紙和醫學專業書籍，電視櫃旁邊的小書桌上也堆著醫學專業書籍。艾瑪脫掉了靴子和那件連帽的白色外套，隨手扔在散成鬚狀的地毯上。此刻她身上只穿著一件寬鬆的毛料洋裝，長達足踝。

馬克考慮著，在他終於走人之前，還要給她多少時間，艾瑪坐上一張木頭椅子，把左腳抬放在粗壯的右大腿上，按摩著腳掌。

馬克站起來，走到窗前。

「別這麼做！他們會看見我們。」

「他們是誰？」他把百葉窗放下來。

「布萊托伊的人。」

她緊張地把弄著她的眼鏡，最後把眼鏡摘下來，把一支鏡腳放進嘴裡啃。

「布萊托伊？」馬克問。

「對。」

「所以說，真的有那家醫院？」

好極了，你在向一個有妄想症的女人求證。

他把窗戶斜斜打開，並沒有把百葉窗拉起來。

「當然。」

艾瑪必須提高音量，才能蓋過淅哩嘩啦的雨聲，雨滴像子彈一樣答答地敲著窗簷，風不時把幾顆跳彈般的水珠吹進房間裡。「那間醫院當然存在，我自己就在那裡待過。」

她把眼鏡推到額頭上，像個髮箍一樣，一邊又緊張地用舌頭去舔上唇。她猛地站了起來，彷彿突然想起了什麼事，踩著沉重的腳步往衣櫥走去。

「那我倒要請問妳，那棟建築到哪兒去了？」馬克問。

一個鞋盒大小的保險箱被固定在衣櫥一角，艾瑪輸入了一個六位數的密碼。

「那棟建築並沒有消失，只不過你看不見，馬克。」

「哈！」他笑了出來，笑聲出乎他意料的尖銳。「聽我說，我今天累得要命，理解力就跟一個剛從全身麻醉中醒過來的病患差不多。所以妳可以破例一下，不要老說些需要我追問的話嗎？」

艾瑪伸手拿出一份薄薄的檔案，檔案被對折過，才能塞進保險箱。檔案夾在她粗笨的手中顫抖。

「這一切都是那個計畫的一部分。他們想讓我們覺得不安，感到迷惑，受到打擊。」

馬克凝神看著她，想從她臉上看出瘋狂的徵兆，那種想來他自己臉上也有的徵兆，然而他只看出一份早已消逝的美麗。馬克漸漸意識到，艾瑪曾經是個迷人的女人，直到某件事情發生，先是擾亂了她的心智，然後影響了她的身體。如今只剩下她勻稱的五官還讓人想起她服用藥物之前的時光，馬克猜想那些藥物在她身上留下了明顯的痕跡。例如，可體松之類的藥物會造成這種腫脹有如滿月的臉，也許是精神病藥物，或者還要更糟。

毒品？

「好吧，讓我再換個方式試看看。」他再度在床緣坐下。「今天中午，一個矮小的老人在一輛非常昂貴的汽車裡表示，能讓我永遠忘記那些不好的回憶。」

「ＭＭＥ，那個失憶實驗。」

「妳也參加了那個實驗嗎？」

「我在一個星期前退出。」

「哦，是嗎？」馬克皺起眉頭。「好吧，不管怎麼樣，我的問題只在於，嗯，該怎麼說呢？是這樣的，我經歷了一些事，就連相信神祕事物的人都會目瞪口呆，但是卻不可能跟布萊托伊醫院有什麼關係。」

「為什麼不可能？」

「在醫院裡，他們想要消除我的記憶，但我的記憶全都還在。」馬克敲敲自己的腦袋。「沒有改變，只不過不再準確。而且，老實說，那位教授跟他的手下也許的確是一群瘋子，但我不知道他們怎麼能在那麼短的時間內，在我沒有發覺的情況下，把我整個洗腦了。」

「在那麼短的時間內？」艾瑪投給他一個困惑的眼神。

「我今天在那間醫院待了六小時，沒有服藥，沒有打針，只不過喝了兩口水。」

「你錯了。」

「連妳也要質疑我的記憶嗎？」

「不，我的意思是，你不是今天才參加了那個實驗。」

「什麼？」

「所以你才應該跟我到這兒來，因為我想把這東西拿給你看。」

她打開那個檔案，抽出一張雙面的表格，馬克曾經看過這張表格，就在幾個鐘頭之前，在那間醫院裡。

「你看見了嗎？」

她把表格遞給他，用食指敲著右上角手寫的那一欄。

「這……」

……不可能。

馬克伸手接過那張紙。

不可能有這種事。

「現在你明白為什麼我們應該談談了吧？」

馬克點點頭，目光並未從那張掛號表格上移開，表格上是他的名字，而且填寫完整。最令他驚恐的是，初次掛號的日期。

那是十月一號，他發生車禍的那一天。

在馬克向布萊托伊醫院提出申請的四個星期**之前**。

24

那張表格看起來像是真的，但馬克還來不及確認那並非偽造，敲門聲就響了起來。三短兩長的節奏，聽起來像是約定好的暗號，然而艾瑪不像是在等任何人。她緊張地先望向房門，再望向馬克，急忙把那張報名表又拿了回去。

「是誰呢？」她無聲地問，右嘴角在顫抖。

馬克聳聳肩表示不知道。十五分鐘以前，他從不曾聽說過這家「泰戈爾旅館」，又怎麼會知道是誰站在門外？可惜那扇門沒裝窺視孔，非得把門打開，才會知道是誰這麼晚了還來找他們。想來不會是旅館的員工，這間三流旅店既沒有客房服務，也沒有需要補充飲料的迷你吧。

「我去看看。」當同樣的節奏，用同樣尖銳的指節敲在木板上所發出的敲門聲再度響起，馬克小聲地提議。

「不要！」艾瑪重重地搖頭，把他拉回來，拉得那麼靠近她自己，乃至於她的鼻尖碰到了他的左耳。

「你還沒察覺這是怎麼一回事嗎？」

「沒有。」他試圖掙脫。

「他們在找我們。」

「誰？布萊托伊嗎？」

她再度搖頭時，頭髮搔癢了他的臉頰。「他不會弄髒自己的手，他有他的手下。」

她的眼皮開始急遽顫抖，碩大的胸脯也隨之起伏。「所以我需要你，」她輕聲地說，聲音沙啞：

「我需要一個證人，來證明他們對我們做的事……」

她把手指擱在他嘴上，馬克的舌頭不小心碰到了她的指尖，然而她似乎沒有注意到這份出於無心的親暱。

「我覺得這事太蠢了……」他喃喃地說。

「……一個證人，記錄這個實驗的後果。如果只有我一個人的話，沒有人會相信。」

馬克用力搖頭，從她身旁掙脫開來。她還來不及抗議，他就快步走到門邊，拿下了門鏈，把門拉開。

太遲了。

25

走廊上燈火通明，但一個人也沒有。除了一輛裝滿待洗床單的推車，還有狹長走道盡頭的一部飲料自動販賣機，什麼也看不見。

有那麼一剎那，馬克害怕等他再回到房間時，連艾瑪也會消失，可是他隨即聽見了她的聲音。

「我們得離開這裡。」

她從床底下拖出一個皮箱，如果要把散放在房間裡的文件全部裝進去，那皮箱顯然太小了。

「妳還是先冷靜下來吧。」

「不，我不要。」她幾乎是用喊的，「你不明白我們的處境。」

「沒錯，我什麼也不明白，可是妳也根本沒打算要跟我解釋。」

艾瑪把皮箱扔在床上空著的那半邊，用上臂擦掉額頭上一層薄薄的汗水，然後看看錶。「好吧，長話短說，你之所以捲入這個失憶實驗計畫，是因為你必須忘記一些事。」

「對，我知道。」

馬克想告訴她車禍的事，那件意外不僅奪走了他的妻子，也奪走了他尚未出生的孩子。可是他才說了幾句，艾瑪就打斷了他。

「不，不可能是這個。」

「怎麼不可能？」

「如果事情只涉及感情煩惱，他們不會費這麼大的力氣。」

感情煩惱？

「嘿，這可不是關於一次吹了的約會。我懷孕的太太帶著我們還沒出生的孩子一起死了，而錯在我身上。」

「我替你感到難過，我並不想傷害你的感情，但這件事絕對不可能是關於一場個人的悲劇。」

「為什麼不可能？」

她試著拉開皮箱卡住的拉鍊，馬克動手幫忙。

「這樣一系列的實驗要花多少錢，你有概念嗎？實驗的進行、對受試者的照顧，還有善後事宜？包括一個新的身分在內，總共得要花上將近一百萬歐元。不，這絕對不可能。」

「可是，如果這個實驗貴得要命，那他們為什麼要在雜誌裡公開徵求受試者？」

「他們根本沒有這麼做。」

艾瑪走到書桌前，把一個抽屜拉開，裡面塞滿了舊雜誌。

「你是什麼時候寫那封電子郵件的？」

「兩個星期前。」

她把各式各樣的雜誌一本一本地抽出來，隨手扔在地板上，直到找到了她要找的東西。

「拿去吧。」

她把那本新聞雜誌遞給他，正是他在二一一頁看見布萊托伊醫院那則廣告的那一期。那個頁數之所以牢牢留在他的記憶中，是因為德國刑法第二百一十一條是關於謀殺。用法規條文的編號來記住電話和房間號碼是習法之人的通病，顯然一輩子都改不掉，即便他們並未擔任律師或法官。

「你慢慢看吧，」艾瑪鼓勵他。「把整本雜誌從頭翻到尾，你不會找到那則廣告。」

的確，馬克在二一一頁看見一家網路銀行刊登的啟事，但並未看見那家私人精神病院的廣告標語。

學習遺忘。

那頁雜誌上半部的報導還在，是關於動物在運送過程中所受到的折磨。

若非這雜誌有兩種版本，就是在康斯坦丁候診室裡的那一本……

馬克垂下拿著雜誌的手，茫然地望著她。

……在康斯坦丁候診室裡的那一本被人動過手腳嗎？那不就表示……

他靠在牆上，支撐住自己，因為他覺得整個房間在腳下翻轉。

「妳又是怎麼回事呢？」他閉著眼睛問：「妳參加這個實驗的原因是什麼？」

他聽見她輕輕咳了幾聲。「大概是一年前吧，我接到一份可疑的工作，不是由我的口譯經紀公司轉介來的，可是酬勞很高，對方付的是現金，正好讓我在逃亡的此刻派上用場。」

「妳的工作內容是什麼？」馬克睜開了眼睛。

「其實很普通，要我在藥廠經理人的一趟私人飛行途中擔任同步口譯。」

「而在這趟飛行中，談到了妳不該聽見的事？」

「沒錯。」

「是關於什麼？」

「我不知道，這就是我的問題所在。我太晚才中斷實驗，所以記不得了。」

她不安地用手順過她的頭髮。

「關於我的身分，還有我在這場失憶實驗之前的生活，我只記得片段。我所知道的一切都來自這些檔案，是我在逃走之前從檔案櫃裡偷來的。」

原來她那份履歷是這樣來的，從那間醫院裡。

「妳為什麼逃走？」他問。

「原因在於你。」

「我？」

「他們肯定跟你解釋過，這個實驗是分階段進行的。在第一階段，你的記憶會被消除，在第二階段，會再把你永遠不想忘記的愉快回憶裝回去，而最後你會獲得一個新的身分。」

「對，**我**還記得。」他諷刺地笑了。「可是**妳**怎麼也還記得？如果妳的記憶在其他事情上有這麼大的缺漏？」

艾瑪伸手摸著喉頭，又咳了幾聲。「我逃走以後，上網查了一下，有好幾篇部落格文章提及這一類失憶實驗。」馬克不相信地挑高了眉毛，可是她不為所動地繼續說：「我偷聽到布萊托伊教授跟另外一個人之間的談話時，應該是處於第二階段的開端。」

「他們在談什麼？」

「談你。」

馬克用兩隻拇指指著自己的上半身，無言地詢問，而艾瑪點點頭。

「布萊托伊大聲地跟對方爭論，事情是關於一個叫馬克・魯卡斯的人應該要在他那兒接受治療，可是布萊托伊卻堅決拒絕這麼做。」

布萊托伊不想治療我？那他為什麼要用他的豪華轎車在半途攔住我？

「另外一個人是誰？」馬克問。

「我不知道。他們站在一扇不透明的玻璃門後面，那扇門隔開了診療間跟我的檢查室。看護太早把我送到那兒，而他們不知道我在隔壁房間裡等。」

「他們還說了些什麼？」

「他們說到那則假造的廣告，就是他們用來釣你上鉤，好讓你再一次接受治療的那一則。」

「再一次？」

「對，但是這一次該讓事情好好發生。」

什麼？該發生什麼？又為了什麼？

艾瑪沒有給他深思的機會，繼續往下說：「布萊托伊看見我時嚇壞了，還馬上擋在另外那個人前面，所以我沒有機會看見那個人的臉。就在那時候，我知道事情有點不對勁。」

「所以妳就逃走了？」

「第二天我就有了機會，我偷拿了一件清潔人員的罩袍。」艾瑪輕蔑地打量自己的身體。「我看起來本來就比較像清潔婦，而不像個口譯員。那就跟扮家家酒一樣容易。」

「在那之前，妳還帶走了妳的檔案？」

艾瑪點點頭。「對，從檔案櫃裡。由於一個幸運的巧合，我們的姓氏剛好緊緊相連，魯德威希、魯卡斯。在我的檔案裡，還有一張停車證跟我的汽車鑰匙，可是在你的檔案裡，除了這張報名表之外，沒有別的東西。」

她指了指之前從他手裡拿走的表格，此刻那張表格躺在床尾，在一本有關神經心理學的專業手冊旁邊。馬克伸手去摸後頸。「可是為什麼呢？我還是什麼也不明白。是誰對我的記憶感興趣？為什麼他們想要把我逼瘋？」

艾瑪睜大了眼睛，滿懷期待地看著他，就像一位考官期待他的學生終於能說出正確的答案。「我就是要問你這個。你究竟知道什麼致命的事情，是你無法再想起來的？」

「致命？」

她吐了一口長氣。「對，不然你以為我為什麼要逃走？我們處於極大的危險中。我們知道一個我們應該忘記的祕密，我們的敵人肯定比我們更強大，可是如果我們合作的話，也許能夠辦得到。」

「辦到什麼？」

「查出他們要對我們做什麼，或是對我們做了什麼，然後記錄下來，把證據放上網路。我們要把這個可怕的真相公諸於世。」

馬克看看錶，心想是否會有鬧鐘響起，把他從這場惡夢中解救出來，他不是第一次這樣想了。

「妳知道妳這話聽起來有多麼瘋狂嗎?」

「肯定沒有那個想說服布萊托伊的人瘋狂。」

「怎麼說?」胃酸漲滿了他的胃。「他還說了些什麼?」

艾瑪用雙手遮住嘴巴,彷彿可以藉此減輕她將要說出的話的力道,她的手開始顫抖。「他說:『不能讓馬克・魯卡斯記得,否則還會有更多人喪命。』」

26

熱水的水龍頭故障,另一個水龍頭一打開,水柱就像是從卡車專用的柴油加油泵裡噴射而出,但那水太冷了,馬克丟進漱口杯裡的阿斯匹靈藥片不肯溶解。這個旅館房間的浴室沒有窗戶,僅用灰泥板隔開房間的其餘部分,充其量只能讓浴室裡的人不被看見,卻不具隔音效果。

馬克甚至聽得見艾瑪在房間裡繼續把文件往皮箱裡扔的聲音。

你究竟知道什麼致命的事情?

他尋思是否該告訴她,車禍發生前最後那幾分鐘的事,從珊德拉鬆開安全帶,好從後座拿一樣東西的那一刻開始。

那張顆粒很粗的黑白照片,從照片上,我什麼也認不出來。

可是這段影像似乎更像是一場夢，而非真實的回憶，這跟朝他席捲而來的驚濤駭浪有什麼關係？誰會想要將他洗腦？他本來就幾乎記不得撞車之前的那最後幾分鐘，別人不需要消除他的記憶，他的記憶在服用止痛藥所造成的恍惚中，自行消散了。還在車禍現場時，他就拿到了止痛藥。

馬克打開鏡子後面的小櫥子，想找個指甲銼刀，或是別種長形物體，好把那片阿斯匹靈弄碎。可是這家旅館只想到在裡面擺一包兩個裝的保險套，而且有效期限也已經過了。

他把鏡櫥關上，被鏡中的自己嚇了一跳。那張臉看起來宛如遭受過地震搖撼，個別的部分深深凹陷，眼睛凹了下去，眼袋下垂，就連嘴角似乎都被地心引力往下拉。他已經很久沒有勉強抬起嘴角露出微笑了。

天花板上是盞髒兮兮的電燈，投射出的光線更加重了那病懨懨的整體印象，他眼睛和皮膚的顏色讓人想起黃疸病患者。

他把手腕伸在冰冷的水柱下，那股涼意有助於他整理思緒。如果布萊托伊醫院和那個失憶實驗果真存在，那麼他就沒有發瘋，而是成了一場陰謀的玩物。

這是好消息。壞消息是，如果他的太太並未死亡，那麼她想必也參與了這項陰謀。

可是為什麼呢？為了什麼目的？

珊德拉何以會用這種不可思議的方式折磨他？為什麼她先是佯裝死亡，不久之後又再復活？難道只是想藉由假裝不認識他而讓他承受更大的打擊？她怎麼可能做出這麼殘忍的事情？

當然，她是演員，要在別人面前演戲，對她來說是輕而易舉。馬克還清楚記得他們初次公開約會，那時她所就讀的戲劇學校正好舉辦舞台劇表演。珊德拉向她的同學介紹，說馬克是她哥哥，不久之後，卻給了他一個可以媲美電影演出的舌吻，招來驚疑的眼光。從那時候開始，他們就經常捉弄彼此，讓對方在公開場合陷入尷尬的窘境。為了報復她把他當成哥哥熱吻，在她下一次演出時，馬克在觀眾席上站起來，瘋狂地鼓掌，直到她笑得忘了台詞。他們兩個經常交換彼此所扮演的角色，但從來不是為了傷害對方。珊德拉的表演天分和幽默感並未讓他們疏遠，而是讓他們更加親密。再說，她沒有理由要毀掉他們所建立的一切。

除非……

馬克用食指攪動那片才溶解了三分之一的藥片。

除非真的是生死交關的事。

雖然藥片尚未起泡浮上杯子的表面，他仍啜飲了一口。如果用一個從白色到火紅的色標來表示頭痛的程度，他的頭痛正在螢光色的範圍裡游移。

要不然就是……

他想出了一個可能的解釋，把那個薄薄的免洗杯捏碎在手裡。

要不然就是參加布萊托伊實驗計畫的人不是我，而是珊德拉，所以她才不再記得我。

他把捏壞的杯子扔在地上，拉開門，踩上夾在衣櫥跟浴室之間的狹窄走道，走道通往床邊。他一定得問問艾瑪曉不曉得他太太的事，說不定她聽說過珊德拉也參加了那個實驗。雖然這會掀出千萬個新問題，但至少能夠解釋珊德拉過去這幾個星期人在哪裡，也能解釋她異常的行為。

這個房間非常小，乃至於衣櫥敞開的門讓他無法跨出浴室踏上走道。馬克正想把衣櫥的門壓回去，此時他聽見了自己的名字，恐懼頓時麻痺了他的所有動作。

「馬克．魯卡斯。我找到他了。」艾瑪小聲地說：「現在我在貝瑙爾路上的泰戈爾旅館。」

他屏住呼吸，從打開的衣櫥門跟浴室外牆之間的那道縫隙偷偷望出去。

該死，這究竟是怎麼一回事？

毫無疑問，艾瑪在講電話。

「現在是晚上十一點三十九分，我不知道我有沒有辦法說服他跟我一起走。」

他倒退了一步，她把聲音壓得更低了，說道：「他疑心很重，很難贏得他的信任。」

最後那句話有如一個起跑信號，馬克沒有去想他可能在房間裡留下了什麼東西，便輕輕打開房門，躡手躡腳地走到走廊上。天花板上刺眼的燈光熄滅了，走廊上一片漆黑，馬克必須靠著從幾扇房門下透出的光亮來辨明方向。

艾瑪在跟誰說話？在這場瘋狂的事件中，她扮演著什麼樣的角色？

一直等他到了樓梯間，他才敢大步奔跑，兩階併一階地急忙跑下樓。到了一樓，要從櫃臺旁邊轉彎時，他差點滑了一跤。

「原來你在嘛……」那個值夜班的門房在他身後喊。

馬克轉過身，繼續倒退著往出口走。「之前是你來敲門嗎？」

「對，我們的熱水有點問題，所以想……」

最後那句話留在那道旋轉門內，馬克已經聽不見了，那門把他推出了旅館，推到了馬路上。

現在呢？現在我該去哪裡？

此刻路上的車流明顯減少，除了一個下班的工人帶著他的短腿長毛小獵犬出來上廁所，路上沒有別的行人。

他站在馬路邊上，像個小學生一樣，先望向施工中一盞臨時紅綠燈的左邊，再看看右邊。那家旅館的霓虹廣告在他身後閃爍，上頭貼著三顆星星，用來誤導可能上門的客人。

我該去哪兒？沒有錢、沒有車、沒有住處……沒有記憶？

他腕上的手錶響了，提醒他另一件攸關性命的事物，是他此刻所缺少的：治療他後頸那塊碎片的藥物。

那個牽著短腿獵犬的男子跟在他身後，因為講電話講得太起勁，沒注意到他的狗早就想要辦事了。

馬克往上看著四樓，看著從關上的百葉窗間透出來的幾絲光線，他猜想艾瑪就在那道窗簾後面。

他想著自己是否把手機忘在房間裡，但隨即在外套口袋裡找到了。

他打開手機，決定往右走，因為他推測那邊有個熱鬧一點的十字路口，說不定還有地鐵站。顯然他上一次在計程車裡打電話之後，不小心把手機關掉了，因為螢幕一片漆黑。不可能是電池的問題，他一把手機重新開機，就被要求輸入密碼。第一次出現警示聲時，他還以為自己不小心按錯了；第二次出現警示聲時，他想到他撥打自己的號碼時，接起電話的那個陌生男子，對方用的名字是馬克・魯卡斯！試了第三次以後，他確定 SIM 卡被掉了包，而他不知道這張卡的密碼。他停下腳步，確定沒有人在跟蹤他，同時把一滴雨水從手機螢幕上擦掉。

輸入錯誤，手機已被鎖住。

他讀出這兩行自動通報錯誤的訊息，徹底筋疲力盡。

突然間，他知道自己該怎麼做了。

27

那個人看起來不像個獵人，反倒像個被追捕的獵物，說話時，每兩秒鐘就變換注視的方向，無法把目光集中在一個特定的點上。不過，這間辦公室裡也沒有什麼值得多看一眼的東西，不管是貼著通緝犯照片和地圖的牆壁、刮痕累累的制式檔案櫃、門右邊那個泛黃的洗手台，還是那三張小辦公桌其中一張上面那些不知名的用品。他們就隔著這張桌子面對面坐著。馬克常常自問，要在市府行政單位任職，尤其是有權決定室內陳設的人，是否需要具備色盲這個條件。在偉丁格區派出所裡，家具清一色都是那種在大自然中找不到的咖啡色和土黃色，看起來就跟在這裡工作的警察一樣不健康，這些年來，這些警察蒼白的膚色就跟這兒的陳設一樣，沒有什麼改變。

馬克認得這個派出所。還是青少年的時候，他跟班尼總是避免靠近這個派出所，但往往辦不到。而今天馬克發覺，在這些有霉味的房間裡，以肇事者還是受害者的身分做出陳述，有著天壤之別。想當年，當他們必須為了演唱會之後的打架事件而負責，他的感覺遠遠不像今天這麼糟。幸好當年他總是只被口頭申誡就能脫身，如果他在聯邦犯罪記錄中登記有案，就無法攻讀法律了。

「話先說在前頭……」自稱為菲利普．史托亞的刑警開口說道，他剛剛走進辦公室，身後拖著一縷煙霧。「今天來這兒胡說八道的人已經夠多了，而時間愈來愈緊迫，所以請你馬上切入重點。關於那樁誘拐案，你知道些什麼？」

馬克驚訝地看著那個警察加了好幾份糖精到一個半滿的咖啡杯裡。

「誘拐？」他問，這一問讓史托亞首次正視他的臉。在那一瞬間，馬克覺得彷彿看進了一面只反射出負面特徵的鏡子。疲倦的眼睛、凹陷的臉頰、沉重的眼袋似乎能將整個腦袋往下拉。假如馬克伸手去摸自己做每個動作都會疼痛的頸部肌肉，就會知道這個警察僵硬的頸子摸起來會是什麼感覺。

史托亞從杯子底下抽出一份日報，指著頭版頁面。「眼睛收集狂再度出沒！」前一天的標題在兩個小孩的照片上方嘶吼。馬克想起，曾經在收音機裡聽過有關一系列誘拐案的消息，一個精神錯亂的人拐走七歲到十二歲間的小孩，給小孩的父母七十二小時的時間，找到他們藏身之處，否則他就會把小孩殺掉，並且挖出他們的左眼。到目前為止，還沒有人能把活著的小孩從這個「眼睛收集狂」的魔掌中解救出來，而最近一次的最後期限就在幾個小時之後。

「不，我並不是為了這件事來的。」馬克說。此刻他也恍然明白，深夜時分，何以三十五分局還這般忙碌。穿著制服的警察和便衣刑警在走道上匆匆來去，許多支電話同時響起，而等候室裡擠滿了人，幾乎連站的地方都沒有。

只有這間三人辦公室空蕩蕩的，想來是所有的刑警都出去執行任務了。

史托亞嘆了口氣，看著門上那座時鐘，是車站裡常見的那一種。「抱歉，顯然我得到的消息不正確。那麼，你有什麼事呢？」

我想要通報一起犯罪事件，說的更清楚一點，是一場陰謀。

剛才馬克利用漫長的等待時間，思索著該從哪裡說起最恰當，卻沒有頭緒，最後他決定隨機應變地回答所有問題。然而此刻他明白這是個錯誤，因為他想說的話，就連聽在自己耳裡，都覺得可笑。他簡直可以自問自答那番預料之中的對話。

「你進不了自己的公寓？」

「對。」

「為什麼你不去找人來開鎖，而要來報警？」

「因為有人從公寓裡面關上了門。」

「誰？」

「我死去的太太……」

史托亞不耐煩地看著時鐘，看樣子，他馬上就要從椅子上跳起來，於是馬克打破了沉默。「我想要報案。」

接著他簡短敘述他碰到的那些無法解釋的事件，隨著那位刑警臉上表情的變化，他愈說愈快。那些表情從無聊難耐變為不敢置信，再變成毫不遮掩的懷疑。其間馬克不再確定史托亞到底有沒有在聽他說話，因為對方突然伸手去拿電腦鍵盤，在最後這幾分鐘裡，把手放在滑鼠上，凝視著一個老舊的箱型電腦螢幕。

「好吧……」當馬克結束了敘述，史托亞拖長了聲音。「現在我只想再問一個問題。」

「是什麼呢？」

「你身上還有剩下的東西嗎？」

「什麼東西？」

「你今天服用的藥物。」

史托亞站起來，向一個身穿制服、剛剛走進來的年輕警察打了個信號。

「聽我說，我知道這聽起來很荒謬……」馬克開口，可是史托亞面帶溫和的微笑，舉起手來。

「不，不，別擔心，這種事我每天都聽見。」

馬克也站了起來。「拜託，你們能不能派個警察到我的公寓去檢查一下？」

那位年輕警察此刻就站在馬克身邊，等待他的主管下達指令。他身上有股混合的氣味，是溫暖的睡眠和廉價的刮鬍水，想來他剛才大概在一個打掃用具間裡小睡了十五分鐘，然後用了大量刮鬍水來讓自己清醒。

「我沒空去做這種蠢事，尤其是今天。」

「好吧，那請你至少確認一下我的身分，好讓我知道自己是不是真的精神失常，或我的確是一樁犯罪行為的受害者。」

史托亞拿起他的杯子，朝門口走去。「嗯，我已經確認過了。」

「什麼？」

那位年輕警察的溫暖呼吸拂過馬克的後頸，他過於急切地想把馬克朝出口推。

「我核對過你所做的陳述，所以現在由我的同事來招呼你。」

史托亞開了門，踏上走道，嗡嗡的人聲充滿了整個辦公室。「我有兩個小孩要救，在這種情況下，恕我沒有時間來處理一樁商店偷竊案。」

「商店偷竊案？」馬克不知所措地複誦，甩開了那位年輕警察的手。

「藥劑師受不了有人買藥卻不想付錢。」

「不，那是個誤會。是在哈森海德，對不對？我特別把我的信用卡留在那裡。」

「無效的信用卡。」

「可惡，但我來這兒不是為了這件事。」

「好吧，那我就把話講明白吧：我知道你服用的是哪種藥物。對方在指控中提到，你要求購買最重度的精神病藥物。」

「什麼？」馬克伸手去摸後頸。「不，不，不。我需要的是治療我後頸裡一塊碎片的藥物，我並沒有胡說。」

「在車禍中刺進你頸部的那塊碎片？」

「對。」

「你太太在那場車禍中喪生？」

馬克呻吟了一聲。

「就是她現在不想讓你進你的公寓？」

馬克不再多說，他們的對話已經接近之前他跟自己的對話。

「而你告訴我，你不是在胡說？」史托亞向他的同事點點頭，隨即快步離開，沒有再回頭。

「那麼，我們走吧。」

這一回，馬克沒有力氣推開那名年輕警察的手，對方想帶他沿著走道往下走，離開高階警官的辦公室，到三樓那些他在青少年時期就待過很多次的房間。

馬克低下頭，自問今夜的瘋狂波浪還會把他沖到哪裡去，在這股波浪的漩渦中，他已經失去了他的車、他的藥、全部的聯絡資料、所有的錢，甚至也失去了警察的信任。他但願會有一道陷落活門出現，讓他往下墜落，離開這個不真實的現實，進入一個遺忘的黑洞，然而這樣的事情只會發生在夢裡。在殘酷的現實中，沒有能夠通往一個更美好世界的祕密通道，沒有能夠抵達樹屋，讓人躲避邪惡、得到安寧的救命繩梯。在這裡，在偉丁格區派出所這個被刺眼的燈光照亮的現實裡，沒有奇蹟發生。

還是的確有奇蹟發生？

如同幾個小時之前，當他望進那個建築工地的深洞裡，馬克又一次不敢相信自己的眼睛，此時他正經過警局入口的接待區。

這怎麼可能？

他沒有告訴任何人他想去哪裡。儘管如此，此時此地，在走投無路的情況下，他唯一盼望能在他身邊的人，突然出現在他面前。

28

他們第一次在希納家族的莊園見面之前，珊德拉提醒過他，說她父親會讓大多數人不由自主地肅然起敬。他一走進來，在場的人之中，有一半會中斷談話，另外一半則得要強忍住從椅子上跳起來鼓掌的衝動。

她用這幾句話傳神地勾勒出康斯坦丁的特質，而她說這話時必須用吼的，才能蓋過車子收音機裡所播放的搖滾樂。她比馬克大七個月，那時候已經年滿十八，有了駕照。

即使他對那個悶熱夏日的回憶蒙上了一層淺藍色的輕紗，記憶還是十分精確，彷彿他為了一場考試而必須把所有的細節都背誦下來。那是她想介紹他跟她爸媽初次見面的日子。他！一個一無是處的小子，和她在「新浪漫主義者」的一場音樂會上相識。平常馬克絕對不會跑到策林朵夫這個自命不凡的城區，可是教育局舉辦了一場有獎金的樂團比賽，而其中一個表演場地就在珊德拉所就讀的中學的大禮堂。起初他們都以為那個綁著馬尾、穿著網球鞋的金髮少女是想取笑他，可是演唱會結束後，那個在第一排起舞的女生來到後台，內行地跟他們聊起音樂。她不但認識他們演唱曲目的所有原唱樂團，甚至還去聽過那些樂團的演唱會，她聽的音樂，有些甚至比馬克所聽的口味更重。不過，更讓他方寸大亂的是，珊德拉的舉止簡直像個男生。她喝飲料直接把嘴對著瓶口，在灌下一大口之後打了個嗝，而且使用他的護唇膏，一點也不在乎那是他用過的東西，雖然他看不出她的嘴唇有任何粗裂的地方。

最後他們約好那個週末在萊尼肯朵夫區的一家重金屬迪斯可見面。馬克不認為那個「西區千金」真的會出現，不過為了以防萬一，他買了五十支味道不同的護唇膏，只是想看看，如果她再跟他借護唇膏，而他把五十支護唇膏都拿出來時，她會有什麼表情。然而他沒有機會這麼做，因為他沒料到迪斯可的守門人會檢查進場者身上有沒有攜帶武器。那個身上有刺青的壯漢在替馬克搜身時，從馬克的外套口袋裡拿出一支又一支的「唇膏」，露出一副作嘔的表情。最後他還是一臉嫌惡地讓這個「娘娘腔的小子」進場了，卻沒有把護唇膏還給他。

儘管如此，他們之間還是有了第一個吻，只不過是在很久以後。珊德拉吊足了他的胃口，他已經開始擔心她另有追求者卻瞞著他。可是就在一夕之間，她採取了主動，在他的慶生會上，在他爸媽的臥室裡吻了他，她笑著說那是「偷吃」。

「妳爸爸會討厭我，」三個月之後，他們前往珊德拉家位於沙克洛夫的別墅，途中馬克這樣預言。「從我打的領結，他就能看出我從來沒打過領帶。他只要問一個問題，就會知道為什麼他從來沒在法律界的社交聚會上見過我爸，因為我爸的客戶不是證券交易商和外科醫生，而是些小混混和社會渣滓，而且……」

「……他會用一盞酒精燈燒了你的蛋，要是他知道你從一個月前就搞上他唯一的掌上明珠。」珊德拉替他補上這幾句話，肆無忌憚地笑了，露出整排牙齒。接著她拉起手剎車，光著腳跳下車。他就是愛上她身上的這種矛盾，她有張出身高尚的天使臉孔，而從她的嘴裡說出來的，即使是最挖苦人的下流話語，聽起來都很迷人。

「妳居然會把我們上床的事告訴妳爸。」

「我根本不必說，」她大笑，「他跟你一樣，是個非常敏感的人。他能感覺得出，我們半個小時之前，在你家的浴室裡都做了什麼。」

當年，當他們手牽著手，沿著那條整齊的石子路慢慢往上走，他無法想像有朝一日，珊德拉的父親會成為他身邊最重要的人。而那個夏夜，他們初次會面的氣氛也相當冰冷，沒有絲毫跡象顯示將來會有所不同。

「你怎麼找到我的？」馬克問，他首次環顧四周。這個警察局的平面圖讓人想起一所新式的綜合中學，此刻他們站在入口大廳，天花板很低，兩側有寬大的樓梯通往較高的樓層，只不過在樓上的不是教室，而是更多的辦公室、審訊室和好幾個寬敞的集合室。

「你還好嗎？」康斯坦丁一臉擔心地問，顯然並不指望得到正面的回答。他穿著平日所穿的深色西裝，胸前插著白色手絹，而且就跟平常一樣，完全看不出他在手術室裡工作了十二個小時。

那名年輕警察本來要帶他去接受審訊，此時馬克感覺到那個警察的手從他肩膀上鬆開，康斯坦丁會讓別人不由自主地肅然起敬，這一點在此刻顯出了效果。

「這是怎麼回事？他想把你怎麼樣？」他岳父問，彷彿那個警察根本不在場，他一邊環顧四周，想看看能否找到一個有能力回答他的問題的主管。此時史托亞正好從男廁走出來，訝異地看著他們三人。

「請問你又是什麼人呢？」那個年輕警察用盡可能帶有權威的語氣問，可是康斯坦丁不認為有必要回答他，更別說是讓開通往樓梯的路了。

「你是怎麼找到我的？」馬克又重複了一次他的問題。他實在不明白，他岳父怎麼有辦法在這裡找到他。

「你為什麼這樣問呢？你明明在我的語音信箱留了言。」

什麼？

「這不可能。」馬克費了點工夫，把他那支毫無用處的手機從牛仔褲口袋裡掏出來。「現在我根本就沒有你的號碼。」

「你是在說笑嗎？我們昨天才通過電話。」

「對，可是有人偷了我的 SIM 卡，我背不出你的電話號碼，而你醫院的護士小姐又不願意把你的號碼給我。」馬克秀出他手機漆黑成一片的螢幕。「再說這玩意兒現在根本沒辦法用了。」

「你的 SIM 卡？你碰上小偷了嗎？」康斯坦丁迷惑地拿過馬克手裡的手機。就在這一刻，史托亞走到他們旁邊。「有什麼問題嗎？」

他也沒有理會他的同事，而是向這群人當中，最年長的一位提出他的問題。在派出所裡，就跟在自然界一樣，為首的動物會本能地認出彼此來。

「的確是有點問題，我是康斯坦丁・希納教授，我想馬上知道，你們憑什麼把我女婿帶到警察局來？」

「首先，我們沒有把魯卡斯先生……」

「魯卡斯博士。」康斯坦丁打斷了史托亞的話。

「好吧，我們沒有把魯卡斯博士帶到這裡來。是他自願到我們這兒來的，而且……」

「是這樣嗎？」康斯坦丁再度打斷那位刑警隊長，一邊用求證的目光看著馬克。

「是的。」

「可是為什麼呢？」

因為有人竊取了我的身分，因為我殘存的可憐人生終於化成碎片，而我需要有人把那些碎片收集起來。

「我需要立場中立的人來幫忙。」馬克說，自己也意識到這話聽起來有多麼費解。

「你碰上了什麼麻煩嗎？」康斯坦丁朝他走近了一步，皮鞋的鞋底嘎吱作響，馬克不自覺地用食指摩擦拇指指甲上方皸裂的硬皮。

「等我們離開這裡，我再跟你解釋。」

「那還要再等一下。」那名年輕警察再度鼓起勇氣開口說話。「我們必須先就那樁竊案審訊他。」

「竊案？」

馬克疲倦不堪地伸手去摸後頸上的紗布，嘆了口氣。「我當時需要藥物，而那個藥劑師不接受我的信用卡。不過，這件事並不重要。」

「等一下，難道你真的……」

「對，但我不是故意的。我只是把這件事給忘了。」

「你忘了付錢？」

「如果你知道今天在我身上都發生了些什麼事，那你就會了解我為什麼那麼做。」

「那就請你解釋給我聽。說的清楚一點，現在我有點被弄糊塗了，而我很希望……」

「可以請你過來一下嗎？」這一回是史托亞打斷了希納醫生的話。

那位刑警隊長指著一根粗粗的水泥柱，上面掛著禁菸標誌，而且一掛就掛了兩個。康斯坦丁猶豫了一會兒，隨即跟在那位刑警隊長身後，途中他兩度轉過頭來，用詢問的目光看著馬克，直到他的身影終於消失在其中一根柱子後面。

刑警隊長跟他岳父所站之處離他只有三公尺，但是一樓的音響效果很差，所以馬克只能斷斷續續聽見幾個字。那名年輕警察則試圖重新建立他受損的權威，於是向馬克說明他偷竊藥物的嚴重後果，說不定還會擔上信用卡詐欺的罪名。幾分鐘之後，當史托亞和康斯坦丁一起回來，命令那位年輕警察立刻放馬克走，那名年輕警察不免大感意外。

三十秒鐘後，馬克再度置身於警察局大門外的滂沱大雨中，又一次不知道在自己身上發生了什麼事。

「那樁竊案呢？」馬克問他岳父。

「我處理好了。」

「怎麼個處理法？」

「史托亞是個明理的人，而且今晚他有更重要的事情要做。我向他擔保會補償藥房的損失，他也明白了你的處境。」

「我的處境？」

「他已經知道這幾個星期以來，你所經歷過的事，能夠理解你有點失態的舉止。」

「有點失態？今天我看見了珊德拉。」

馬克轉身背對風向，雨滴重重地打在他後腦上，但是對康斯坦丁微捲的頭髮似乎沒有影響。

「我知道。我也經常看見她。」他岳父用汽車鑰匙的遙控器打開了一輛賓士車的門鎖，那車就並排停放在警察局的正前方。只聽見輕輕地嗶了兩聲，警示燈閃了起來，但是康斯坦丁仍然站在人行道上，拭去落在他那兩道濃眉上的幾滴雨水。

「最近在公園裡，我甚至跟在一個女人身後，只因為她的背影看起來像珊德拉。」

他用手指碰觸他大大的喉結，按摩著自己的脖子，聲音顫抖起來。

「昨天，一位年輕女性來看診，她跟珊德拉長得並不像，但她說話時會打量著自己的指甲，就跟珊德拉緊張的時候一樣，我忍不住哭了。」

馬克搖搖頭，從康斯坦丁身邊走開。「不，你不懂。她是真實的。」

他走到馬路上，聽見車門門鎖因為開了許久都無人上車而又自動答地一聲關上。他走到那輛豪華轎車旁邊，把一雙手臂撐在車頂上，閉上了眼睛。

「悲傷也快要把我逼瘋了，馬克。可是這對我們沒有幫助。」

馬克沒有抬起頭，沒有回答，當他感覺到那隻手放在他肩膀上，他還是沒有回答。

「你大概正在經歷『創傷後休克症候群』，讓我們到醫院去，我開點藥給你。」

一大滴雨水落在馬克的額頭上。

「我很清楚自己看見了什麼。」他輕聲說道，像是在自言自語。

「就像你很清楚你的手機不能用了？」

馬克睜開眼睛，猛地轉過身去。他無法置信地呆望著他手機的螢幕，這已經不知道是他今晚第幾次這麼做了。康斯坦丁把手機拿在他眼前。「你是怎麼辦到的？」

他把淋濕的雙手在牛仔褲上擦了擦，打開手機裡的通訊錄。

不可能。

所有登錄的資料都很完整。

「你只是不小心啟動了飛行模式，所以沒辦法打電話。」

馬克的手開始發抖，他突然覺得自己血糖不足，彷彿他的靈魂剛剛做完一次急行軍。

這可能嗎？難道我精神錯亂到連自己的手機都不會用了？

「讓我們到醫院去。」康斯坦丁這樣要求，再度用遙控器打開了車子的門鎖。

可是為什麼之前我打給自己時，是一個男人接的電話？

馬克抬起頭，用目光追隨一輛救護車，那輛車的前燈髒髒的，正從警察局前面的馬路緩緩駛過，側面的車窗反射出路燈的光芒，所以他看不進車窗裡。

「好吧。」當救護車從他們身邊經過，他終於擠出這兩個字。「我們開車走吧，但是不去醫院。」

「你打算做什麼？」

「我要弄清楚我是否真的神智不清了，而我需要你的幫忙。」

禁止進入。

29

同樣的腳踏墊，同樣的老式建築樓梯間，走道上飄著同樣久久不散的食物氣味，磨損的木質樓梯上殘舊的粗麻踏墊依舊，入口處那些滿出來的金屬信箱也沒有不同。在過去這幾個鐘頭裡，唯一改變了的是馬克的整體狀況，他的身心狀態似乎逐步落入最低潮。當他跟他岳父一起爬上通往他住處的樓梯，他自問他身體上的痛楚是否只是妄想症的一種伴隨現象，還是事情正好相反，他愈發嚴重的頭痛和四肢痠痛才是他出現幻覺的原因。

「你非得要住在這一區嗎？」康斯坦丁問，爬樓梯對他來說毫不費力。每隔一天，他就在別墅的地下室鍛鍊身體，在那棟青年藝術風格的宅邸裡，那是唯一沒有裝設空調的地方，因為康斯坦丁認為，只有做完後會流汗的運動才算是運動。

「我當然了解你在那之後不想再住在家裡……」他若有所思地說。

在那之後……

馬克朝他岳父轉過身去，康斯坦丁正不以為然地打量著放在一間公寓門口的嬰兒車。

「可是住在這裡……」康斯坦丁搖搖頭，就連他的管家住的地方都比這裡高級。

馬克用手壓住腹部，為了在肌肉突然抽痛的情況下能好好呼吸。「還有比這更糟的地方。」他喘著氣說，繼續往上爬。

更糟的地方。

例如索第納區，他在那裡長大。當加拉塔薩雷足球隊在土耳其踢進了一球，那兒的鄰居會從樓下陽台朝天空發射俄製衝鋒槍。珊德拉死後，他曾經認真考慮再搬回去，回到他的根，直到他明白他的根早已被切斷。第一條根隨著他父親的死亡而被拔斷，他父親的驟逝，在左鄰右舍間引起了光怪陸離的猜測。「法蘭克·魯卡斯把自己給喝死了，他想必負債累累，也是啦，有那樣不成材的兒子，難怪他會這麼做。搞不好他老婆也有酗酒的毛病。」

起初他母親還試圖跟鄰居解釋真實的情況，說起她丈夫先天的肝臟缺陷，那個毛病太晚才被診斷出來，因為大家全把注意力放在法蘭克的精神問題上。對一個健康的人來說，法蘭克最後所喝的酒量並不足以致命。可是馬克的父親根本就不健康，馬克的母親也從此沒有再恢復健康，她丈夫去世才幾個月，她就死於心臟衰竭，衰竭的是她的心臟，也是她的心。

「你為什麼會在這兒？」馬克疲憊地問，繼續拖著腳步爬上樓梯。

康斯坦丁在他背後嘆氣。「我不是已經說過了嗎？你打了電話給我，我開車到警察局去，然後……」

「不，我問的不是這個。我納悶的是，你怎麼還會理我？」

「唉，原來是這麼回事。」他岳父是個聰明人，不需要馬克再多說什麼。

在他父親死後，康斯坦丁・希納成了他生命中最重要的人，像個導師，讓他明白一個人不該浪費生命，而該善用自己的才能。而事情從來就跟金錢無關，康斯坦丁只不過是讓他去認識那些善用自己生命的人。不過，事情並非從一開始就是如此。

「你認為我應該生你的氣？把你趕出我的生活？」康斯坦丁問，跟上了他。

「你曾經想要這麼做。」

他岳父皺起了眉頭，而馬克立刻就為了這句傷人的話道歉。他們首次見面之後半年，康斯坦丁把他拉到一邊，帶他到那個有壁爐的房間，珊德拉和她母親則留在廚房。起初馬克還以為他們之間的關係終於有了改善，因為這是康斯坦丁第一次很和藹地對待他，甚至是笑著把那個裝著換算後將近有兩萬歐元，全是新鈔的信封遞給他。珊德拉向她父親提起馬克父親的財務問題，那時他父親的事務所已經出現赤字，有了這筆錢，魯卡斯家立刻就能清償所有的債務。

「如果你離開我女兒，這筆錢就是你的。」

馬克不動聲色，為了這慷慨的提議致謝，然後他走到壁爐前，毫不猶豫地把鈔票扔進熊熊火焰裡。

「我以為你早就原諒了我對你的考驗。」

「我的確已經原諒你了。」馬克點點頭，倚著樓梯欄杆。

當年他看見康斯坦丁嘴角那抹了然於胸的微笑，就明白康斯坦丁是在測試他。馬克漂亮地通過了測試，儘管康斯坦丁沒有料到他未來的女婿會有那麼衝動的反應。從那一刻起，希納家族少了兩萬歐元，卻多了一個家庭成員。

「你當時怕我只是貪圖你的錢。」

「比那更糟。我以為你會讓珊德拉心碎。」

馬克點點頭。「嗯，現在我甚至害死了她。」

他們已經上到了四樓，距離他在不久以前還認為是他公寓的地方只有幾步路。

「對了，你還在吃藥嗎？」看見馬克不安地伸手去摸後頸時，康斯坦丁擔心地問。

「那個免疫抑制劑嗎？」馬克搖搖頭，康斯坦丁看著他，表情更擔憂了。

「我明明給了你足夠的藥量，可以撐到下星期的檢查。」

「我知道，可是藥在這裡面。」

馬克指指公寓的門。之前，還有一隻蛾在天花板上的那盞燈裡飛來飛去，現在燈已經完全熄滅了。

「好，那我們就先去拿你的藥，然後我帶你去醫院接受一下觀察。」

「好是好……」馬克說。

「有什麼問題嗎？」

「你看，」馬克指著門，「我就知道我並沒有完全發瘋。」

儘管從樓梯間照過來的光線很昏暗，他還是一眼就看見了。

「你指的是什麼？」

「那個名牌，還是被換過的那一個。」

康斯坦丁從大衣口袋裡掏出閱讀用的眼鏡，並沒有戴上，而是把眼鏡拿在眼睛前面，朝著公寓門口走近。

「希勒。」他猶豫地讀了出來。

什麼？

「不對，不對……」

馬克也彎下腰檢視。

可惡，這又是怎麼回事？

康斯坦丁點亮了一根火柴，但是就算沒有火柴的光，馬克也知道他岳父沒有說錯。

希勒，不是希納。

「可是這……這……」他緊張地眨眼睛，然後不由得笑了出來，這個情況實在太荒謬了。之前他明明看見門鈴旁邊的名牌上寫著「希納」，珊德拉的娘家姓氏。怎麼會有人大費周章地又把那個姓氏換成一個更不知所謂的姓氏？

「也許你之前的房客姓希勒？」康斯坦丁提出了這個假設。

「不，我沒有看錯。」馬克說得那麼急切，乃至於把火柴給吹熄了。「我會證明給你看，這裡有些地方不對勁。」

他從褲袋裡掏出公寓門那把有兩排鋸齒的安全鑰匙，把鑰匙插進鎖孔之前，他的手顫抖得太厲害，不得不停下來。

「要我來嗎？」康斯坦丁擔心地問。

「不，沒有問題。」馬克近乎無禮地回答。接著他震驚地發現，的確一點問題也沒有，鑰匙滑進鎖孔時輕輕響了一聲，用拇指跟食指毫不費力地就能轉動，彷彿那把鎖才剛剛上過油似的。

喀答一聲，門開了，而馬克無法相信自己面前的景象。

30

馬克十二歲時，曾經對他母親說，整理他的房間違反自然法則，讓他母親聽得目瞪口呆。當時他在麥可・克萊頓的一本驚悚小說裡讀到「熵」這個現象，一個來自熱力學的專有名詞，從中可以導出大自然中的一切都力求達到最大的混亂。就像汽車輪胎會漸漸失去胎壓和表面的花紋，T恤經過洗滌會漸漸褪色，襯衫會穿破，屋瓦過一段時間必須更新，人到最後也會分解成他的構成部分，失去維持他高度複雜的身體所需的能量。他會生病、衰老、死亡。所以，在短暫的人生中，又何必浪費時間讓事物井然有序，大自然的力量終究會把所費的力氣變成徒勞？

聽他說了這番話之後，他母親把手撐在寬寬的臀部上，馬克記得，她的手上多半戴著黃色的橡皮手套，她仰頭大笑：「好吧，你可以不整理房間，那我也就不再給你零用錢了，反正你會把錢花掉。」

二十多年後的今天，別人會以為馬克當年接受了他母親的條件。在研究混亂的科學家眼中，他的公寓儼然是完美的研究對象。

「我的天……」康斯坦丁踏進公寓時大聲吸氣，彷彿他早已做好心理準備，面對必然隨著這樣的混亂而生的難聞氣味。而事實上，公寓裡只聞得到剛磨平的木頭地板、油漆剛乾的牆壁、剛整修過的房子常有的其他氣味，自從馬克搬進來以後，這股氣味就一直飄在空氣裡。

「這裡出了什麼事？」康斯坦丁問，小心翼翼地避免踩到散落在小小玄關裡的許多物品。

「沒什麼事。」馬克用腳把一疊CD推到一邊，「我打翻了一個箱子。」

「一個嗎？」

遙控器、裝著繳稅資料的檔案夾、兩條有多個插座的延長線、一盞翻倒的檯燈、三本相簿和大量的書籍，在那之間躺著幾盆翻倒的盆栽。所有的植物都乾枯了，就連那些仙人掌也一樣。

馬克跨過那個搬家紙箱，箱裡的東西散落在玄關裡，之前他讓那個紙箱在雨中放了太久，底部紙板都濕透了，不再撐得住他隨手扔進去的東西，而這偏偏是他想當成垃圾扔掉的最後一箱。他氣透了自己，故意把那個裝著陽台盆栽的紙箱對著公寓的門甩了出去。

暴怒。

這也是悲傷那把解剖刀從他身上又剝出來的一種新性格。

「我到底是怎麼了？」馬克喃喃自語，此刻他走進客廳，打開一盞立式檯燈，那燈同時也充做放DVD的架子。

客廳是這個兩房公寓裡最大的空間，這裡的情形就好多了，儘管有好幾個尚未拆開的紙箱散放在地板上，有如從一架直昇機上扔下來的救助物資。

由於既沒有書架，也沒有櫥櫃能讓他分別安頓這一點家當，他就像個靠著一個皮箱度日的商務旅客，凡是他需要的東西，他就直接從紙箱裡拿出來，只要他找得到。在他們的婚姻中，珊德拉是比較能幹的那一個，換做是她，一定會在搬家紙箱上仔細標明裡面放了什麼。

馬克聽見隔壁房間裡有一個櫃子的門被打開，他緩緩在那張黑色皮沙發上坐下，搬家工人把那張沙發放在客廳正中央，面向著窗戶。豆大的雨滴不時被風吹得打上玻璃，在室內製造出一種不搭調的舒適家居氣氛，在這個暖氣有點太強的昏暗客廳裡。

「那裡沒有人。」

他朝康斯坦丁轉過頭去，雖然他岳父穿著鞋底釘有鐵片的鞋，卻仍能悄然無聲地走進客廳。

「臥室裡沒有人，廚房跟浴室裡也沒有。我連床底下都看過了，除了我們兩個，這裡沒有別人。」

31

「不可能。」雖然明知道岳父說的是事實，馬克仍筋疲力盡地反駁。在他順利地把門打開的那一秒，他就已經知道結果了，客廳裡的一切看起來也都跟他今天上午離開時一模一樣。

珊德拉從來不是個一板一眼的人，她跟他一樣，能在轉瞬之間，把整理過的房間變成一座戰場，但是她愛植物甚過一切，絕不會漫不經心地把她心愛的盆景從盆子裡拔出來，讓它跟盆栽裡的泥土一起躺在地上。從這個事實只能導出一個結論……

珊德拉不在這裡，她從沒來過。

馬克感覺到康斯坦丁在他身邊坐下，並沒有碰觸他。

「我神智不清了。」他閉著眼睛，喃喃地說。

「不，你沒有。」

「我的確是神智不清了。」馬克按摩自己的太陽穴，覺得舒服一點，卻又感覺到一直隱隱存在的那陣噁心。

「我看見了她，假如我伸出手，就能摸到她。」

「來，把這個喝了。」

馬克抬起頭來，他岳父想必是在廚房裡找到了一個塑膠杯，此刻正把杯子遞給他。康斯坦丁自己則拿了一個磨光的玻璃杯，邊緣有點破損。「喝了吧，只是水而已。在受驚的狀態下，你需要很多水分。」

馬克拿起杯子，薄薄塑膠杯的白色皺折喀吱喀吱作響。在昏暗的光線下，那水閃著微弱的亮光，像一座黝黑湖泊的表面，馬克突然停下了動作。「只是水而已？」

「你把我當成什麼樣的人了？」

康斯坦丁把手裡的玻璃杯擱在茶几上，從馬克手裡拿回那個塑膠杯，一口氣喝乾了。「滿意了嗎？」

他站起來，用父親般的慈祥面容俯視著馬克。

「對不起。」

康斯坦丁點點頭，又伸手去拿他的玻璃杯，茶几上沾了一圈水漬。「不過我真的該給你一點鎮靜劑，我真的很擔心你，馬克。」

「我也擔心我自己。」

我覺得自己像是吞了一塊磁鐵，那磁鐵吸引的不是金屬，而是瘋狂。我很害怕它的作用會愈來愈強。

「來吧，時間已經晚了。讓我們到醫院去。」康斯坦丁把空玻璃杯放回茶几上，正好放在那圈水漬上，他向馬克伸出手，可是馬克又閉上了眼睛。他從小就學到，如果不要動用所有的感官，將有助於他思考。等他再度睜開眼睛，他岳父站在窗前，食指隨著一顆雨滴移動，那雨滴順著玻璃往下滑，像一滴眼淚。「你還常想起那年五月的那一天嗎？」

康斯坦丁的聲音沙啞，「那是哪一年的事？」

五月的那一天。

他們一向這樣稱呼那一天。在他們的談話中，那從來不是「珊德拉被搶」的那一天，或是「她被綁住手腳，用一個繩圈拴在廚房爐台上的那一天」，也不是「珊德拉本來要陪他去參加一場講習，卻因為身體不適而留在她父親的別墅的那一天」。

「克里斯提昂如果出生的話，現在三歲了。」馬克小聲地說。

「沒錯，已經三年了。」

康斯坦丁嘆了口氣，彷彿在那之後已經過了一輩子，而從引申的意義上來說也的確是如此。珊德拉當時也懷孕了，搶匪侵入別墅時，她正抱著一桶家庭號的焦糖布丁冰淇淋，打算看一集舊的《皇后區之王》影集。六個小時之後，康斯坦丁才終於回到家，在那段時間裡，那兩個戴著滑雪面具的歹徒撬開了保險櫃，拿走了牆上懸掛的昂貴真品畫作，還有所有的銀製餐具、現金、鐘錶收藏和那台舊的筆記型電腦。

六個小時。

在康斯坦丁回到家的四十五分鐘之前，珊德拉就因為流產而開始失血。

「所以你們才不想先替第二個寶寶取好名字嗎？」

馬克點點頭。「對。那一天毀掉了太多東西，我們以為珊德拉再也無法生育，當她居然又懷孕時，我們不想招來厄運。那是種迷信。」馬克苦澀地笑了。「這不是命運的一種嘲諷嗎？」

康斯坦丁轉過身來，驟然間顯得無比蒼老。「你錯了。」

馬克抬起頭來。「什麼意思？」

「你說那一天毀掉了很多東西，這固然沒有錯，可是雖然這話聽起來很殘酷，但那樁不幸也賜給你們又三年美好的時光。」

「我不懂。」

「當時珊德拉想要離開你，馬克。」

「什麼？」

馬克全身發冷，縮起了肩膀，彷彿預期有人會把一粒冰塊塞進他的衣領。

「我不是很確定，但我認為就是因為這樣，她才會到別墅來。她想等我從醫院回來以後，跟我談一談。」康斯坦丁沉重地呼吸。「她打了電話給我，說事情是關於你們兩個的婚姻，也關於她最近認識的另一個男人。」

「這不可能。」馬克否認，雖然他有充分的理由相信他岳父所說的話。令他心情沉重的舊日回憶在他的意識裡擠到了前排位置。當年他想要驅散那個念頭，而把珊德拉的舉止歸咎於懷孕期間，由於荷爾蒙作祟而導致的情緒不穩。起初她只是心不在焉，很安靜，然後她愈來愈封閉自己，直到那種若有所思似乎就要變成憂鬱。他想取消所有的工作行程，在孩子誕生前都在家裡陪她，但是她拒絕了。她會獨自去散步幾個鐘頭，也會去那些她平常會繞路避開的城區。有一天，他去新科恩區拜訪一個老是逃學的孩子的家長，竟看見她從一家破舊的小咖啡館走出來，神情恍惚地上了一輛計程車。當天晚上他跟她提起這件事，而她生起氣來，向他撂下一句：「律師先生，我拒絕作答。」

「另外那個男人是誰？」馬克提出這個當年就折磨著他的問題。

康斯坦丁聳聳肩膀。「我真的不知道，我們沒有把事情攤開來講。當她動完緊急手術，醒過來之後，就絕口不提那件事。她只想要見你。」

馬克感覺小腿肚微微抽筋，吃力地站起來。說也奇怪，偏偏在這個時候，他回憶起他老爸愛說的一個老笑話：坐下去跟站起來都會呻吟的就是年過半百的男人。這樣看來，在這一天裡，他就老了十八歲。

「為什麼你偏偏選在現在告訴我這些？」馬克伸手去拿那個空塑膠杯，康斯坦丁喝了水之後，又把杯子放回茶几上。他得到浴室去，用水把腦袋沖一沖，而且他也該吃藥了。

直到馬克把浴室門在身後關上，康斯坦丁才回答：「因為你之前問我，為什麼我始終還把你當成兒子一樣看待。有時候一樁悲劇具有不可思議的力量，能把彼此相愛的人緊緊拴在一起。」

「太棒了，等你哪天受不了我了，麻煩跟我說一聲，那我只需要再害死哪個人就行了……」

馬克把雙手撐在洗手檯上，看著牆上原本該掛鏡子的地方。他慶幸自己到目前為止還沒有把鏡子掛上，所以他無需看見自己憔悴的面容。

「不要再躲在你的幽默感背後了，這只不過是一種自憐。」他聽見康斯坦丁的聲音悶悶地穿過浴室的門傳進來。

「今天已經有人跟我說過類似的話了。」馬克喃喃地說，伸手去開水龍頭。他正想把扳手往上拉，讓冷水流過他的手腕內側，此時他的目光落在排水孔跟塞子之間的那道細縫。

見鬼了，這是……

他彎下腰，把那個不鏽鋼塞子從排水孔裡拉出來，啵的一聲，塞子鬆開了。

怎麼會有這種事。

一根頭髮從黑色的橡皮墊圈上垂下來，大約十五公分長，末稍捲起來，像個高音譜記號。馬克不自覺地伸手去摸後腦，這四天來，他都沒有剃頭髮。

所以確實還是真的。

他宛如被催眠了一般，凝視著食指上那根金髮，那不可能是他的。他的雙手顫抖，把那根頭髮拿到鼻子前面，當然他什麼也聞不到，儘管如此，他還是很確定。

珊德拉。

這間公寓是經過整修之後才交給他的，洗手檯是全新的，而他從來不曾有過訪客。

這就是證明，她來過這兒。

馬克閉上眼睛，用另一隻手抓住那隻顫抖的手，把空氣深深地吸進腹腔。然後他把那根頭髮握在手心，像個小孩在去麵包店的途中緊握著錢幣。他急忙衝出浴室。

「康斯坦丁？我找到證據了，我沒有發瘋……」他大喊，在回客廳的途中撞到一個金屬凳子，那張凳子從一個半開的搬家紙箱裡突出來。然而當他一拐一拐地走進客廳，那股蔓延開來的疼痛變成了全然的震驚，客廳的窗戶突然完全敞開。

剛才他還跟他岳父坐在沙發上，現在這間客廳空無一人，康斯坦丁不見了，茶几上那個玻璃杯還有那圈水漬也隨之消失。

32

「哈囉？」

馬克失去了所有的時間感，不知道自己往漆黑的雨夜裡凝視了多久。這裡沒有防火逃生梯，沒有突出的牆緣，沒有鷹架，更沒有清潔玻璃用的吊車，能讓人離開這間四樓公寓。

他岳父憑空消失了。

「康斯坦丁？」

他關上窗戶，蹣跚地往走道走，想打開天花板的電燈，但是按下開關之後，燈卻沒有亮。他再看了一眼，才發現燈座裡的燈泡不見了。

「嘿，你藏在哪裡？」

長條狀走道夾在兩面光禿禿的牆壁之間，他的聲音在走道裡迴盪。

拜託，讓我醒過來。拜託，讓這一切只是一場夢。

馬克轉身面向公寓大門，看見門鏈是從裡面扣上的，不禁皺起了眉頭。

「你在哪裡？」他這句話其實更像是在自言自語，彷彿他已有預感，他會在臥室裡找到什麼：什麼也沒有。而他也已經檢查過廚房了。

臥室裡沒有人，只有一張雙人床墊和另一個搬家紙箱，紙箱上擺著一盞廉價的床頭燈，每天早上，他都讓燈亮著，免得他夜裡回來的時候，還得在漆黑的房間裡尋找那個小小的開關。

然而馬克料錯了，而這個錯誤讓他徹底懷疑起自己的理智。因為那盞床頭燈不見了。

就跟康斯坦丁一樣，就跟珊德拉一樣，就跟我的人生一樣。

儘管如此，房間裡卻非漆黑一片，因為有一道淡淡的藍光從搬家紙箱的接縫處透出來。

這是不可能的。

馬克朝床墊走去，頓時感覺到一股難以抗拒的渴望，想就這樣倒下去，把潮濕的被子拉起來蓋住頭，墜入無夢的長眠之中。然而那朦朧的光線如同把他催眠了似地，吸引著他，他回憶起多年前他跟珊德拉的一番對話。

「嘿，怎麼了？妳幹嘛突然這樣看著我？」

「答應我……」

「什麼事？」

「答應我，你會永遠留一盞亮著的燈。」

他拆開那個紙箱，用顫抖的手掀開紙板……發現他那超現實的幻覺得到了證實。

「你覺得怎麼樣？」

「嗯，我覺得，怎麼說呢……需要一點時間習慣？」

「說它醜得要命還比較貼切。」

他閉上眼睛，但回憶卻沒有就此消失。

「怎麼了？妳在哭嗎？」

「聽我說，我知道這話聽起來有點瘋狂，可是我希望跟你約定一件事。」

「什麼事？」

「要是我們當中有一個人死去——別急，聽我把話說完——那麼先走的那個人應該給對方留個信號。」

等他睜開眼睛，那個醜得要命、使用電池的淺藍色海豚小夜燈仍然塞在紙箱裡。

而這是它這輩子第一次被點亮。

我來找你，就算要花一整夜
不能再像這樣站在這裡
為了永遠，永遠是為你
我希望一切都跟以前一樣完美
喔……我想要改變一切。
我想要改變。

「怪人合唱團」*A Night Like This*

沒有什麼像我記憶中那麼好

「合成芽合唱團」*I Remember That*

33

到最後，那個擾人的聲響比那盞亮著的海豚夜燈更讓他不安，那聲音聽起來像一隻黃蜂危險的嗡嗡聲，彷彿牠被困在百葉窗跟窗玻璃之間，拚命想重獲自由，一試再試，火氣愈來愈大。只不過那聲音來自走道，而那兒並沒有窗戶，況且就一隻失去控制的絕望昆蟲來說，那聲音也過於富有節奏。

馬克朝臥室的門轉過身，他耳中那陣嗡嗡聲停了下來。突然之間，公寓裡靜悄悄的，乃至於他能聽見電表答答地跳動，還有暖氣管在沙沙作響。

「有人在嗎？」他用乾啞的嗓音喊。然後，就在他把腳跨過門檻，正要踩上走道的那一刻，他嚇了一大跳。

那隻黃蜂又回來了，現在牠的聲音更大、更憤怒。

馬克的心跳加快，他沿著走道往前走，想找一件可以讓他自衛的東西。然而就在那聲音變成一陣連續的嗡嗡聲之前，馬克明白了自己的舉止有多麼可笑。他望向門框右上方一個灰色的小盒子。

「可惡，我居然害怕自家的門鈴。」他低聲地說。他再次試圖嘲笑自己，卻未能成功地藉此控制住他的恐懼。

像一隻黃蜂，聽起來就像一隻被夾住的憤怒黃蜂。

除了搬家公司的工人和羅絲薇塔之外，沒有人知道他的新住址。

所以會是誰呢？

馬克的目光又落在那條門鏈上，在他岳父消失之後，想必有人從裡面把門鏈扣上了。他打了個寒顫。

「康斯坦丁？」

他把左眼湊到窺視孔上，全身起了一陣雞皮疙瘩。馬克向外窺視，發出一聲呻吟。雖然那陣連續的嗡嗡聲變成了一陣有節奏的斷音，他還是看不出是誰在外面按電鈴。

這是怎麼回事？也許這一切都只存在於我的腦袋裡？也許根本沒有電鈴，沒有門，沒有公寓，也沒有珊德拉。

此刻他真的笑了，儘管有點歇斯底里。

說不定也根本沒有我這個人？

他想乾脆豁出去算了，先取下門鏈，然後打開了門。

什麼都沒有。

門前和走廊上都空無一人，沒有康斯坦丁，沒有鄰居，沒有陌生人，只有馬克孤伶伶一個人。而當他緩緩把門關上，從裡面用額頭抵住門板，他也感到孤獨。

門鈴憤怒的嗡嗡聲暫停了一會兒，隨即又以另一種節奏出現。

三短三長，然後又是三次短音。

求救信號？

他伸手觸摸後頸那塊濕透了的紗布，這是他全身唯一一處未被那股寒意緊緊攫住的部位。

打摩斯電碼的幽靈門鈴。連我的幻覺都有幽默感，這一點別人不得不佩服我。

然後他倒退著走到門邊，目光始終沒有離開門上方那個嗡嗡作響的小盒子。一條電線從那個盒子裡伸出來，沿著灰泥牆壁往地板的方向延伸，在門鈴的高度分成兩股，一股往下通到牆壁的底板，另一股跟地板平行，往旁邊延伸，消失在一件冬季大衣後面。那件大衣掛在一根衣桿上，馬克搬進來時，那根桿子就已經在那兒了。

三短聲，三長聲。

當然！

我累到都沒法好好思考了。

他把那件大衣往旁邊拉，想起房屋仲介誇大其詞的稱頌，彷彿一具簡單的對講機是太空研究的尖端科技，足以證明房租過高是合理的。

他拿起對講機的聽筒，對講機響亮地「嗶」了一聲，那隻黃蜂立刻就不再嗡嗡叫了。

「喂？」他對著話筒沙啞地說，聽到對方回答時，他幾乎鬆了一口氣，儘管不久之前，他才從那個聲音的主人身邊逃走。

「你方便說話嗎？」

艾瑪。他不會認錯她那卑屈、羞怯的語調。

馬克凝視著沒有螢幕的對講機，無法回答。

「哈囉？他還在你那兒嗎？」

線路裡喀嚓一聲，而馬克總算又能說得出話來。

「妳指的是誰？妳怎麼知道我住在哪裡？」

「我一路跟蹤你。」艾瑪說，咳了起來。

「跟蹤？」馬克傻傻地重複。

「對，先是去警察局，然後是這裡。我看見你跟他一起離開。」

「康斯坦丁？」

「我不知道他叫什麼名字，我只知道他跟那些人是一夥的。」

那些人？

「趁著還不太遲，拜託你還是下來吧。」

馬克搖搖頭，彷彿艾瑪能從樓下的馬路上看見他似的。「好讓我再次掉進妳的陷阱嗎？」

「什麼陷阱？你在說些什麼？我才是那個被追捕的人。」

被追捕？

「聽我說……」馬克的聲音在顫抖。「我不知道雇用妳的人是誰，可是……」

「看在老天的份上，哪有什麼雇用我的人？我跟你一樣在逃亡，就只有我一個人，我只能靠我自己。」

「是嗎？那之前在旅館裡，妳跟誰在電話裡提起我？」

艾瑪嘆了一口氣。「唉，原來如此。這件事我晚一點再跟你解釋。」

「不，現在就解釋。妳打電話給誰？」

線路裡又是一聲喀嚓，沙沙聲更大了。

「我的語音信箱。」

「什麼？」

她猶豫了一下。「每隔一小時，我會打給自己一次，在我的語音信箱裡留言，說明我現在人在哪裡，遇見了什麼人，接下來要做什麼。這純粹只是為了保險起見，以防萬一我出了什麼事，或是我的記憶又被消除了。」

「妳覺得我應該相信妳嗎？」

「我為什麼要騙你？我自己也需要幫助，儘管目前你的處境比我更危險。所以拜託你現在趕快下來吧。」她的嗓音都變尖了。

「比起到樓下跟妳在一起，我肯定在我的公寓裡要安全得多。」

「胡說，我從半小時之前就等在這裡了，而我沒看見有人從這棟屋子裡出來。這表示他還在你那兒，又表示你……」

「這裡只有我一個人。」馬克打斷了她的話。

「……表示你處於極大的危險中，因為那個計畫還在進行。」

「我沒有參加任何計畫！」馬克對著話筒大喊。

「你的確在計畫中，我會證明給你看。」

「妳要怎麼證明？」馬克問，後頸突然感覺到一股微風，彷彿他身後有人在動。他轉過身，因恐懼而睜大了眼睛。

「她還活著，」他聽見艾瑪小聲地說：「請你下來，我會證明給你看。」他幾乎沒有聽進去她在說什麼。

這不可能，這不可能是真的。

他沒有聽見自己大聲地把他的念頭說了出來，卻從他的呼吸看了出來。他四周的寒意不是出自他的想像，那股寒意就像液化氮一樣湧進公寓裡，從客廳那扇敞得大大的窗戶，那扇不久之前他才緊緊鎖上的窗戶。

34

馬克把公寓的門從外面鎖上，雖然他知道這樣做也擺脫不了那無形的威脅。不管是什麼東西在糾纏他，那東西似乎不受實體障礙的阻攔。那股瘋狂就像一場霧，從尋常事物的縫隙滲入他裂成碎片的生活裡。他只有逃開，以免在那片迷霧中更加辨不清方向。

他走到馬路上，以為自己又將是獨自一人，因此看見艾瑪果真坐在她的車裡等他時，差點把他嚇壞了。她那輛舊金龜車跟另一部車並排停放，馬克看了第二眼，才明白她的車擋住了他的車。而他的車就停在幾個鐘頭前他苦尋不著的位置上。

「上車吧。」她喊道，一邊往後視鏡裡看。她踩下油門，到剛才為止仍輕輕響著的引擎開始咆哮，強調出她的不耐。然而馬克看見他的車子再度出現，不免百思不解，他失魂落魄地繞過艾瑪的金龜車，呆望著他那部Mini，彷彿他這輩子從來沒見過一部汽車似的。

「怎麼了？」引擎聲又咆哮起來。

「等一下。」他喊，並沒有轉過身去，他在口袋裡摸索著汽車鑰匙，直到他想起他早就把汽車鑰匙從鑰匙串上拿下來了。

他把雙手擋在臉前，像眼罩一樣緊貼著濕濕的車窗玻璃。毫無疑問，這部車的確是他的，而這車想必是在幾分鐘前又出現在這裡的。駕駛座跟後座之間塞著的運動用品袋，自從那場車禍以後就沒再用過，後座上堆著舊雜誌、一個麥當勞的空紙袋和好幾個可回收的玻璃瓶，香菸點火器上插著他的手機充電器，電線捲成一團。

「該死的，可惡！」艾瑪生氣地大喊，熄滅了引擎。馬克聽見車門嘎嘎地開了，艾瑪在他身後下了車，他則環顧四周，想找一樣可以拿來打破車窗的東西。

「你到底在幹嘛？我們得走了。」

「去哪裡？」

馬克在一塊鋪路石旁邊蹲下來，那石塊突出於人行道上好幾公分，他試圖把石頭從地面拔出來，然而他的手指一再從石塊的潮濕邊緣滑落。

「你搞丟了什麼東西嗎？」

對，我的理智。

他從車子底下看過去，看見她的靴子，她就站在馬路上，站在一小灘水旁邊，不安地把重心從一隻腳換到另一隻腳。

「我們馬上就可以走，我只需要很快地從我的車裡拿點東西。」

「要拿東西就拿，你何必在地上爬來爬去？」艾瑪問，馬克聽見喀答一聲，然後他四周稍微亮了起來，他車裡的燈亮了。

見鬼了，她怎麼能這麼快就把車門打開？

馬克疑惑地眨著眼睛，站了起來，然後打開駕駛座旁邊的車門，那門也輕而易舉地開了，就跟艾瑪已經打開的另一扇門一樣。他狐疑地看著她。

「妳怎麼會知道……」

「你看那邊！」她聳聳肩膀，指著方向盤旁邊的引擎鎖。「鑰匙就插在上面，你一定是太過激動，忘了把鑰匙拔下來了。」

不，絕對不可能。我已經好幾天沒把汽車鑰匙帶在身上了。

他一條腿跪在駕駛座上，朝置物箱彎下身子。置物箱裡的燈早就已經壞了，儘管如此，等他打開蓋子，把一疊CD推到一邊之後，他還是立刻就找到了他要找的東西。

「那是些什麼藥？」

他正想把那些藥拿出來時，她向他伸出手。

「這不關妳的事。」他說，口氣不太友善，雖然他並非有意。而他的語氣起了作用，她倒退了幾步，又用白色的連衣帽蓋住了頭，把臉別過去迎著風。

等他朝著後座彎下身子，他聽見她上了她的金龜車，發動了引擎。他伸手到後座底下，把一瓶可樂摸出來，打算待會兒就用可樂把第一顆藥吃了。此時他聽見一具柴油引擎的嗡嗡聲，起初他以為是艾瑪生氣把車開走了，這把他嚇了一跳，畢竟她答應過，要向他證明他太太還活著。

然而等他抬起頭來，望向被陣陣閃電照亮的馬路，他幾乎不敢相信自己的眼睛。艾瑪說的沒錯，他應該要動作快一點的。在驚嚇之中，可樂從他手中掉落，那些藥也從他手裡滑落。看來他們的確是被捲入了那個計畫中。

35

每爬一階樓梯，班尼耳中的鳴聲就愈來愈大。起初那聲音很小，就從他獲准通過交通臨檢的那一秒開始。臨檢他的那名女警後來沒有機會檢查他的行李廂，因為他還沒來得及打開門鎖，她就被同事叫去幫忙。一輛賓士車的駕駛吵鬧不休，為了說動他接受酒測，另一名警察需要小組同事的全力支援。從那以後，班尼的心跳就不曾鎮靜下來，他汗涔涔地爬上通往他住處的樓梯。

「班尼，你知道為什麼你每次自殺都成功不了嗎？」

瓦爾卡並不常打電話給他，但今天他已經打過兩次電話來，這不是什麼好兆頭。

「我不知道。」班尼氣喘吁吁地照實回答，根本不去問這個問題有什麼意義。瓦爾卡喜歡營造戲劇性的氣氛，不管是想讓一個女人印象深刻、殺死一個對手，還是只是想進行一番對話，艾迪・瓦爾卡總是思索良久，盤算要如何才能達到最大的效果。因此，他的開場白並非真正的問句。

「因為你太軟弱。我還記得你第一次自殺，是在那個像小野洋子的騷貨毀了我們樂團的時候，那真是可笑極了。」

提起珊德拉時，瓦爾卡從來不用她的真實姓名，而習慣把她比做約翰藍儂的妻子，當年就是她導致「披頭四」解散。他們面臨的狀況是，馬克跟珊德拉在一起之後不久，就再也沒有時間排練和演出。

「之前保護你的人突然不見了，你最好的朋友，你哥哥，跟他剛把上的小妞打得火熱，把那個多愁善感的小弟擺在一邊。媽的，我從來就不懂，怎麼會有人這麼沒用，可是你壓根也沒打算真要蹺辮子吧？我是說，就憑你吞下肚的那幾顆安眠藥，拿來讓一隻貓睡著都有問題。」他放聲大笑，彷彿忍不住就要伸手拍自己的大腿。

班尼停住腳步，在那件飛行員夾克下面，他只穿了一件薄薄的長袖T恤，由於能源價格飆漲，管理員把所有的暖氣都關掉了，儘管如此，他還是覺得彷彿置身熱帶。

「我知道你一向受不了我，班尼。可是你得承認，我總是向你伸出援手，我照顧了你，給了你新生活。」

「哦，是嗎？」班尼喃喃地說，伸手在他的夾克口袋裡尋找公寓鑰匙，他還有兩層樓得爬，通往加蓋頂樓的最後幾階樓梯鋪著酒紅色的瓊麻地毯，減輕了他的腳步聲。

「如果我准許你活著離開這座城市，等於是又送了你一份禮物。」

「我以為我們扯平了，艾迪。我完成了任務。」

「我知道。我的手下剛才向我報告過了，那個三流作家的狗窩看起來就像一座足球場，那些小夥子這會兒正在那些房間裡晃蕩。」

顯然瓦爾卡用的是衛星電話，否則就是他相信此刻不會有人竊聽他的電話，要不然他就只是狂妄到太過大意。

也許兩者都有，班尼心想。

「嗯，聽我說……」艾迪語氣中故意流露的親切頓時消失，彷彿有人按下了一個按鈕。「你現在馬上把你行李廂裡那堆垃圾弄出國去。」

班尼點點頭，發現他其實不需要手裡的鑰匙，這讓他分了心。他的公寓門開著，雖然只開了一道細縫。他小心翼翼地用腳把門推開，裡頭一片漆黑。

「你現在人在哪裡？」瓦爾卡問，他想必是聽見了開門的聲音。

「在我住的地方。」

班尼踏進玄關，一股似有若無的氣味迎面而來，帶著點甜味。

「很好，那你現在就打包行李，坐上你那輛破車，今天晚上就把那袋血淋淋的垃圾運到荷蘭去。」

他告訴班尼一個在阿姆斯特丹的地址，還有誰會跟他接頭。「要是文生到了半夜十二點還沒有打電話給我，證明貨物已經送達，我就會去找你。」

班尼停下腳步，把手機從一隻耳朵換到另一隻耳朵。「十二點？不行，這不成。我需要更多時間。」他打開天花板上的電燈，那股氣味更濃了。

「你倒說說看，我聽起來像個娘兒們嗎？」

「不像。」

「很好，因為我還以為你想要擺我一道。我幫了你一個忙，沒有用氣釘槍修理你的蛋，反而允許你把債務一筆勾消，你卻說你需要更多時間？你以為你是誰？」

「聽我說，艾迪，拜託，再多給我一天時間，讓我可以跟大家道別。」

「你別說笑了，跟誰道別？你爸媽已經死了，你哥哥恨你，而你的朋友都被關在精神病院裡。」瓦爾卡又笑了。「不過我已經料到你會這麼說，所以我替你準備了一個小小的驚喜，讓你明白事情有多嚴重。」

班尼閉上了眼睛，頓時明白那股氣味所代表的殘酷意義。

36

在墜機、車禍、炸彈攻擊或其他威脅到生命的事件中，倖存者常說，災難性的一刻感覺就像是以慢動作出現。彷彿那次爆炸、起火或是撞擊把時間撕破了一個洞，有時甚至讓時間停頓。在這一瞬間，馬克明白引發這種感知現象的原因：面臨致命的危險時，人類的大腦不再有能力同時感知所有的印象，更別提讓事件的順序產生有意義的關連。

馬克看著那輛被照亮的救護車、那髒兮兮的車燈、車頂上無聲閃動的信號燈、敞開的後門。他看見了那個身穿白袍、留著鬍子的救護人員，那人左手拿著一樣東西，正想把艾瑪從她的金龜車裡拖出來。馬克甚至注意到那些沒有意義的細節，像是那輛箱型車側面的反光條，或是那串從後視鏡垂下來的鍊子，有如念珠一般，似乎隨著警示燈閃動的節奏而晃動。馬克也聽見柴油引擎的聲音，那陣低鳴跟那輛金龜車的引擎聲混在一起。他還在納悶，艾瑪為什麼一聲不吭，直到她終於開始大聲呼救。這一切很可能都發生在幾分之一秒的時間裡，在那個留鬍子的人打了她一耳光之後，那一巴掌把她的眼鏡甩到了柏油路上。

此時第三個人出現在畫面中，由於他綁著馬尾，而且身形嬌小，馬克起初以為他是個女的，後來才認出那其實是個年輕男子。

「嘿！」馬克大吼，倒退著從他的車子裡擠出來。「放開她！」

他正想趕去幫助艾瑪，結果腳上那雙球鞋的橡膠鞋底在一小堆樹葉上滑了一下。此時那個留鬍子的男子已經把艾瑪龐大的身軀從駕駛座上用力拉起來，她有點恍惚，搖搖晃晃地站在她的車旁。才只一眨眼的工夫，那個救護人員已經抓住她的手臂，把她往前推，讓她的胸部抵住救護車的車身。

「動作快一點。」攻擊艾瑪的人朝著那個長髮男子咆哮，看來那個長髮男子好像不知道該先處理哪一個。然而抓住艾瑪的那人隨即用兩倍的音量又喊了一次，並且用頭指著下方。

不管之前他拿在手裡的是什麼，那東西在扭打中掉在地上，顯然他需要這樣東西來讓艾瑪安靜下來。她漸漸清醒過來，正狂亂地往身邊亂踢。雖然那男子身材壯碩，還是得用盡力氣才能把她制服。

「你們想把她怎麼樣？」馬克大叫，從眼角餘光注意到，他住的公寓四樓，有一盞燈亮了起來。引擎發出的噪音、救護車閃動的燈光、他們的大呼小叫，遲早會引起一個住戶報警。不過要使住戶報警，可能需要一段時間，因為就算在荀能堡區，夜間的衝突也不是什麼希罕的事，大多數人相信，起衝突的人有能力自行解決他們的糾紛，無需公權力介入，再說那輛救護車肯定讓局外人感到安心。

「拜託不要。」艾瑪呻吟著。那個長髮男子剛拾起一個狀似香菸的狹長物品，遞給了他的同夥。

蓄鬍男子把艾瑪的手腕扭到她背後，往上拉到肩胛骨的高度，她痛得大叫，叫聲隨即變成一聲長長的怒吼。確定蓄鬍男子控制住場面後，長髮男子朝馬克走近了一步，說：「現在輪到你了。」

馬克恨不得立刻朝那個蓄鬍男子撲過去，他正試圖把那個香菸狀的物品舉高，好往艾瑪的上臂扎下去。

撲向蓄鬍男子前，馬克得先閃過另外這名男子，乍看之下，這人比他的夥伴柔弱得多，然而這只是個假象，馬克見識過這一類的人，知道這些瘦巴巴的小混混有多危險，由於他們看起來很好欺負，別人常常因此低估了他們。這些小子在街頭打架時，會用賠上性命也在所不惜的蠻勇來彌補他們體型上的劣勢，就算已經受了危及生命的重傷，他們還是會出手攻擊所有接近他們的人。

「別鬧事。」那人說，又朝著馬克走近一點，艾瑪的眼鏡被他給踩碎了。

膝蓋骨。這個念頭在馬克的腦海中一閃而過。他舉起雙手，做出投降的姿勢，甚至露出了一點笑容，就跟卡雷德給他的建議一樣。卡雷德是個十六歲少年，有一半突尼西亞血統，每次在街頭打架之後，他都會洋洋得意地到「海灘」來炫耀他剛受的傷。

卡雷德說的沒錯，要把對手撂倒，並讓對方久久動彈不得，的確沒有比膝蓋骨更好的攻擊點。不過，趁著對方因一陣陣令人暈眩的疼痛而痛徹心肺時，還得立刻再補上幾下，踢個三、四腳，盡可能朝對方的下巴和太陽穴踢。如果角度正確，說不定還可以一腳把躺在地上那個倒楣鬼的鼻梁給踢進腦袋裡。

「躺下來就是等死，站著就能活著離開。」卡雷德向他解釋過混跡街頭的首要規則。許多年前，遠在馬克和他弟弟漸行漸遠之前，這條法則就主宰了他們的生活，而此刻，他將再度驗證這條法則在這麼多年之後是否仍然適用。

37

攻擊行動結束得跟開始一樣快。那個長髮男子睜大了眼睛，一臉的不敢相信，就像是漫畫家所能畫出的最大程度驚訝的表情。而眼看對方就這樣倒在地上，馬克幾乎比他的對手還要吃驚，因為他根本還沒有碰到對方……讓那人倒地的是艾瑪。馬克還來不及問艾瑪，在沒有他幫忙的情況下，她如何能從挾持者手中掙脫，她就已經把汽車鑰匙扔給了他。

「快點，得由你來開車。」

被那個蓄鬍男子揍了之後，她還是有點昏昏沉沉的，步履蹣跚地走到車子的另一邊，重重地坐進那輛金龜車。「沒戴眼鏡我看不清楚。」

馬克不知所措地看著腳邊那兩名救護人員，他們躺在地上，一動也不動。

這一次他沒有浪費太多時間，而是立刻回過神來，沒多久之後，就駕車轉入無人的畢洛夫街，緊張地看著後視鏡，開著這部老爺車穿過十字路口，往諾倫朵夫廣場急馳而去。

有一段時間，誰也沒有說話，然後他再也忍不住了。「他們想對妳做什麼？」

艾瑪神情恍惚地拉扯她的安全帶，等到她發抖的雙手總算把安全帶繫好之後才回答。「布萊托伊，」她喘著氣說，把一絲唾沫從上唇抹掉。「那些人是布萊托伊的手下。他們要把我帶回去，帶回醫院，消除我剩餘的記憶。」

回到醫院？可是醫院根本就不在了。法國路二一一號只剩下一個大坑洞。

艾瑪捏著自己的鼻根，用力吸氣，繼續喘著氣說話，每說完一句就要休息很久，好用力把空氣吸進肺裡。「他們想對我做的事，就跟他們想對你做的事一樣。現在你總算相信我了吧？我們置身在同一個計畫裡，如果單打獨鬥，我們根本毫無機會，唯有團結，才有機會逃脫。」

馬克轉過頭看著她，她的眼神流露出深深的疲憊，除此之外，她似乎神智清楚，儘管她說的話聽起來就像一個異想天開的陰謀論。

究竟這一切為什麼會發生？

就算真有這個計畫好了，他們想要消除他的哪些記憶呢？還是已經消除了？

單是試圖回答這些荒唐的問題，就已經逼得馬克瀕臨瘋狂，因此他把話題一轉。「妳是怎麼辦到的？」

「嗄？」

「那兩個男的，妳剛才是怎麼掙脫的？」

艾瑪露出了雪白的牙齒，「我咬了他。」她微微一笑，或許也是想讓自己別再那麼緊張。「結果他把那個……這東西叫什麼？」她把那個香菸形狀的狹長物體遞給他，就是之前蓄鬍男子用來恐嚇她的東西。「這是個注射槍嗎？」

馬克瞥了那東西一眼，在選帝侯路闖過一個黃燈，點了點頭。麻醉劑。她用那兩個攻擊者的武器制服了他們。

「但願他們還能呼吸。」她突然有點不安地小聲說道，彷彿想要馬克證實她那樣做沒有錯。「我只不過是自衛罷了。」

他點點頭。

為達目的可以不擇手段，有時候，為了達到正確目標，不得不做錯的事。

當他們從河濱飯店旁邊彎進限速三十公里的城區，馬克放慢了車速，他渾然不知這趟車程將把他帶至何處，也渾然不知這個硬要跟他一起走的女子是什麼人，她不僅愈來愈神祕，也愈來愈讓他覺得受到威脅。

「妳是誰？」他問。

她看著他，猶豫了一會兒，然後在回答時又垂下目光。「我不是已經把我對於自己所知的一切都告訴你了嗎？我其餘的記憶都已經被他們消除了。」

「胡說！」

馬克在那輛金龜車的塑膠方向盤上搥了一下，把她嚇了一跳。「我們偏偏在今天相遇，這可不是巧合。」

艾瑪深吸了一口氣。「不，不是巧合。是我在建築工地旁邊等你，你忘了嗎？我並沒有隱瞞這一點。」艾瑪怒氣沖沖地看向窗外。「我是站在你這邊的，你還需要什麼樣的證明呢？難道要讓布萊托伊的手下殺了我嗎？」

等馬克穿過波茨坦路，她拉開外套的拉鍊，從內袋裡掏出手機。

「妳要打電話給誰？」馬克問，把那輛金龜車快速駛進提爾公園隧道。一個紅色的標示告訴他，該切換到另一條車道上。

「沒打給誰。」

艾瑪一手揉著太陽穴，用另一隻手一再按著手機上的一個鍵，直到她找到她想找的東西。

「在這裡。」

她扭開他們頭上那盞又舊又髒的燈，把手機拿到馬克面前。由於他正要超越前面那輛街道清潔車，只能匆匆往螢幕瞄上一眼。

「這是什麼？」

「我答應過，要拿證據給你看。你自己看吧，她還活著。」

「珊德拉？」

他馬上急踩剎車，車子開始左右搖晃，咕咚了兩下，車軸危險地嘎吱作響，他越過邊線，在隧道中央一個緊急出口前面停住。

「你非要這麼大反應嗎？」艾瑪問，手機從她手裡掉落，她得先擦掉按鍵上潮濕的污泥，再把手機遞給馬克。

「這張照片是在哪裡拍的？」他反問。

「我說過了，在你把我獨自留在旅館之後，我跟蹤了你。」

她抓抓自己脫皮的手。

「珊德拉人在警察局？」

馬克把手機斜握在手中，因為燈光一直反射在手機的塑膠螢幕上，形成干擾，儘管如此，他還是幾乎什麼也辨識不出。照片裡，康斯坦丁站在一輛黃色的富豪汽車前面，朝著駕駛座彎下身子。這張照片有可能是在任何一個晚上的任何地方拍的，儘管照片上所顯示的時刻和馬克在警察局的時間相符，但要更改手機裡的電子日曆是再容易不過的事了。

「是她沒錯吧？」艾瑪敲敲那個馬克本來就無法把目光移開的位置。那個側影、那頭金髮、纖細的手指著相片之外的某樣東西，這一切他都覺得很熟悉。另一方面，那張相片又太過模糊，雖然那部車當時停在路燈下方，但光線仍然太差，使得他無法確定。

「我到得太晚了，只看見你岳父跟你太太道別。」

珊德拉跟康斯坦丁一起去了警察局？可是這一切根本沒有道理。

有什麼理由會讓這對父女一起參與這個殘忍的把戲？如果這是一齣三流的肥皂劇，這一場陰謀的目的，難道是要讓他在監護法庭的眼中喪失信用，好把他跟他的財產交付託管？

可是我才是那個窮光蛋，將來會繼承大筆財產的人是珊德拉。

馬克的背脊發冷，下顎開始微微顫抖。

報復，他想，更加不寒而慄。如果他們真的想要毀了我，唯一可能的動機就只有報復。

可是他對他們做了什麼呢？他做了什麼自己都記不得的事，讓他們狠心地將他推入這場匪夷所思的惡夢中？

難道我做了那麼可惡的事，讓珊德拉決定把我逼瘋？說不定她當年就想離開我，在她流產之前不久？

正打算發動引擎，馬克突然想到另一個同樣危險的問題。他俯身面對艾瑪，抓住她的肩膀，咄咄逼人地看著她。「妳在醫院裡找到我的檔案，在檔案裡……」

「怎麼樣？」

「有我太太的照片嗎？」

「沒有。」

「她也參加了布萊托伊的計畫嗎？」

「就我所知，沒有。」

「哦，是嗎？那妳怎麼會認得她？」馬克更用力地壓住她的肩膀。

「你弄痛我了。」

他只點點頭。「妳怎麼能肯定照片上的人就是珊德拉？」

艾瑪別過頭。「你跟我提起過她，而且那個男的一直喊她的名字。」

「康斯坦丁？」

「如果這是他的名字的話，是的。」

她把她溫暖的手放在他的手上，他立刻把手鬆開。

「他說了什麼？」

「他們兩個在爭吵，就是因為這樣，我才會把那一幕拍下來。我聽不清楚你太太說的話，因為她沒有下車，車子引擎也一直沒有熄火。」

這聽起來不像她的作風。珊德拉非常重視環保，就連停在紅燈前面都會馬上熄火。馬克心想，不禁淒涼地笑了。一方面是他們在綠燈亮起之後，開走的速度總是不夠快，因而引起後面的汽車鳴按喇叭，而馬克經常因此取笑她。另一方面，則是因為他意識到自己正在追問一個死者的行為。

「那我岳父呢？」

「我剛說過，他一再重複同一句話。」

「哪句話？」

艾瑪緊張地抓著自己的臉，她眼睛周圍的皮膚顏色顯得比較深。「大概是說：『珊德拉，冷靜一點。再過幾個鐘頭，一切就結束了。』」

一切？

一輛摩托車從他們旁邊呼嘯而過，另一輛摩托車緊跟在後，儼然把這座車輛不多的隧道當成了賽車跑道。馬克在艾瑪的臉上搜尋說謊的跡象，然而就算是她跳動的眼皮，也只流露出緊張，卻看不出半點不誠實。

「他說了那句話之後，她生氣地開車走了，而他走上警察局門前的台階，好去接你，馬克。」

我不相信，這一切根本沒有道理。為什麼珊德拉和康斯坦丁要聯手？他們為什麼爭吵？什麼事情很快就會結束？

艾瑪說的愈多，他人生的拼圖就被切割得更碎，而他更加無法判斷是他，還是他身邊的艾瑪有嚴重的精神妄想症。

他再看了一眼康斯坦丁和珊德拉的照片。「真巧，偏偏沒有拍到車牌。」

「對，匆忙之中，我沒有注意到這一點。」

「當然沒有囉。」他乾笑一聲，發動了引擎。

「可是……」艾瑪又在她外套的內袋裡翻找，這一回掏出了一本小記事簿，裡面夾著好幾張從活頁簿撕下來的紙，突出於記事簿的邊緣。「……也許這能對你有進一步的幫助。」她把記事簿翻過來，在封底厚紙板上的一串數字上敲了敲。

B-Q 1371

「我覺得還是抄下來比較好。」

38

「什麼樣的驚喜？」班尼小聲地問，他緩緩地沿著走道往前走，這一次，是他沒打算從瓦爾卡那兒得到回答。他的耳朵灼熱，彷彿已經聽了兩小時的電話。

「那個驚喜就在浴室裡等著你。」

班尼可怕的預感得到了證實，他不知道是誰在他的公寓裡。

他打開浴室虛掩的門，往裡面看。

「我的老天。」他本能地想要別過頭去，但他隨即克服了最初所受到的驚嚇，急忙走進浴室裡。

她全身赤裸，最多不過十四歲，一動也不動地倒在浴缸裡。她的雙臂交叉在腦後，手銬緊緊地把她的雙手銬在蓮蓬頭上。她小小的胸部上佈滿深色的斑點，有些看起來像是瘀血，有些則像是燙傷的痕跡。一副腳鐐把她的雙腿撐開，一塊紅色的血跡在下方的白瓷浴缸上逐漸擴散。

「那是來自保加利亞的瑪格妲。」

「你這個心理變態的混蛋！」

「我姑且把這當成是一種恭維。」

班尼伸手檢查她的脈搏，卻感覺不到一點動靜。

「為什麼？你為什麼要這麼做？」他問，而瓦爾卡在線路的另一端大笑。

「拜託，這件事跟我無關。那是個意外，這種事難免發生，我朋友玩得太過火了。」

「為什麼？」班尼吼得更大聲了。

他撫摸她瘦削的臉，哭了起來。他用食指撫過她裂開的嘴唇，他全身的每一根神經都感覺到，這個少女在她悲慘人生的最後幾天裡，所必須承受的痛苦。

瓦爾卡聽起來卻滿不在乎。「我說過了，我拿她當做保險，以防你想把這個臭記者蘇可夫斯基的事賴到我頭上。如果別人在你那兒發現這個小妞，你就別想輕易這麼做了。還是你認為檢察官會相信一個連續殺人犯說的話？」

班尼用雙手蒙住自己的臉，斷斷續續地呼吸，聞到他剛才碰觸過瑪格妲的手指上的屍體氣味。現在他知道了她的名字，這使得一切變得更糟。

「再過半個小時，我就會打電話給警方，」瓦爾卡接著說：「所以你應該盡快遠走高飛。因為，相信我，就算你有辦法迅速把這個小妞處理掉，還是會有足夠的DNA留在排水管裡。」

說完，瓦爾卡就掛掉了電話，將班尼留在一片痛苦的汪洋之中，沒有麻醉藥能夠解除這種痛苦。他在浴缸邊緣坐下，全身開始顫抖。事後他想不起來自己這樣呆坐了多久，感覺上像是一輩子，但也可能只過了幾分鐘，然後他突然聽見腳步聲在走道上響起。

39

B-Q 1371。

在無從進入警方的電腦，或是汽車登記資料的情況下，只有一個人能告訴他，要怎麼查出一部車的車主是誰。只不過，馬克推測，基於可以理解的原因，這個人大概不會幫他，更別說現在是三更半夜了。儘管如此，他卻別無選擇，他不可能再去派出所一次，尤其不可能去詢問這件事，這只會讓警方懷疑他的精神錯亂愈發嚴重了。

「哈囉？」

馬克朝著從浴室虛掩的門縫中透出，落在走道上的光線緩緩走過去。每走一步，似曾相識的感覺就愈發強烈，讓他無法思索他原本是為了什麼而來。

他上一次不請自來時，面臨的就是這個情形，他沿著同樣的走道前進，不久之後就發現他弟弟一動也不動地躺在浴缸裡。只不過當時公寓的門沒有像剛才一樣敞開著。

「班尼？」他聽見自己的呼喊，然後他看見了一個生命跡象，鬆了一口氣。一個黑影在那塊毛玻璃後面浮現，那個黑影愈來愈大，而隨之打開來的不僅是浴室的門。

馬克覺得彷彿有一隻隱形的手，翻閱著一本老相簿殘舊的頁面。他看見的那張臉孔既熟悉又陌生，像一張原以為早就遺忘的照片，那張照片跟美化了的往日回憶只有些許相似。他在調查委員會前做證時，還能避免跟班尼碰面，此刻是他在這麼多年之後，首度和他弟弟面對面。

「哈囉，老弟。」馬克用一種他自己也不熟悉的語氣開口招呼，激動、不安、卻又刻意想表現出自信。班尼沒有回答，看著他，眼神震驚，就像幾個小時之前不讓馬克進他公寓的那個女子一樣，馬克仍然認為那個女子是珊德拉。

班尼不假思索地伸手到身後，把浴室門拉上，目光始終沒有離開他哥哥。他沒有舉起手來打招呼，甚至沒有把汗濕的頭髮從額頭上撥開，早在青少年時期，馬克就很羨慕班尼擁有的一頭黑髮。

班尼非但沒有打招呼，反而把雙手插進那件金屬綠的飛行員夾克口袋，用一種難以理解的眼神看著他。

是絕望？擔憂？還是憤怒？

一個可怕的念頭突然從馬克心中閃過，在他內心深處留下一道灼熱的紅色痕跡，就像一株蕁麻在赤裸的皮膚上留下痕跡一樣。

要是他跟珊德拉一樣不認得我了怎麼辦？

要是這一切根本不存在的話怎麼辦？如果一切都只是想像：我弟弟、這個走道、他背後的那間浴室？

馬克不禁想起，他在牙醫的候診室裡翻閱一本心理學雜誌，讀到一則短篇故事：一個病人去看一位精神病科醫生，但他以為那個醫生也只是他自己病態幻想的產物。因為他深信，自己是一場由病毒引起的流行性疾病中，唯一的倖存者，是地球上僅存的人類，而他逃進了一個想像的世界中，以免因為寂寞而死。那位精神病科醫生可以說是面對著一項簡直無解的任務：要如何說服一個病人，他**並沒有**出現幻覺，他所看見和感覺到的一切的確存在——不僅是在他自己創造出的想像世界裡，而是在現實生活中。

馬克還沒有讀到後續發展，就被叫進去看診，而他從未像此刻這般，後悔未能得知那個故事的結局。

「你知道我是誰嗎？」他正想這樣問，然而班尼搶先開了口。

「你來的不是時候，馬克。」

班尼用那種只有跟熟人對話才會用的口吻回應他，一個人在熟人面前無需控制自己的情緒，加上那個揚眉的動作，從前他們總是用這個動作來打招呼，這一切都化解了馬克最深的擔憂——他不是個陌生人。

「你認得我。」他鬆了一口氣，沒有去想這句話聽起來該是多麼荒謬。然而班尼看起來似乎比他更疲憊，儘管他的身體看起來比以前要好：更壯碩，也更結實，像個藉由肌肉訓練而改變了體態的運動員。他弟弟顯得疲倦無力，像是沉浸在一股憂鬱的倦意之中，那種倦意跟一個人在半夜被叫醒時所散發出的朦朧睡意毫無相似之處。他的肩膀上似乎壓著一副無形的重擔，使得他無法向他哥哥走近一步。

「我需要你的幫忙。」馬克說。

「我沒辦法。」

雖然馬克早就料到班尼會這麼回答，但他還是感到驚訝。因為這個回答固然乾脆俐落地表示出拒絕，他弟弟的語氣卻比他預料的還要溫和。畢竟是他讓班尼被強制住進精神病院，然而班尼卻沒有流露出絲毫敵意，反而一副自己才急需幫助的模樣。

「很抱歉，你得馬上離開，因為……」他沒有把話說完，公寓的門仍然大開，而在樓梯間的某處發出了很大的聲響，彷彿是哪個男人的鞋底踩碎了一個核果的殼。

班尼僵住了。

「聽我說，我是跟……」馬克想要解釋他不是隻身前來，但班尼示意要他安靜。又響了一聲，這次的聲響聽起來像是一棟老房子的樑柱發出的吱嘎響，馬克明顯感覺到他弟弟愈來愈緊張。

「有人跟蹤你嗎？」班尼輕聲詢問。

「沒有。」

這一刻，門開了，班尼從夾克口袋掏出一樣馬克從未見過他弟弟拿在手裡的東西：一把打開保險的自動手槍。

40

兩分鐘之後，艾瑪差點被班尼開槍擊中，因為她不想再在大門口等待。隨後三個人都稍微鎮靜下來，站在客廳一張手工製造的橡木長桌旁邊，桌上一個水果盤裡裝滿了香蕉、蘋果和葡萄。在剛剛擦拭過的桌面上，馬克看不見一點灰塵，或是杯子留下的水漬。那位叫雷娜的護士說的沒錯，班尼的確變了。他那個總是一貧如洗的弟弟，以前喜歡睡在披薩紙盒跟紅牛飲料空罐之間，現在似乎開始注重維他命的攝取，而且好像還請了人來打掃，要不然就是他有了女朋友，但這就更讓人難以想像了。整間屋子裡，只有不流通的空氣能讓人想起他從前的居住情況，一股微甜的怪味顯示，他已經很久不曾打開窗戶通風，要不然就是早該把垃圾拿出去了。

此時班尼已經把他的手槍又塞了回去，緊張地看著錶。「你們來這兒幹嘛？」他不安地問，眨著眼睛，彷彿有人往他臉上撒沙子。他的眼皮腫了起來，整個人顯得很倉皇。

「我需要一個資訊，班尼。」

「什麼資訊？」

「你得替我查一個車牌。」

他弟弟不敢相信地吐了一口氣，不自然地笑了。

「在半夜裡？你瘋了嗎？」

馬克點點頭。「不管你相不相信，我來這兒，正是為了弄清楚我是不是發瘋了。」

他伸手拿起一顆蘋果。雖然他一整天都沒有吃東西，卻毫無食欲，他又把蘋果放了回去。

「這個……」班尼望向窗戶。「嗯，如果你想聽聽我誠實的意見：你那邊那個胖女友的腦筋是有點不對勁，這點我很確定。」

艾瑪稍微走開，佇足在離客廳窗邊很近的地方。她一手摸著那厚重的麻質窗簾，像是想檢驗那布料的質地，另一手拿著她的手機，對著手機喃喃低語，兩兄弟只聽得見零碎的片段。

「……我現在……班雅明．魯卡斯的公寓……靠近科爾威茲……六樓……」

「看在老天的份上，她在那兒幹嘛？」

「她在對她的語音信箱說話。」

「嗄？」

「別管了，這不重要。」

馬克開始簡要地敘述過去這幾個小時發生的事，他先問他弟弟是否聽說他出車禍的事，但班尼只是不經意地聳聳肩，首度流露出被激怒的情緒，然而他似乎費了一點勁，才讓他的聲音聽起來很憤怒。「抱歉，你大概也知道，直到不久前，我都待在精神病院裡，很難得知外界的消息。」

班尼拉了張椅子過來，再度開口時，埋怨的口吻就又消失了。「聽我說，珊德拉的事，我真的很遺憾，但是我不知道她死了，我甚至不知道她懷孕了。我想你一定很不好過，馬克，但我現在真的有別的煩惱。」

「很美。」他聽見艾瑪在身後喃喃自語，兩兄弟朝她轉過身。

此時她已離開窗邊，正在欣賞牆上一幅沒有裱框的畫，那幅畫就掛在一張皮沙發的正上方。

「我但願自己也在那裡。」她朝那幅畫又走近一步，把手臂交叉在背後，像個參觀博物館的遊客，想要辨識出畫上的簽名。

泡。

我但願自己也在那裡？在哪裡呢？

那一片白色，僅在幾處露出顆粒粗大的淺褐色畫布，從遠處看過去，宛如覆蓋著一層細霧般的奶

「讓我來簡短敘述今天在我身上都發生了些什麼事……」馬克起了個頭，但隨即又被艾瑪打斷：

「這是你畫的嗎？」

讓馬克無比驚訝的是，她似乎用這短短一句話就贏得了他弟弟的全副注意。班尼朝她走過去，疲倦地點點頭。「對。」

對？他知道班尼對藝術的熱情，他弟弟以前甚至替他們的一張試唱CD設計過封面，不過當時他的提案沒有這麼抽象。

「真美，這棟房屋……」她指著那張蒼白的圖畫，「那座寂寞的樹林。」

房屋？樹林？馬克心裡納悶著，也朝那幅畫走近了一步。果然，在背景深處似乎隱藏著什麼，那幅畫還有另一層景深，只不過他看不出有建築物，頂多是一片冰封的雪地或是一片雲海——必須具備高度的想像力，才能看得出來。

「班尼，請你聽我說一下好嗎？」他試著接續剛才的對話。他弟弟雖然點了頭，卻似乎跟艾瑪一樣，完全沉浸在那幅畫裡。於是馬克開始敘述這幾個鐘頭以來，發生在他身上那些有如惡夢般的事件，卻不確定這屋裡到底有沒有人在聽他說話。而當班尼徹底撇下那幅畫作，竟然能準確地重述一

切，馬克不免大為驚訝。

「所以說，如果我沒聽錯的話，事情是這樣的：你先是讓我被關進那所精神病院，現在又來告訴我，珊德拉跟肚子裡的胎兒死於一場車禍。然後有人消除了你的記憶，結果你太太又復活了，可是並沒有證據能證明這一點，你手邊僅有的線索是一張模糊照片，照片裡，一個金髮女子坐在一輛黃色的富豪汽車裡，於是你想從那輛車的車牌號碼，查出相應的地址？」

「B-Q 1371。」馬克點點頭。

班尼正想說話，此時一陣規律的嗡嗡聲響起，讓馬克想起他公寓的門鈴。他弟弟從褲袋裡掏出手機，查看剛傳來的簡訊，隨即臉色一變，彷彿他嘴裡的口香糖，剛剛黏住了補牙的填料。

「怎麼了？」

他不解地看著他弟弟一言不發地朝電視機走過去。班尼打開電視櫃那上了漆的門，拉出一個半開著的嶄新運動用品袋。馬克不是很確定，但是在班尼把拉鍊拉起來之前，他彷彿看見了一捆鈔票。

「誰這麼晚了還傳簡訊給你？」

班尼面無表情地看著他，揹起那個運動用品袋。

「我們得離開這裡。」他停頓了一下。「她人呢？」他問馬克。起初馬克不知道班尼在說什麼，然後他發現，艾瑪不再站在那幅畫前面。

她根本不在客廳裡了！

「我不知道，」他說，望向客廳的門。

那門之前不是還虛掩著嗎？

艾瑪在客廳外面的走道上放聲尖叫之前，他就知道這個問題的答案了。

41

「出去！我們必須離開這裡。」

艾瑪驚慌失措地搖晃著公寓的門，在他們進客廳之前，班尼就把大門鎖上了。想必是有什麼東西嚇著了她，乃至於她沒有注意到，鑰匙就插在大大的門鎖上。

「出了什麼事？」馬克問。

「出去！」她尖聲高喊，眼淚從漲紅的臉頰上滾落，用左右腳輪流去踢那扇門。

「嘿，冷靜一點。」馬克試著弄清楚狀況，可是他才碰到她的肩膀，她就猛然轉身，掌緣不小心打中他的下巴。

「可惡，究竟是怎麼回事？」馬克大吼起來，聲量跟艾瑪一樣大，她似乎被自己的口水噎住了，開始劇烈地咳嗽。

「她……」在兩次艱難的吐氣之間，艾瑪喘著氣說：「……死了。」

她死了？

「誰死了？她這話是什麼意思？」

馬克望向班尼，班尼聳聳肩膀，他站在走道上，就在馬克身後兩公尺，大約是浴室門口的位置。

馬克再度轉身面向艾瑪，她又是一陣猛咳，呼吸開始帶有沙沙聲，馬克試圖解開她的鴨絨外套，但是那很困難，因為她背倚著牆壁，緩緩癱坐在地板上，像隻被毆打的小狗一樣，蜷縮在門前。

「不要碰我。」她嗚咽著，雙手抵擋著想像中的拳頭，喘吁吁的。

「死了。」她又說了最後一次，此刻的她，彷彿像是在水底待了好幾分鐘，直到最後一秒才又浮出水面。她碩大的胸部隨著每一次呼吸起伏，儘管如此，她吸進肺部的氧氣卻似乎愈來愈少。終於，在最後一次絕望的急促呼吸之後，她兩眼一翻，整個人暈了過去。

「該死，她該進精神病院的。」

「她就是從那裡來的。」馬克加以證實，伸手去摸艾瑪的脈搏，由於她肥大的雙下巴，要一下子就摸到她的頸動脈還有點困難。

「她沒事，只是暈了過去。」

馬克不知所措地看著班尼。「現在該怎麼辦？」

「不知道。反正她不能留在這裡。」

班尼迅速打開艾瑪剛才沒能打開的門鎖，開了門。他按下走道旁的一個開關，樓梯間頓時浸浴在昏黃的節能燈光裡。

「來吧，她得送急診。」

他們把艾瑪拖到門外，各自把她的一隻手臂扛在肩膀上。馬克幾乎撐不住那個重量，過去這幾個小時讓他原本就已變得虛弱的身體更加無力，而他自問，在後頸裡有塊碎片的情況下，抬著一個胖子下五層樓是否是個好主意。康斯坦丁之前甚至禁止他在搬家時搬動那些紙箱。

「我只能幫你把她抬到車裡，之後就得靠你自己了。」來到四樓時，班尼說。

「都這個時間了，你還要去哪裡？」馬克喘著氣問。他實在很想休息一下，可是班尼似乎在趕時間，甚至還加快了速度。

「很抱歉，我不能告訴你。」

「聽我說，你不能就這樣把我撇下，你欠我的。」

他們不得不暫時停下來，因為在通往三樓的樓梯平台上，艾瑪的腳卡在欄杆裡了。她呻吟了一聲，但渾然未察別人正為了她而費盡力氣。

「我哪裡欠你了？」班尼忍不住好奇。

「我救了你一命。」

「所以我更該離你遠一點。」

「我知道你恨我，但假如我有別的選擇，你以為我會來找你嗎？」

他們總算來到一樓那扇沉重的鐵門前，汗流浹背的馬克必須獨力撐住艾瑪，他弟弟把大門拉開，冷冽的空氣湧進本來就很冷的門廊。接著班尼又回來跟馬克一起，拖著艾瑪走完通往門外的最後這幾公尺。

「拜託，幫我最後一個忙，班尼。打個電話給你朋友，你有辦法打聽到的。查一下那個車牌號碼，把車主的地址給我，然後我就永遠從你的生命裡消失。」

「不行。」

他們把艾瑪放在大門旁邊的圍牆前，一塊畫滿塗鴉的突起上。馬克確認她安全地靠著牆後，便追上他弟弟，班尼站在車道上，在夾克口袋裡摸索著汽車鑰匙。

「你這個他媽的混蛋，為什麼不行？」他擋住他弟弟的去路，他的呼吸揚起了白霧。

班尼的公寓位在一條要求車輛減速通行的鋪石道路上，道路停車位的排列方式，讓車流不得不慢下來。眾多商店的櫥窗照亮了四周，那些商店符合大家對這一區的刻板印象。普連佐堡這一區的居民多半具備時髦、摩登、有環保意識、喜歡小孩、思想開明的特質。也就是說，通常住的不是柏林本地人，所以路旁到處可見西班牙美食商店、英語托兒所、印度茶館和另類名牌商店。環繞著科維茲廣場的這一帶，屬於全歐洲小孩最多的地區，深夜時分，街道看起來一片死寂並不足以為奇。鬧鐘響起之前，要上班的父母還有幾個鐘頭可以酣眠，藝術家和大學生如果不是已經睡了，就是還在兩條街外通宵玩樂，那裡的酒館跟夜店仍在營業。

「嘿，我在跟你說話。為什麼你不能幫我最後一個忙，在我永遠從你的生命中消失之前？」

「因為那個車牌也不會給你更進一步的線索。」

他弟弟皺起了眉頭，從他肩膀上望出去，凝視著街道。馬克猜想那是個陷阱，於是按捺住想要轉身的欲望。

「你怎麼知道？」

「我已經查過了。」

「怎麼查的？你根本沒有打電話給任何人。」

還是他打過了？難道他暗地裡發了一通簡訊，剛剛才收到回覆？馬克沒有把握，今天已經發生了太多他無法解釋的事情。

「我根本不需要打電話給誰。」班尼指著馬路對面。馬克轉過身，他的心臟幾近停止跳動。

那輛救護車就停在馬路對面一家咖啡館旁邊的車道上，司機像是接獲命令，發動了引擎，緩緩駛上馬路。

他看不見坐在深色擋風玻璃後面的人，但是被照亮的車牌卻清晰可見：

B-Q 1371。

「見鬼了，這是怎麼回事？」馬克問，猛地轉過頭去。圍牆那塊突起前空無一人，艾瑪不再坐在那上頭，而是就站在他們身後，舉起了班尼的手槍，對準他的腦袋。

42

「原來如此！」馬克鬆了一口氣，發現自己這一次總算沒有弄錯。艾瑪**的確**是個威脅，在深淵之旁，她並非跟他站在同一邊，如果她站在他身邊，那只是為了把他推下去。

一切都只是她的障眼法。旅館房間裡的檔案、珊德拉的照片、她的暈厥，假裝暈厥讓她得以在我們拖她下樓時拿到班尼的手槍。

「我們得離開這裡。」艾瑪喘著氣，用沙啞的聲音命令，仍然顯得有氣無力。那張圓臉更浮腫了，汗涔涔的，雙頰漲成了暗紅色。她的眼睛疲倦地眨動著，但是她仍有足夠的力氣，每隔一秒鐘就把槍在他和他弟弟之間來回擺動。同時她驚恐地望向那部救護車，那輛車正以步行的速度從他們身邊駛過，也許是因為司機及時看見艾瑪手裡的槍，不想再捲入一場衝突。

「妳要我怎麼做？」馬克冷靜地問。他的意識狀態自動轉為一種幾近事不關己的模式，這是他長年在輔導街童的衝突場面裡學到的。

「上我的車，拜託！」她指著她的金龜車，那輛車離他們大約二十步遠，一個輪子駛上了人行道，停在一個停車格裡。

「好吧，我跟妳走。」馬克回答：「可是妳得先把槍給我。」

「不行。」艾瑪的聲音因激動而變尖。「你還不明白嗎？我們身處險境。快一點！」她大聲喊出最後幾個字：「我們得離開這裡。」

他們三個同時把頭轉向隔壁那棟屋子的入口，卻沒有看見任何人。不見對他們大吼的男子蹤影，不過入口大門洞開。他們後面的車道完全隱沒在黑暗中。

「安靜一點！」

「誰在那裡？」艾瑪問，又越過他們的肩頭朝那邊望了一眼。沒有人回答，但是他們聽見一陣輕輕的搔抓聲，接著是一條金屬鍊子拖過一塊堅硬的石頭所發出的聲音。

「哈囉？」她又問了一次，而原本就已經夠怪異的場面變得更加荒謬，因為一隻狗突然把毛茸茸的頭從門裡探出來。那隻黑灰色的混種獵犬直視著他們，張大嘴打了個呵欠，滿不在乎地走進雨中。

牠厚厚的皮毛纏在一起，乃至於雨滴只能穿透最外面一層。

「阿福，回來。」剛才還在大吼的那個沙啞聲音口齒不清地說：「過來這裡，繼續睡。」

只是個流浪漢，我們吵到了一個露宿街頭的人。

看得出艾瑪鬆了一口氣，唯一目擊這番衝突的人是個無害的街友，他帶著一隻流浪狗，暫時棲身在一棟大門敞開的建築裡。艾瑪再度把注意力集中在馬克和班尼身上，用手槍指示他們到車子那兒去。

「妳打算去哪裡？」

「反正先離開這兒，但是不要他一起走。」她指指班尼，班尼聳聳肩膀。

「我無所謂。」

「好，我們來解決這件事，」馬克盡可能柔聲地說：「可是妳得先把槍給我。」

她搖搖頭，「不，我不能這麼做。走吧！」艾瑪又歇斯底里起來，絕望地吼出最後一句話：「不然他會把我們也殺了。」

馬克先是茫然地望向班尼，然後又望向艾瑪。「殺了？」

「對，他很壞。」

儘管她的用詞像個小孩，聲音卻一點也談不上可愛。

「很壞？妳是什麼意思？」

「你難道沒有聞到嗎？」她大喊，那隻回到主人身邊的狗又吠了起來。

「聞到？」

「他公寓裡的臭味那麼濃！」

「妳這話是什麼意思？」

馬克愈發迷惑，頭也愈來愈痛，他得趕緊再吃顆藥才行。

艾瑪拉開了車門，「他殺了浴室裡的那個小女孩。我跟著那股氣味走，結果發現了她。」

「這女人有妄想症。」班尼一語道出馬克的想法。

「拜託你上車，」艾瑪央求著，音量稍微小了一點。「只有你，馬克，不要你弟弟。你得相信我。」

「相信？」馬克得勉強維持自制，唯一阻止他一拳朝她揮過去的，就只是她手裡的槍。

「對，我可以向你解釋一切。」

「那妳最好現在就解釋一下，那個車牌號碼是怎麼回事？妳為什麼撒謊？」

艾瑪顫抖得更厲害了。「一時之間，我想不出更好的辦法。」

班尼想說些什麼，可是馬克搶在他前頭。「所以妳跟他們是一夥的囉？他們雇用了妳，企圖把我逼瘋？」

「不是。」

「為了什麼？是誰想要毀了我？」

「這樣問是對的，但我沒辦法回答，馬克。」接著她又說了一次：「拜託，你得要相信我。」

「這個女人自稱能聞到屍體的氣味，拿著一把偷來的槍，在我們面前揮來揮去，而她居然還要你相信她。」班尼笑出聲來。

儘管艾瑪的聲音裡有點什麼讓他感到迷惑，馬克依舊點了點頭。她若非超級會演戲，就是她確實相信自己的行為是正當的。

「聽我說，馬克。我知道你不相信我看見了你太太，就連珊德拉的照片都無法說服你。」

艾瑪用左手從外套口袋裡掏出她的手機，啟動了顯示螢幕，把手機遞過去給他。「之前你疑心那麼重，而我不想又被單獨撂下，所以就隨便想出一個車牌號碼。我最先想到的就是那輛救護車的車牌，自從我逃離那家醫院以後，那輛救護車就一直在追我。」

「這根本就是另一個該死的……」謊話。馬克想把話說完，卻沒有說下去，因為他弟弟從他手中拿走了手機。

「等一下，」班尼說，把螢幕旋轉了九十度。「這是妳拍的？」

「對。」艾瑪防備地看著他，「怎麼了？」

「一輛黃色的富豪汽車？」

「對。」

「側面撞凹了一塊？」

艾瑪重重地點頭，儘管她似乎完全不知道這番盤問會有什麼結果。

「右邊還是左邊？」

「那個撞凹的地方嗎？我不知道，我想是在左後方。」

她又咳了起來，汗水順著她的臉頰流下。

「怎麼回事？你認得這部車嗎？」馬克插話。他用兩條手臂緊緊抱住上半身，不確定讓他打寒顫的是寒冷還是恐懼，也許兩者都是。

班尼咂咂舌頭，回答了馬克的問題。「沒錯，不久之前，我還搭過這部車。」

「真的？所以你知道車主是誰囉？」

從眼角餘光，馬克看見有個騎腳踏車的人停在對街，下了車，好奇地朝他們望過來。

「是的。很遺憾。」

「我們真的得走了。」艾瑪也發現了那名自行車騎士，然而馬克根本不再去聽她說了什麼。

「為什麼很遺憾？可惡，車主是誰？」

「別問了，你不會想要知道。」班尼把手機遞還給他，嘆了口氣，肩膀垂了下來。

「為什麼不？」馬克問，正打算抓住他弟弟的手臂，此時班尼突然衝向前方。

第一聲槍響劃破了黑夜的寂靜，使得那個騎腳踏車的人匆匆逃離。

第二聲槍聲響起時，自行車騎士甚至沒有轉過頭來，就算他身後的狗吠和喊痛的叫聲愈來愈大，他也沒有回頭。

43

班尼一口氣抓住了艾瑪的手腕，把她的手臂連同手槍一起往上抬，同時扣下了扳機。發射第二顆子彈時，槍管緊貼著她的太陽穴，那震耳欲聾的槍聲所引起的劇痛立刻產生了麻痺作用，一如班尼的預期。

艾瑪鬆開了槍，在她的車旁蹲下去，用兩隻手壓住左耳，子彈發射的震波震破了她的鼓膜。

「你做了什麼？」馬克大叫，一時之間弄不清楚在他眼前所發生的事。他只看見從她指間流出來的液體，把她白色外套的衣領染成了深紅色，因此在他嚇呆了的頭幾秒鐘裡，他以為他那個從未傷害過別人的弟弟果真開槍射中了她的頭部。然後她掙扎著想站起來，雖然她痛得只能發出一些喉音，馬克還是瞬間明白，她的傷勢沒有造成生命危險。

「你打算怎麼辦？」問第二個問題時，馬克稍微壓低了音量，而這一次，他這句話既是對著艾瑪，也是對著班尼問的，班尼又拿回了他的槍。

「我要閃了。」

「你做不到。」

馬克在艾瑪身邊蹲下來，不知道該如何是好。她耳朵的出血狀況愈來愈嚴重，血液黏住了她太陽穴旁邊的頭髮。出於一種替代行為，他伸手去摸她的額頭，像個母親在檢查孩子有沒有發燒，而她果然在發熱。

「她得到醫院去，拜託，班尼，你得開車送我們去，你得……」他被嚇壞了，伸手握住她突然無力下垂的手。艾瑪又暈了過去。「至少幫我把她抬上車，班尼？」

他抬起目光，料想班尼會拒絕，可是並沒有，因為他弟弟已然不見蹤影。

「可惡，可惡，可惡！」儘管外面很冷，馬克還是開始冒汗。他累壞了，而頭痛一直擴散到後頸，他擔心自己沒有足夠的力氣把艾瑪抬上車。

該死。

他從褲袋裡掏出手機，想打給一位急救醫生，可是才按了幾個鍵，手機就沒電了。

媽的！

馬克在艾瑪的外套裡摸索她的手機，隨即想到她的手機最後落在班尼手上，說不定班尼把它塞進了自己的口袋裡。

他站起來，背倚著車身，往對街那排房屋看過去。放眼望去，沒有人站在窗邊或是陽台上。

為什麼沒有人打電話報警？一定有人聽見了槍聲才對。

他正想再朝艾瑪彎下身子，那個聲音又把他嚇了一跳。

「嘿，老兄。」

這聲音比之前小多了，但確實還是剛才抱怨他們太吵的那個聲音。馬克望向人行道上的那個老人，他用一條繩子牽著他的狗。

「你想幹嘛？」

即使流落街頭，這個流浪漢似乎仍竭盡所能地注意他的服裝，因此別人很不容易看出他的落魄。只有走近他身邊，才會注意到那件原本昂貴的棉質大衣上，有一層剝落的污垢，還有那些粗陋的補丁，下面隱約露出一件過大的西裝上衣。而且只有在他身邊，別人才會聞到那股甜餿的體味，這是這名男子居無定所的另一個證據。

「別擔心，我什麼都沒看見，老兄。」那男子笑了，露出缺了的牙齒。

「好吧，事情並不像你所看到的這樣，我馬上就送這位小姐去醫院。」

馬克從艾瑪的兩條手臂下把她抱住，用最後的力氣把她抬起來，她的呼吸又淺又急促。

那個流浪漢只是點點頭，滿不在乎地看著馬克吃力地拖著他的重負。直到他拖著艾瑪繞過了車身，打開前座旁邊的車門，替她繫上了安全帶，那老人才輕聲笑了起來。「怪怪，這個晚上真是夠受的，對不對？」

馬克面向他，抹去額頭上的汗水。「聽我說，如果你想要錢的話，很抱歉，我也破產了。」

他先確定艾瑪的頭不會往前倒，然後關上了車門。

「我知道。」

馬克正想走到駕駛座那一邊，聽到這話，停住了腳步。

「你怎麼知道？」他問。

「很抱歉，我看了一下，可是裡面一毛錢也沒有。拿去吧。」

流浪漢向馬克伸出他髒兮兮的手，四根手指頭上，只有一根還有指甲，而大拇指根本就不見了，然而讓馬克感到困擾的並不是這個。他無法置信地凝視著那個皮夾，一邊在自己的口袋裡摸索，只是想確定，那名街友正打算還給他的皮夾的確是他的。

「是阿福發現的，牠喜歡把掉在地上的東西叼起來。對不對，小傢伙？」

流浪漢摸摸那條狗的嘴，牠立刻就仰面躺下，期望能得到更多愛撫。

「謝了。」馬克困惑地說。

「不客氣，我是個誠實的人。來吧，小傢伙。」他拉拉繩子，那條狗又站了起來。

「不過，下一次你可別這麼大聲了。」老人笑著說，敲敲自己的額頭，隨即快步離去。

「好的，那當然。」馬克不知所云地回覆，在手裡轉動皮夾，接著把它塞進口袋裡。身後，車子裡的艾瑪發出呻吟，顯然她逐漸恢復了意識。

馬克鑽進那輛金龜車，排檔、發動引擎。在尚未開動之前，順著一股內在的衝動，他又把那個皮夾抽了出來。打開皮夾，他想確定至少證件還在，那是能證明他身分的最後證據。幸好他的證件仍然塞在放證件的那一格夾層裡，馬克把證件抽出來，想看一眼他從前的大頭照，照片上的他比現在要年輕得多，也健康得多。可是他隨即感覺到一股阻力，等他把證件完全抽出來之後，一張小紙條掉在他懷裡。

見鬼了，這是……

他打開那張折起的紙條，不敢相信自己的眼睛。

這是什麼？

他很確定自己以前從未見過這張紙條，更別說把紙條放在皮夾裡了。馬克熄掉了引擎，急忙鬆開安全帶，下了車。

「嘿，」他朝那個漆黑的大門入口喊，剛才那個流浪漢就是消失在那後面。「請你回來。」

接著他跑了起來，雖然他幾乎已經沒有力氣奔跑，也很確定，在他這趟短跑之後，會在那個大門入口發現什麼：什麼也沒有。

狗跟流浪漢都已不見蹤影，而那個流浪漢剛剛把他亡妻手寫的一則留言交給了他。

44

很多人都會犯下想要重溫一切的錯誤。他們不滿足於回憶，而是想重溫他們人生中最美好的時刻，一次又一次。所以他們會再搭機前往曾經那麼喜歡的度假地點，把一部電影一看再看，跟舊情人上床，儘管他們已經有了一段幸福的新感情。然而他們只會發現，一切都跟第一次不同了，因為幸福感是無法任意複製的，無法按個按鈕就把那種感覺再度召喚出來。矛盾的是，這個通則並不適用於疼痛、傷心和痛苦，一如馬克此刻的經驗。之前他也曾站在舊家前面，因為悲傷而幾乎崩潰。

他下了車，把艾瑪留在金龜車裡。她拒絕被送到急診處，雖然他們途中剛好經過馬丁路德醫院。事實上，鼓膜受傷多半都會自行痊癒，馬克在一次罹患中耳炎之後得到這個經驗。再說，那是她的車，他需要這輛車做為交通工具，說不定還需要它做為逃亡的工具。就算艾瑪有妄想症，毫無來由地懷疑他弟弟殺了人，但目前在他身邊的人當中，只有她能夠證明他置身其中的這場瘋狂。畢竟他已經無法區分誰是敵人，誰是朋友，在這種情況下，最好是盯住他的敵人，如果她果真是其中之一的話。

馬克打開通往前院的小門，那座連棟式的二樓小屋似乎仍在呼吸。所有鄰居的房屋都粉刷得煥然一新，庭院經過細心整理，圍著能防止野豬進入的柵欄，相形之下，門牌七號的這棟屋子顯得有點乏人照料，也正因為如此，它更像個有生命的東西。就像一個未經整理的小孩房間，牆上塗滿了蠟筆畫，即便拿《漂亮家居》雜誌裡精心設計的住屋做為交換，你也不會答應。

馬克又瞄了一下他在皮夾裡發現的那張紙條。

我們在綠森林的別墅見，快點來。

LOL—珊

這則簡單的留言再明白不過。當然這並不能證明她還活著，從前珊德拉常在廚房的桌上留下像這樣的紙條。

我去運動了／不要吃太多垃圾食物，今天我會弄點吃的／昨夜又很棒／記得要回收那些空瓶。

不知道從什麼時候起，馬克開始在他的簡短留言下面寫下LOL，他誤以為這個縮寫的意思是

lots of love。珊德拉頭一次讀到時，卻哈哈大笑，因為在網路上，這個縮寫其實是被用來嘲笑別人的。珊德拉這樣跟他解釋。

Laughing out loud（大笑）。

從那以後，這成了他們之間的祕密笑話，幾乎在每一則留言後面，他們都會加上ＬＯＬ。這個縮寫，還有那錯不了的筆跡都是珊德拉寫了這張紙條的明證。另一個證據是上面提到的見面地點。他們位於艾希坎普的那座連棟式房屋根本稱不上是別墅，這也是他們兩人之間的一個祕密玩笑。

馬克再把紙條塞回去，掏出鑰匙串。屋子的大門有點卡住了，幾個月前就已經是如此。意外的是，屋裡並沒有空氣不流通的氣味。室內很冷，暖氣開到最小，只是為了不讓水管在冬天裡結凍，但是冷歸冷，卻沒有那種典型的空屋氣味。似乎有人在不久之前才開過窗子通風，還順便擦了地板。搬家時，沙發腿的橡皮底端在木頭地板上留下的幾道黑色拖痕不見了。

「哈囉？」他喊道，沙啞的聲音在空蕩蕩的樓梯間裡迴盪，被光禿禿的牆壁反射出類似金屬聲的回音。他小心翼翼地一步步往前走，彷彿他並非走進客廳，而是踩上一層薄冰。馬克不確定自己比較害怕的是什麼，是獨自置身於這棟屋子呢，還是真的在這裡遇見他太太。

「哈囉？」他又喊了一次，雖然他巴不得大聲呼喊珊德拉的名字，但他沒有勇氣那麼做。客廳旁邊有一間後來加蓋的溫室，馬克從溫室的窗戶望向外面那座荒蕪的院子。他打開室外的燈光，那盞小小的鹵素燈起了有如柔焦鏡頭的作用，幾棵果樹，落在草地上的腐爛果實，長滿蘆葦、裡面的爛泥巴比水還多的小池塘，一切都顯得迷濛，漾著一層金黃色的光暈。

一陣風吹起，吹落了陽台正前方那棵樺樹的幾片葉子。馬克有過敏的毛病，但始終狠不下心砍掉這棵高聳的樹。此刻他抬頭望向那樹，看著一隻烏鴉從樹冠飛向天空，他的眼睛熱辣辣的，彷彿那棵樺樹正開滿了花。

淚水似乎更強化了那個柔焦鏡頭的效果，那棵樹頓時染上了一種更明亮的色彩。

馬克揉揉眼睛，可是那個效果並沒有消失。

那是什麼？

他仰起頭，試圖弄清楚那僅僅籠罩住部分樹葉的奇怪光澤。當一陣風搖撼那些高聳的枝葉，他恍然大悟。

那棵樹是被燈光照亮的，不是院子裡那盞路燈打出的光，而是另一個人工光源，而那個光源就在他頭上兩公尺半的地方，在二樓。

在屋裡！

此刻一切都以快動作進行。馬克跑回樓梯間，三步併兩步地衝上樓梯，幾秒鐘之後，就打開了通往臥室的門。果然。雖然之前他拔掉了二樓所有的插頭，轉下了燈座裡的燈泡，此時這個房間卻是燈火通明。

他走進臥室，張大了嘴巴，淚水再度湧進他的眼眶。他踉蹌地走在房間裡，無法相信眼前所見，也無法理解。

這不可能。珊德拉，為什麼？究竟是為什麼？

之前他把所有的家具都當成大型垃圾送走了。雙人床、有百葉門扇的壁櫃、有面大鏡子的化妝檯。一個波蘭人帶著兒子一起來搬這些家具，在馬克眼前把家具拆解、搬到樓下、用一輛拖車運走。而三個星期之後的現在，一切又恢復成從前的樣子。那張床、那個壁櫃、那個化妝檯——所有的東西又都回到了原位。而且還多了一樣東西，那東西讓人覺得很不對勁，就好似看見一個孕婦點起一根香菸一樣不對勁。那樣東西是天藍色的，有雪白的帳篷，立在臥室中央，是張嶄新的嬰兒床，鋪著乾淨的被單。

在那恐怖的一瞬間，馬克以為嬰兒床會開始搖動，隨著一首走調的兒歌節奏，被一隻隱形的手推著。但那張床並未移動分毫，而是做出了更恐怖的事：它開始說話。

45

「救命，請幫幫我。」

馬克從搖籃前面倒退兩步。那個聲音更大了：「別走開，不要留下我一個人。」

他只匆匆朝床上瞄了一眼，只把簾帳往旁邊掀開了一下，儘管如此，他還是很確定，那張小床上只有一個小枕頭。也許他漏看了一件睡衣、一個嬰兒玩具或是一條被子，但床上肯定沒有什麼活生生的東西，更別說是個年紀大到能用如此低沉的男性聲音向他說話的生物。

「是誰？」他問，確定自己是在跟一個錄音帶說話。

當他聽到對方的回答時，不覺更加詫異。「感謝老天，馬克，你來了。」

他曉得我的名字。他怎麼會曉得我的名字？

他的心跳加速，問道：「你是誰？」一邊小心地朝著搖籃的篷頂伸出手去。他距離那張嬰兒床有足足一公尺遠，而他得強迫自己再走回床邊。

「我是你在找的那個人。」那個男子說，但馬克根本認不得他那略微失真的粗啞聲音。

馬克把簾帳掀起來，先是看見那個白色的枕頭，然後讀出了用紅線繡在枕套上的數字。

11．13

馬克意識到那是今天的日期，同時看見了那具無線電通話機。他把通話器拿在手裡，不敢置信地盯著話筒看，而當那個男子再度開口對他說話時，話筒差點從他手裡掉落，「請到我這兒來。」

直到此刻，他才注意到那帶著金屬聲的回音，儘管這具數位無線對講機的音質要比普通的電話好上許多。

他把對講機拿到嘴邊，對著機器說：「這是怎麼回事？」

「我……我是個熟人……」

先是一陣窸窣聲，接著線路裡出現了大氣干擾。

「……跟你太太熟識。請你幫幫我。」

「我該去哪裡？你在哪兒？」

線路裡又是一陣窸窣，那個男子小聲地說：「在下面。我在地下室。」

46

下樓來到漆黑的地下室，他所花的時間比剛才跑上樓要多了三倍。

如非必要，馬克一向避免在地下室裡逗留。不是出於幼稚的恐懼，不是害怕會有一個無臉的怪物躲在暖氣鍋爐後面等他，而是他深信，人類天生就不適合生活在沒有窗戶的小房間裡，就跟人類不適合搭飛機在一萬公尺的高空穿越大氣層一樣。

在他看來，地下室就像一座海水浴場的漆黑海底。雖然大家很樂意在水面逗留，卻不想知道在腳底漂浮的都是些什麼東西。勇敢的人會屏住呼吸，潛進水裡，到兩公尺深的地方，但只有在迫不得已的時候，例如掉了什麼東西，像是錢或是鑰匙，才會有人潛進最深處，那兒的泥巴保存著大海的祕密。

或是他的太太。

夾板門是拴上的，門後是通往下方的陡峭石階，不管在下面等他的是什麼人，那人是被關住的。

馬克不確定自己是否真想知道是誰把那人關在下面。

他把門栓推到一邊，開了門，伸手去摸牆上的電燈開關。那是個老舊的黑色轉動式開關，樣子像一個特大號的翼形螺母。他把開關依反時針方向轉了兩次，然後又依順時針方向轉了兩次，但還是一片漆黑。

「哈囉？」他往樓梯下面喊。沒有人回答。無線對講機上的光點剛才還在閃動，此刻突然熄滅了。他想起，愈是靠近地下室，手機的訊號強度就會減弱許多，然而他手裡拿著的是一具不受通訊網路影響的無線對講機。

「你在那下面嗎？」

他走下了一階台階，胃咕嚕咕嚕地響，想要嘔吐的感覺順著食道上湧。他又一次對他身體的呼救聲置之不理，他的身體在央求他上床睡覺、把他的藥吃了、連睡兩天。但他卻扶著一條繩索，慢慢地摸索著下樓，前一個屋主用這條繩索來代替欄杆，那人是個心理治療師，把地下室草草改裝，在牆上鑲了木板，在地上鋪了辦公室用的地毯，利用地下室替病人看診。珊德拉跟馬克一直很納悶，誰會想到這間地下室來對一個陌生人吐露心聲。此外，這棟老房子經常會發出無以名之的響聲，一個人就算只是在這下面晾衣服，有時候都會覺得心裡發毛。

「老太太在呼吸。」當那陣喀啦喀啦、嘎吱嘎吱或是有如呻吟的聲音愈來愈大，馬克總是這樣開玩笑。這棟屋子是在一九二〇年代建造的，肯定沒辦法再「正襟危坐」。

此刻沒有喀啦喀啦的聲音，暖氣管也同樣又冷又安靜。

馬克走到了最後一階，摸索著打開了保險絲盒，那盒子就設在一個壁龕裡。他在那排撥動式開關上胡亂摸索，最後總算找到了那個為了緊急情況而準備的打火機。

那股小小火焰的硫磺色光芒製造出一種近乎溫馨的氣氛。馬克不明白，地下室裡的電燈為什麼不亮，所有的保險絲都好好的。不過話說回來，今晚，還有其他更重要的事是他不明白的……

「你在哪裡？」他提高了聲量，這也是為了壓過他耳中那陣愈來愈強的轟轟聲。周遭愈是安靜，就愈是凸顯出他身體內部的聲音。

他一手拿著打火機，另一手拿著無線電對講機，踏上連接暖氣機房和從前那個診間的過道，那扇難看的百葉拉門被他們拆掉了。雖然光線微弱，馬克還是看得出來，這個空無一物的小小空間裡沒有人。

那就只剩下一個可能。

他跨過一捲沒用的電線，把打火機拿在身前，像舉著聖火一樣。他的影子在他身後幾公尺處緊緊跟隨。

在那扇灰色的防火門前，他停下來讓大拇指休息一下。當火焰熄滅時，黑暗像件大衣一樣罩住了他。他把那個沒用的無線電對講機放在地板上，再度摩擦打火機的齒輪，當火焰開始閃動，他用手掌護住了打火機。

然後，雖然百般不願意，他還是把那扇沉重的水泥門往裡面推，走進了暖氣機房。而後，他大受驚嚇，不禁尖叫起來。

47

「可惡，你是誰？」他問，此刻他勉強鎮靜下來，至少不再想拔腿就跑。這幾個小時以來的心理打擊讓他變得異常敏感，愈來愈容易受驚，也需要愈來愈長的時間來讓自己再度鎮靜。

那個男子看起來比馬克更害怕，他躺在機房中央一張行軍床的鋼絲床架上，上面沒有床墊。

「感謝老天。」那人無力地呻吟，抬起頭來，除了頭部之外，他無法移動分毫，因為雙手雙腳都被銬在金屬床架上。打火機的火焰反射在左邊一具金屬鍋爐上，在微弱的光線中，馬克依稀能看出那人穿著西裝，繫著領帶，領結滑到了下巴下面。他的年紀很難估計，身材高大的人看起來往往比實際年齡年長。

「見鬼了，這是怎麼一回事？」馬克問，朝那人走近了一步。

「水。」

那個陌生人晃動著他的鐐銬，一頭金髮亂七八糟的，活像是漫畫中的人物剛遭受電擊之後的模樣。

「請給我一點水。」說到最後幾個字時，他已經發不出聲音來。

「我要先知道你在這裡做什麼。」

一股尿味朝馬克飄過來，想來是那個男子尿濕了褲子。若非出於恐懼，就是他已經被囚禁在這裡很久了。

是誰囚禁了他呢？

有那麼一剎那，馬克暗忖他是否應該出去把事情告訴艾瑪。然而他始終不知道能否信任她，再說以她此刻的狀態，他也懷疑她能幫上多少忙。

「你是誰？」馬克又問了一次。

「我……」那男子停頓了一會兒，用舌頭舔舔裂開的嘴唇。「我是來向你示警的。」

「為了什麼事？」

男子轉動頭部，望向此刻籠罩在黑暗中的另一個角落。那裡本來放著一個熨衣機。

「為了那本書。」那人有氣無力地小聲說道。

「什麼樣的書？」

那男子又望向他，馬克不禁往後退了一步。

「我叫羅伯特．馮．昂塞姆，」被銬住的那人說，語氣突然變得平板，彷彿在唸一篇背好的文章。「我是你太太的律師。」

一派胡言。

「你說謊，」馬克說得這麼大聲，乃至於火焰又開始晃動。「法律方面的事情，我一向自己處理。」

「不，不，不。你沒有好好聽我說，我不是你的律師，也不是你們的家庭律師，而只是你太太的律師。」

那人又把頭倒回彈簧上，床架發出嘎吱嘎吱的聲響。

珊德拉的律師？她何必請一個外人來處理她的事情？

「車禍發生前不久，她來找過我。」那人輕聲地說。

「為了什麼？」

「為了更改她的遺囑。」

更改？馬克甚至不知道她曾經立過遺囑。

「我推測她這麼做是由於她父親的催促。」被銬住的那人補充。

「我一個字也聽不懂。她更改了什麼？康斯坦丁又跟這件事有什麼關係？」

此時律師再度望向他右斜前方的黑暗角落。「你一定還記得那部劇本，讓你太太得到合約的那一部？」

「記得。」

我們想要慶祝這件事，在發生車禍的那一天。

「你知道珊德拉的經紀人用什麼價錢把這部劇本賣給美國的製片廠嗎？」

「不知道。」

「一百二十萬美元。」

馬克不相信地大笑。「你在說謊。」

「你怎麼會這麼確定？」那律師咳了起來。

「不會有人付這麼多錢給一個初次寫電影劇本的人。再說如果真有這麼回事，珊德拉會告訴我。我們之間沒有祕密。」

「哦？那你讀過那部劇本嗎？」

「怎麼讀？她一個句子都還沒來得及寫就死了。」馬克回答。

「你確定嗎？」

不，我不確定。從今天開始，我的生活裡再也沒有真相可言。

馬克把火光往右移，照進那片漆黑中，被銬住的男人仍然凝視著那一片黑暗。然後馬克繞過行軍床，一張書桌的輪廓在打火機的火光裡浮現。那張桌子就立在煤氣鍋爐旁邊。

「我讀了那部劇本，」他聽見那人在他身後用沙啞的聲音說：「所以我才會在這裡，我想把劇本帶來給你，向你示警。」

馬克走近那張書桌，他之前從沒見過這張桌子，而且這張桌子在地下室裡顯得格格不入，就跟那個身穿西裝、被銬在鋼絲床上的男子一樣。對一個成年人來說，那張桌子實在太矮了，兩側有小小的抽屜，裡面最多只放得下一本筆記本或是一個文件夾。在一個為了固定桌燈而預留的凹洞裡，插著一根已經燒掉一半的蠟燭。

馬克點燃蠟燭，燭光落在桌面的一疊紙上，左邊用一個便宜的塑膠夾子夾住。

「嘿，我的水呢？」那個律師沙啞地說，他又躺在馬克身後的黑暗中。

那些紙頁摸起來潮潮的，彷彿在地下室的搬家紙箱裡放了好一陣子。

馬克抹掉最上面一頁的灰塵，讀著那個標題。

記憶碎片

劇本，作者珊德拉．希納

「拜託你把我鬆開！」那個陌生人呻吟著。

然而馬克無法回答，他已經開始翻閱劇本，光是頭幾個句子就讓他怵目驚心。

48

《記憶碎片》的內容摘要

馬克．魯卡斯，法律學家，是輔導問題青少年的街頭社工人員。在一場因為他的疏失而導致的車禍中，他失去了他懷孕的妻子。她身亡數週之後，他在一本雜誌裡發現由一家精神科醫院所刊登的廣告。為了「學習遺忘」這個研究計畫，該醫院公開徵求承受過巨大創傷，想把他們一生中最悲慘的回憶永遠從記憶裡消除，因而願意參加這個記憶實驗的人：這個實驗將刻意引發完全失憶。魯卡斯發了一封電子郵件給那所醫院的院長，然後……

「不！」

馬克大聲呻吟，一口咬住自己的手掌。他眼前一片模糊，不得不靠在桌面上，好把身體撐住。他的目光茫然地在那張紙頁上移動，第一段他已經讀了兩次，打算再從頭讀第三次，希望那幾個字這一次會組合成不同的詞句，然而這情形並未發生。真相依舊既可怕又難以解釋。

這是我的故事，珊德拉把我的人生……他的雙手發抖，指尖不再有感覺，翻頁時一次翻了三頁。

他繼續往下讀，而事情愈來愈糟。

馬克的手機無法再使用，信用卡也失效了，而似乎有另外一個人在過他的生活。

等他搭車回到那間醫院，他望進了一個開挖的大坑，那棟建築消失了。

又一次，他無法把整頁讀完，又一次，他沒有耐性地繼續往下翻，愈翻愈快。劇本的內容讓他不知所措，關於那些內容，他有第一手的資料，因為那是他親身經歷過的事！就在幾個鐘頭之前！沒多久，他就只跳著讀，只讀那些立刻落入他眼簾的字句。

……他到警察局去……

……鑰匙又能把門鎖打開了……

……他太太從不曾在他的公寓裡……

……他岳父也失蹤了……

他讀得愈多，就愈是一頭霧水。這怎麼可能？珊德拉怎麼可能知道這些？更糟的是，她怎麼能夠預見未來？

他把那疊稿子放下，凝視著標題頁，伸手去摸他的後頸。

記憶碎片

劇本，作者珊德拉．希納

一種麻痺的感覺從指尖慢慢擴散到手臂，他的雙臂沉重且疲憊地下垂，而他恨不得轉身就走，尖叫著衝出地下室。一切都失去了意義，他的人生是個謊言，是那個他盲目信賴的人所編出來的，此刻她從墳墓裡出來，為了把他逼瘋。

可是，精神失常的人會反省自身的處境嗎？拒絕承認不正是精神異常的本質嗎？

馬克張開雙唇，又把嘴巴閉上，沒有發覺他正在自言自語，還大聲地把他的想法說了出來。眼淚順著他的臉頰滑落，滴在那本劇本的標題頁上。

這是發生在我身上的事嗎？這一切都是真實的嗎？

淚水讓頭幾個字母變得模糊，在標題那個龍飛鳳舞的大寫S上面添了一個黑點，使得它看起來像是西班牙文裡的問號。他吸了吸鼻子，又伸手去摸後頸上那塊紗布，種種無法解釋的思緒如雪崩般湧來，然後他做出一個十分合理的推論。

劇本會有結局！

馬克又把那疊稿子拿在手裡。

為什麼會發生這一切？最後會如何？

他翻到了最後一頁。

49

什麼都沒有，一片空白。最後那五十頁上面沒有寫字。

馬克在指間翻動劇本，從後面翻到前面，大約在前三分之一處，他翻到了兩張紙，在這疊紙中顯得格格不入，比其他的紙張要厚，邊上打了洞，而且佈滿鐵鏽色的斑點。那是內容摘要的最後兩頁。

……他終於面對過去的幽靈，一名流浪漢塞給他一則神祕留言，根據那則留言，他太太想要跟他見面。他開車到他們從前住的房子，在地下室發現了一部劇本，是他死去的妻子所寫。他震驚地發現，頭幾頁的內容摘要中，準確地重述了他的人生。他往後面翻，翻到最後一頁，想弄清楚在他身上發生的究竟是怎麼一回事，然而他眼前所見的只有空白的頁面。

於是他又往前翻，直到發現兩張比較厚的紙，上面有血漬，邊上打了洞，在那張紙的底端有一個手寫的電話號碼。

馬克的目光往下移動，果然，那個電話號碼看起來就像是珊德拉匆忙間在一張紙條上草草寫下的，只是後面沒有加上ＬＯＬ。

他的眼睛又失魂落魄地往上方移動，直到他找到剛才讀到一半的那一行。

如果馬克還認為他的恐懼已經到了頂點，那麼此刻他該恍然醒悟，因為順著一股衝動，他打開了書桌右上角的抽屜……

他閉上眼睛，再把眼睛睜開，把最後那一句話再讀了一次。

我真的該這麼做嗎？珊德拉，妳想把我怎麼樣？

馬克猶豫著，然後把手指移到那個抽屜的凹口，抽屜沒有上鎖。

……他在抽屜裡發現了一支手機。

果然，那是支舊式的手機，按鍵很大的那一種。閃光信號亮著，顯示電池充滿了電，而且手機信

0049 30 340 600 23 20

號很強。馬克彷彿是在心神恍惚的狀態下採取了行動，他又一次照著這個荒唐的導演指示去做。

他把手機拿出來，撥了那個號碼！

50

「感謝老天，你總算打來了。」

即使是一名職業拳擊手正中目標的一擊，也不會更重地擊中他。那是珊德拉，毫無疑問是她的聲音，她在電話響了兩聲之後就接了起來。她的聲音有點不安，有點悲傷，但是就跟基因特徵一樣，那絕對是她沒有錯。

「你總算打電話給我了。」

他想念這種輕微的沙沙聲，聽起來總是帶點倦意，乍醒時聽起來最是可愛，他也想念她的撫摸，還有她做夢時輕輕咂嘴的聲音，或是她的笑聲，即使在他心情悲傷之際，也總能被她的笑所感染。

「珊德拉，」他又哭又笑地說：「妳在哪裡？」

在這短短一瞬，眼淚再度湧進他的眼眶，忘卻所有瘋狂的一切。

那場車禍、她的歸來、那個流浪漢、那個仍然在他身後討水喝的律師。

再次聽見她的聲音所帶來的喜悅朝他湧來，直到他發現那個聲音來自錄音帶，那股失望之情才更勝過那番喜悅。

「我實在很抱歉，我發誓我會補償這一切。」

「補償什麼呢？妳到底在說些什麼？」馬克對著手機大喊，彷彿只要他吼得夠大聲，就能逼迫那個答錄機做出解釋。

「總有一天我會向你解釋一切，快了，很快。你只需要再忍耐幾個小時。」

幾個小時？之後會發生什麼事？

他不禁想起那張嬰兒床上的手繡枕頭，想起枕套上所繡的日期，十一月十三日。

就是今天，在婦產科醫生推算的預產期之前十天。

「不要擔心，寶貝，拜託。一切都會真相大白的！」

擔心？我都快瘋了。

「還有一件事：如果你還在地下室的話，趕緊離開，馬上就走。」

他感到一陣涼風吹來，強到差點把蠟燭吹熄。好一會兒，燭芯才又亮了起來。

「因為你忘了一件事。」

「什麼事？」他又向那具答錄機發問。

「羅伯特・馮・昂塞姆。」

一個黑影在他身後移動。

「你沒有檢查他的手銬。」

馬克猛地轉身，鬆開了手機，自衛地用雙手擋住了臉，可是已經太遲了。一陣刺痛之後，他窒息的知覺墜入了一個黑洞中。在他尚未倒地之前，蠟燭就熄滅了。

51

他們頭一次駛過那條路時，他不相信那是條車道。從波茨坦經過沙克洛夫通往柏林的那條林間道路幾乎不比一條人行道寬，若要閃避迎面而來的車輛，就會有被路旁的冷杉刮掉車身烤漆的危險。

不過，往史潘道方向的路上只有他們這一部車，馬克可以踩足了油門。

「我但願你不知道，」珊德拉從側面的車窗望出去。「至少不要這麼早就知道。」

他們經常在車裡爭吵，而就跟平常一樣，她迴避著他的目光。

「那妳就不該帶我一起去。」

她點點頭。一會兒之後，她握住他的手，繼續望著車窗外飛逝的樹木。「可是你應該明白，我們沒有別的選擇，對吧？」

他有點不自然地笑了。然後，在她捏痛了他的手時追問：「妳不是認真的吧？」

有那麼一瞬，他考慮停車，用力把她搖醒。他太太顯然是失去了理智。

「你自己不老是說，為達目的可以不擇手段嗎？」

他又加快了車速，儀表板上一個黃燈亮起，表示車外的氣溫降到了攝氏四度以下。

「這不是你的座右銘嗎？」

「妳瘋了，珊德拉。目的再正確，也不能拿死亡做為手段。」

「可是你又阻止不了。」

她在啜泣，平常她一開始哭，馬克就會讓步，然而今天這反而讓他更生氣。

「妳錯了。我會阻止的，相信我。」

時速表上的指針攀升到七十公里以上，路旁的冷杉融成一片灰綠。

他瞥了她一眼，在儀表板的亮光下，她臉頰上的淚水宛如自傷口中滴落的血。

「你不准這麼做，」她抗議，「我不准你這麼做。」

「我已經做過一次，妳要怎麼阻止我再做一次？」

現在換成他倔強地向前凝視，好一會兒，他們都沉默不語，直到道路轉彎，路段變得更加起伏，康斯坦丁的別墅早已自後視鏡中消失。

她哭得更大聲了，此刻他真的很想伸手去安撫她，去撫摸她懷孕的腹部，她的肚子在安全帶下隆起，像個實心皮球。可是出乎他意料之外，她鬆開了安全帶，探身到後座去。頓時他覺得，彷彿有個陌生人坐在後座聆聽他們的爭執。不過，她只是拿了一張照片，就又坐回原位，那是張顆粒很粗的灰黑色照片，像一張超音波照片。

「你自己看看！」她吼道。

但他還來不及把目光再移回道路上，就聽見一聲震耳欲聾的巨響。方向盤在他手下偏轉，儘管他用盡全力，想把方向盤扳回來，卻無法再讓它回到正確的位置。

他最後看見的是那張照片從珊德拉的手中滑落，而她驚慌地伸手去抓她的安全帶，不久之後，那道閃光亮起，一切都變成刺眼的白色。接下來，一位老者的臉出現在他上方，那人皺著眉頭，一臉擔憂地朝他彎下身子，輕輕地撫摸他的臉頰。

「他醒了。」那張臉孔說，而馬克的確就在這一秒睜開了眼睛。

52

起初他以為自己還在做夢，只不過此刻他不在珊德拉的車上，而是在一家舊貨店裡，灰髮的店主把他放在一張有菸草和爐火氣味的沙發上。椅墊足可把人淹沒。他的頭擱在一個圓筒型的靠枕上，他想把頭稍微抬起來，卻發現自己辦不到，除非他想立刻吐在地板上鋪著的那許多張地毯上。

「我在哪裡？」他問，想起那個沒能從他這兒討到水的律師。

後來把我擊倒的那個律師。

他伸手去摸自己嗡嗡作響的腦袋，看見他右手的衣袖被捲了起來，在肘彎裡貼著一塊膠布，就像是抽血過後一樣。

馬克詫異地眨眼，發現連眨眼都會痛，一層乳狀的分泌物黏住了他的眼皮。

「別擔心，你是在朋友這兒。」他聽見舊貨店老闆如此說道。等他把那層黏液從眼角擦掉，得以把這個新環境看得更清楚一點。除了長沙發之外，還有一張單人沙發，如果坐在上面，便能同時看見那座開放式的壁爐、那張長沙發和窗外。不過，那也是家具的擺放方式中，唯一有點道理的。所有其他的家具——架子、櫃子、椅子、一張寫字檯，甚至還有一個衣帽架——全都橫七豎八地立在房間裡，不論是顏色或風格都互不相稱。這片混亂讓他想起他的公寓，只不過少了那些搬家紙箱，而每一個空著的角落都擺滿了專業的醫學書籍、報導和論文。

「在朋友這兒？」他朝著壁爐轉過頭去。

艾瑪和他弟弟站在壁爐側面，在那個陌生的老人旁邊。班尼看起來就跟他們最後一次碰面時一樣，疲倦、一臉鬍渣、穿著工作褲和飛行員夾克，艾瑪看起來卻好些了，左耳上有一塊白色紗布。想必是有人替她包紮了傷口，而如果馬克正確解讀了壁爐架上那些醫學證書所代表的意義，那麼他可以猜到那人是誰。

「你是誰？」他問那老人，如今他不再認為他是個舊貨店老闆了。

「我是尼可拉斯．哈博蘭德教授。」老人帶著微笑地回答：「不過好朋友都叫我卡斯帕。」

「我怎麼會在這裡？」

「這要感謝你弟弟，是他把你帶到我這兒來的。」

馬克望向班尼，直到此刻，他才注意到他的一些症狀消失了。雖然他還是覺得噁心想吐，而且有個市集小販在他腦袋裡大吼大叫，但儘管如此，他不再像幾個小時之前那麼難受了。不知道那個教授替他注射了什麼。

「我跟在你們後面。」班尼自動解釋。

「為什麼？」

「你很清楚為什麼。」

馬克點點頭，覺得後頸一陣刺痛。他希望在地下室裡摔的那一跤，沒有讓那塊碎片更深入他的骨髓，而之所以刺痛，只是因為一根神經受到壓迫。

是的，我知道為什麼。就因為這樣，我才去找你。

「你這個混蛋來求我幫忙，而你明知道那會引起我什麼樣的情緒。」

「你溜掉了。」

「對，本來我有點急事要辦，可是等我坐進車裡，又覺得良心不安。不管我們之間發生了什麼事，你終究還是我哥。」

「哼，還真巧，不是嗎？」艾瑪從窗邊嘲諷地說：「他先是想殺了我們，然後又及時出現在正確的地方。」

馬克沒有理她。「你是怎麼找到我的？」他問他弟弟。

「你以為我喪失了我的直覺嗎？」

他想要搖頭，卻想起那根受到壓迫的神經。

「你想再見到珊德拉，所以很可能會從一個地方開始找，就是你們從前所住的房子。」

馬克用盡全力，從那些厚厚的靠墊裡撐起身來，有那麼一瞬，整個房間似乎在他身邊旋轉，先是以順時針方向，然後是以逆時針方向。奇怪的是，一會兒之後，他就覺得比他剛剛坐起來時要好多了。他的平衡感慢慢恢復，噁心的感覺也漸漸消失。

「總之，我開車到艾希坎普去，看見那輛金龜車停在門口，那個瘋婆子在車裡睡覺。」班尼不屑地指指艾瑪。「我先是在外面等，可是你過了二十分鐘都沒有出來，我就進屋裡去，在地下室發現了你。」

馬克先看看班尼，再看看艾瑪，最後看向窗外，窗戶位於這個房間的前端，看來教授把這裡當成客廳兼書房了。他們所在的這棟房子沒比他和珊德拉的「別墅」大多少，說不定這只是間森林小屋，壁爐旁的柴火像是自己砍的，而放眼望去，窗外盡是樹林。

「那個律師呢？」馬克摸摸自己的後腦勺，那兒有個腫塊，距離那塊碎片上所貼的膠布大約五公分。

「什麼律師？那兒根本沒有別人。」

馬克的胃扭絞在一起，「還有那部劇本呢？它就放在書桌上！」

「聽我說，老哥，我發現你昏倒在地板上之後，沒有多注意四周狀況，我只是把你抬出來，帶到醫生這兒來。這樣一來，我們就徹底扯平了。」

班尼把雙臂交叉在胸前，艾瑪嘲諷地皺起鼻子，像是想朝地板吐口水。

「你說的話，我一個字也不相信。」她說。

「我倒是相信。」哈博蘭德說，他坐在那張單人沙發上，一直聆聽著他們這番你來我往的對話。他朝班尼投去一個徵詢的目光。

「儘管說吧，教授，我准許你不必遵守醫生的保密義務。」班尼露出微笑，拉上夾克的拉鍊，「儘管發表你的演說吧，我出去抽根菸。」

53

班尼在他身後打開一扇門，冷冽的空氣一湧而進，馬克頓時感覺室內的溫度驟然下降。從室外的低溫判斷，他們想必是在離市區很遠的地方。寫字檯上的電子時鐘顯示上午十一點剛過，但是氣溫已經降到了零下。

班尼踏上門廊，哈博蘭德立刻把門關上，再請艾瑪坐到自己身旁的一張椅子上，直到她一臉不情願地在他身邊坐下，他才開始說話。

「班雅明是我的病人。」他望向馬克，「大概就是因為這樣，他才沒把你送去醫院，而是帶到我這兒來。在那家精神病院裡，我曾經獲准以院外專家的身分替他做檢查，在那段不算長的時間裡，我好像成了他推心置腹的對象。此外，我不太喜歡公開露面，所以住在城外的森林裡，和世人隔絕。」他又露出微笑，開始按摩自己的手腕。

「我還記得你寫的評估報告，」馬克說：「你反對他被釋放出院，對不對？」

哈博蘭德安撫似地舉起手，外套的衣袖因而往後滑。馬克不是很確定，但在教授把衣袖拉下來蓋住手腕之前，他依稀看見一道隆起的傷疤。

「我的責任不在決定是否該讓你弟弟出院。我只是在他身上診斷出一種之前沒被發現的症候，這種症候使他難以過正常的生活，也解釋了他的一些過度反應，例如自殺的傾向。」

接著他面向艾瑪，說：「這也回答了那個問題，為什麼他跟在你們後面。班雅明的症狀是一般所謂的『幫助者症候群』，他是個ＨＳＰ。」

艾瑪不解地揚起了眉毛。

「一個高度敏感的人。如果妳現在走到他身邊，把妳的手遞給他，他就能感覺出妳此刻的情緒。

更要命的是，他能親身體驗妳的精神狀態。班尼過著旁人的生活，所以不管他想不想，他都必須幫助那些人。」

「胡扯。」

「這不是胡扯。」馬克篤定地說，教授這短短一番話，已經說服了他。這位醫生所描述的不僅是他弟弟，也是馬克自己。當樂團解散時，他很明白他弟弟的心情，因此戀愛的初期過了之後，他又試著跟他弟弟恢復聯繫。然而那時候班尼已經不再回家，對他打去的所有電話置之不理，最後甚至也不去上學了，徹底斷絕他跟馬克之間的接觸。

哈博蘭德繼續對艾瑪說話，嘗試用最簡單的方式，向她說明這種複雜的醫學現象。「我知道這聽起來有點深奧，可是妳想必也曾經用手遮住眼睛，例如電影裡有一幕影像太過殘忍，妳不想看見時那樣。」

教授靜待艾瑪點頭表示同意。

「也就是說，妳至少能夠體會旁人所受到的痛苦。日復一日地面對恐怖的畫面，大多數的人會漸漸地習以為常。我們對路上受凍的流浪漢視而不見；在地鐵上碰到胡言亂語的婦人，我們會別過頭去；看過十部恐怖片之後，我們不再用手遮住眼睛。」他停了一下。「大多數的人會漸漸麻痺，但是班尼不一樣。」

艾瑪看向窗外，班尼正站在那兒，想點燃一根香菸。風吹亂了他的頭髮，他轉過身，朝向廊前的樹林，好讓打火機的火焰不被吹熄。

「他壓抑不住那種感覺，」哈博蘭德說，此刻也望向窗外。「他的情形愈來愈糟，如果他開車經過一所醫院，他會思索有多少瀕臨死亡的人正躺在裡頭。如果他閉上眼睛，他就想像這一刻所有正在世上發生的事，那些我們明天將會在報上讀到的事。他看見那個被大力搖撼至昏迷的嬰兒，那個在拷打中被夾住生殖器的士兵，那匹在運往突尼西亞的屠宰場途中渴死的馬。他所看見、聽見或是感覺到的事物，他一件也忘不了。」哈博蘭德直視著馬克的眼睛，「就跟你一樣，對不對？」

室內的光線變得黯淡，因為雲層變得更厚了。

「我的情況沒有這麼糟，我弟弟的症狀一向比我嚴重。也許就是因為這樣，我才能夠用我的工作來彌補我的『幫助者症候』。」

跟班尼不同，馬克逐漸能夠避免去想那些最悲慘的影像，最好的證明就是他在一段時間之後，放棄尋找他弟弟。他曾經多番嘗試，想再接近他弟弟，把班尼從瓦爾卡的魔掌中解救出來，但一切都徒勞無功。班尼和他徹底斷絕了聯繫，乃至於在班尼第一次試圖自殺之後好幾個月，馬克才得知這個消息。在那之後，馬克甚至去過監護法庭，詢問讓班尼被看管或是接受精神治療的可能。當時馬克被告知，只要他弟弟對他人不構成威脅，他想把自己的生命怎麼樣都隨他。事後馬克仍然懷有罪惡感，因為他出於偷懶，也許不自覺地太早放棄。比起班尼在他身邊時他可想而知的生活，跟珊德拉在一起的時光要輕鬆多了。

一隻小鳥的叫聲打斷了他的思緒。當馬克望向窗外，他弟弟已經不見了。

「好吧，可是一個照你說來這麼溫和的人，怎麼會想要殺害我們呢？」艾瑪尖銳地問。

馬克搖搖頭，「班尼完全沒有暴力傾向。」

「他對著我的耳朵開槍！還用槍脅迫我跟他到這片荒郊野外來。」

「那一槍肯定是出於無心，」馬克解釋，「他從來沒想過要傷害妳，他根本做不到。」

「很可惜這不完全正確。」哈博蘭德糾正他，又把手舉了起來。「正因為這樣，他才被強制待在精神病院裡那麼久。跟每個性格不穩定的人一樣，班尼也會有極端的情緒波動，那簡直會把他撕裂。就像躁鬱症患者一樣，情緒可以在一秒鐘之內，從一個極端轉換到另一個極端。而長年以來，累積在你弟弟心裡的那些痛苦想要被宣洩。只需要一點小小的觸發，那積壓的暴力潛能就會爆發，若非針對他自己，就是針對他人。」

「看吧。」艾瑪得意地說，又伸手去拿她的手機，班尼顯然把手機還給了她。她聽夠了這番談話，寧願對著她的語音信箱敘述最新消息。

馬克不顧頭頸那股緊繃的感覺，把自己從那些椅墊中撐起來。他第一次嘗試就成功了，自己也很驚訝。

「好吧，教授。」他說，把衣袖再放下來。「我不知道你之前替我注射了什麼，也許我根本也不想知道。不論如何，很謝謝你照顧我們。不過現在我得走了，很遺憾我沒有時間跟你討論我們一家人的心理問題。」

哈博蘭德用審視的目光看著他，臉上突然掠過一片憂傷的陰影，他放低了聲量。「也許你最好騰出一些時間來？」

一陣風吹來，讓那扇木格窗戶為之顫動，馬克又感覺到室內溫度在下降，只不過這一次並沒有人把門打開。「你這話是什麼意思？」

「你弟弟把你帶到我這兒，雖然是因為他希望我替你醫治頭部的傷口……」

「可是？」馬克問。

「……可是我並不是普通科醫生，而是精神病科醫生。」哈博蘭德把句子說完，剎那間，好像老了好幾歲。「也許我可以幫助你，弄清楚正在你身上發生的事。」

哈博蘭德朝書桌旁那個衣帽架走去，伸手拿下一件有襯裡的毛外套穿上。

「來吧，」他對馬克提出邀請，彷彿艾瑪根本不在屋裡。「我們去散散步。」

54

那座湖呈現U字形，環繞著林中小木屋。當他們從後門走進新鮮空氣中，一隻老鷹正在掀起波浪的湖面盤旋，一條老狗衝到湖邊，用前掌笨拙地拍打水面，嚇著了好幾隻鴨子和一隻天鵝，牠們呱呱地叫，倉皇地拍打著翅膀，但隨即理解這個新來的訪客沒有危險，便又安靜下來。

「冷靜一點，泰山。」哈博蘭德朝那隻狗喊。那隻白嘴的淺棕色動物之前安靜地躺在籐籃裡，直到牠打著呵欠跳起來，準備陪牠的主人一起去散步，馬克才注意到牠。

「人類老是犯下餵食野生動物的錯誤。」教授凝視著水面。他們把艾瑪獨自留在客廳裡，這讓馬克有點納悶，因為這位醫生看起來不像是很快就能信賴陌生人。另一方面，他的眼神透露，他在很久以前曾經歷過的驚濤駭浪，遠超過一個受傷女子和他昔日的病人今天可能掀起的風波。

「餵食野生動物擾亂了食物鏈，讓牠們習慣了我們。而這是不對的。」哈博蘭德繼續說。

「人類這樣做是出於愛護動物。」馬克說，他跟珊德拉經常把過期的碎麵包扔給湖裡的天鵝。

「是的。儘管如此，這仍舊是個錯誤。」哈博蘭德把毛外套的拉鍊再往上拉一點，那件外套根本蓋不住他裡面所穿的西裝外套。「做錯誤的事，本身就永遠不可能是對的。」

他們沿著湖岸往前走，馬克思索，他們談的真是野生動物？直到不久之前，他都把「為達目的可以不擇手段」奉為圭臬。哈博蘭德肯定也知道，他所做的偽證最後導致班尼被關進那所精神病院。

「你看起來很不安。」哈博蘭德切入了正題。

一大片蘆葦隔開了湖面跟那條緩緩向上的岸邊小徑。

「是的。」馬克吸進小徑右邊森林裡芬芳濕潤的空氣，「我不再相信自己的記憶。」

他簡短敘述截至目前為止，發生在他身上的事，以在他昔日住屋地下室所發生的事件做結。「你的看法呢？我發瘋了嗎？」

哈博蘭德停下腳步，望著泰山的背影，牠一直想穿過蘆葦，奔到湖邊，但每次都因蘆葦桿戳到牠的嘴而放棄。

「你會問自己這個問題，但精神病患者通常不會這麼做。絕大多數的病患會用薄弱的理論證明，令他們迷惑的處境是合理的。舉例來說，就像艾瑪。」

馬克直視教授的臉，他們呼吸時吐出的白霧交纏在一起。

「你認為她有病嗎？」

「只有江湖郎中才會這麼快下定論。不過，跟你不同的是，魯德威希小姐沒有提出那個最重要的問題。」

「我是不是瘋了？」

哈博蘭德點點頭。「你睡著時，我跟她談了很久，艾瑪顯得倉皇、緊張、漫不經心，只想尋找能夠證明她提出的陰謀論的證據。」

「所以你認為她有妄想症囉？」

「你不這麼認為嗎？」

他們經過一張殘舊的長凳，靠背已經腐朽，坐凳看來也已經承受不了什麼重量。哈博蘭德把一隻腳放在長凳上，拿掉沾在鞋底的一團樹葉。

「這樣吧，馬克，假設你完全健康，除了幾處外傷，還有你眼睛不正常的顏色之外——順帶一提，你眼睛的顏色讓我很擔心。假設你並沒有心因性疾病的症候，這棟屋子、這座湖、這片森林，一切都是真實的，而我們兩個的確在進行這番對話。那麼你會怎麼解釋所發生的那些事？」

泰山快步跑向他們，馬克這才注意到，這條年邁的狗一直避免用牠的一條後腿出力。

「也許我的記憶已經被消除過一次？」他這樣猜測。「也許第一次的效果不盡理想，所以我突然想起從前生活中的一些事？」

「有可能。」哈博蘭德把嘴角上揚表示懷疑，「情形也可能正好相反。」

他彎下腰，朝著他們來時的方向扔出一根小樹枝，泰山只是懶懶地目送那根飛出去的樹枝。

「你這話是什麼意思？」

「我不太喜歡提起這件事，不過我也曾經短暫地幾近完全失憶。我拚命想要壓抑一個創傷經驗，因而引起失憶。」教授又揉揉自己的手腕。「為了找回我的記憶，我不得不走上一條驚險的路。不過，那個經驗教了我一件事。」

「什麼？」

「真相往往跟我們所想像的完全相反。」

教授轉過身，跟在他的狗後面往回走。馬克躊躇了一下，隨即加快腳步，才能再跟上教授。

「你擔心你的記憶被動了手腳，被消除了，說不定甚至是二度被消除。」哈博蘭德說，並沒有看著他。「可是，如果你的記憶是在這一秒鐘才被消除的呢？就在這一刻？」

馬克不寒而慄。「這怎麼可能？」

「嗯，我不確定布萊托伊醫院要怎麼在病人身上引發人為的失憶。到目前為止，喪失記憶都是偶然產生的副作用。不過，我可以想像他們讓受試者接受一種震驚療法。而這不就是你目前所碰到的情況嗎？接二連三發生的打擊？」

「為什麼會有人想這麼做？」

他們回到林中木屋前，隱約能聽見人聲從門廊後面傳出來，多半是艾瑪跟班尼克服了對彼此的厭惡，聊了起來。

「好讓你忘了某件事。問題只在於，什麼事。」

馬克閉上眼睛，想起他醒來之前，那場夢境中的一幕。

「我但願你並不知道，至少不要這麼早就知道。」

「我不知道。」他說，而這也是事實。

「那你就去回想，」教授停下腳步，殷切地凝視著他。「把你想忘記的事情想起來！」

「這怎麼辦得到？我要怎麼……」

馬克腕上的手錶答答響起，他伸手到外套口袋裡，然後拍了一下自己的額頭。

「你怎麼了？」哈博蘭德問，就連他的狗似乎也用詢問的眼神看著馬克。

「我該吃藥了，可是藥還放在我汽車的置物箱裡。」

「什麼樣的藥？」

馬克摸摸後頸的紗布。

「啊，對了。」哈博蘭德跨出一步，繞到他身後。「你提起這件事正好。」

「嗄？」

「檢查你頭部有沒有外傷時，我自作主張地替你換了紗布。你為什麼要包紮那裡？」

「我頸子裡有一塊碎片。」

教授無法置信地揚起了眉毛。「你確定嗎？」

「當然。嘿，你在幹嘛？」

馬克根本來不及反應，那個老人就一把扯下了把紗布固定在傷口上的那塊橙紅色膠布。

「雖然你看不見，可是你儘管用手去摸摸看。」

我何必去摸？康斯坦丁告訴過我，那裡要保持無菌。

「摸看看吧。」哈博蘭德引導著，把他的手移到那個位置上，而馬克大吃一驚，不是由於疼痛，而是他什麼也沒摸到，除了赤裸的健康皮膚之外，那裡什麼也沒有。

「那裡沒有傷口。」哈博蘭德證實了他這份可怕的感覺。

沒有碎片。

「看起來也不像曾經有過傷口。」

55

雪沒有預警地落下了，那雪還太稀鬆，不至於堆積在地面上，但道別時，哈博蘭德勸他們盡快離開這座森林。班尼載他們來這兒的那輛出租汽車用的還是夏季輪胎，一旦雪下大了，他們就會被困在那條林間小路上。而按照教授的說法，雪肯定會下大，他在道別時揉搓手腕，比起談話之初，顯得更加不安。

馬克雖然無法解釋這種對天氣的敏感，但班尼的確在開了幾公尺遠之後就打開了近光燈，並把雨刷的速度提高一級。十分鐘後，感覺那部車彷彿離開了被落葉覆蓋的地面，正穿過柏林上方厚厚的雲端。

「你跟教授談了那麼久，都在談些什麼？」班尼不安地用手指敲著方向盤。他的聲音聽起來很擔心，帶點猜疑。

「別擔心，關於你的事，都是我原先就知道的，沒有別的。」

然後他跟班尼說起，在他們散步途中又發生的一樁離奇事件。

「沒有碎片？」班尼問。

「沒有碎片。」馬克證實般地把頭轉到一邊，讓班尼能看見他的後頸。

「教授還說，要是真有這樣一塊碎片，醫生肯定不會開免疫抑制藥物，而多半會開抗生素，以避免發炎。」

班尼驚訝地搖頭。

他們搖搖晃晃地行駛在一條滿是坑洞的小路上，馬克仍然辨識不出他們身在何處。直到車子轉上一條拓寬過的無人道路，視線才變得比較清楚，馬克這也才知道他們處於這座城市的哪一區。他跟班尼以前就來過這裡一次，那是在很多年前，當時他們根本無法預知彼此之間將會出現嫌隙。他們沉落了父親汽車的那座停工礦坑應該就在這附近。

「中午一點差一刻，十一月十三號。我們從米格爾湖駛往科本尼克的舊城區。」他聽見艾瑪在後座對著她的手機講話。「不顧所有的警告，馬克．魯卡斯還是要前往沙克洛夫，到他岳父康斯坦丁．希納教授的住處去。」

康斯坦丁。

馬克閉上眼睛，設法對艾瑪的聲音聽而不聞。他想起那個他全心信賴的人，他相信他，更勝於相信自己，他和他分享了自己所有的心情：喜、怒、哀、樂和深深的憂鬱。

他敬佩康斯坦丁為人正直、目標明確，雖然馬克對他保守的政治立場不以為然，卻尊敬他所秉持的原則，還有他對每一個人表現出的慈愛，只要那人對他的獨生女有一點意義。康斯坦丁是個朋友，是馬克談心的對象，也是他的良師。而現在，他卻似乎主導著一樁計畫，一樁顯然是想要把他逼瘋的計畫。

「為什麼哈博蘭德過得這麼孤獨？」聽見艾瑪在他身後詢問，他睜開了眼睛。

她把手機擱在一邊，身體前傾。

「妳聽說過摧魂者嗎？」班尼反問。他語氣中的敵意聽起來沒那麼重了，而艾瑪會主動開口跟他說話，也表示他們兩人稍微親近了一點。顯然哈博蘭德所說的話還是對她產生了效果。

「發現那些被誘拐的女性時，她們就好像被活埋在自己的身體裡一樣。」班尼看著後視鏡。「聽說過嗎？也許沒聽過比較好。」

馬克轉頭看著班尼，首度意識到脖子上不再有紗布妨礙他。這種感覺很舒服，卻也讓他心生恐懼。

「哈博蘭德跟那件事有什麼關係？」

「這是個混亂的故事，有一次診療時，他約略跟我提起過。故事發生在這座城市的另一頭，差不多就在你現在堅持要去的那個地方。」

他們經過一個指示通往A一一三號道路的路標。馬路對面有好幾個人，擠在公車站的候車亭裡躲避風雪。可是風一吹，雪幾近水平地掃過馬路和人行道，只有躲在最裡面的人才能免於被雪掃到。雖然馬克的座位有暖氣，能感覺熱風從暖氣管裡吹上他的胸膛，但他就跟那些行人一樣無助。他所感受到的寒冷是另外一種，那股寒意來自他內心。

康斯坦丁。

他每星期去換藥兩次，每週兩次地感受他岳父對他的特別關愛，康斯坦丁總是親自替他換藥，沒有把這項任務交給護士。馬克懷著下半身可能癱瘓的恐懼度日，他岳父則勸他避免太激烈的動作，不准他做運動，不准碰觸傷口，甚至不能讓傷口沾到水，這使得淋浴成了高難度的活動。

一切都是謊話，一切都只有一個目的。

沒有碎片表示沒有傷口，沒有傷口表示沒有理由要按時吃藥。

原來就是因為這樣，藥房裡才沒有那種藥物的存貨。康斯坦丁要他每日吞服的肯定不是什麼抑制免疫作用的藥，那些藥也許是為了要抑制他的理智，讓他麻痺，甚至是改變他。重度精神病藥物，正如警察史托亞語帶責備的指陳。

馬克從外套口袋抽出那個小塑膠袋，裡面裝著尚未付錢的藥物，他拿出阿斯匹靈。雖然他覺得比幾個小時之前要好些了，但那些基本症狀，諸如暈眩、噁心、四肢沉重，卻沒有消失。

「哈博蘭德到底給了我什麼藥？」他問班尼，心想如果不喝水就把藥吞下去，他的胃不知道會有什麼反應。

「什麼藥也沒給。」

他弟弟往右切換到加速車道上，準備駛上通往快速道路的引道。雨刷拚命跟雪花相抗，雪花雖然不會留在擋風玻璃上，但還是會阻擋視線。

「教授的小屋裡沒有可用的藥物。」他解釋，朝馬克手裡的塑膠袋瞥了一眼。「最後一顆止痛藥給了你後頭那位女性朋友了。」

可是那塊膠布是怎麼回事？刺進我手臂的那個針孔呢？馬克想問，但隨即想起他在布萊托伊醫院裡抽過血，那是為了失憶實驗所做的預備，那個他從未參加，卻又似乎深陷其中的實驗。

我之所以覺得好一點，難道是因為那些藥片的藥效消退了嗎？自從不再服藥之後，我看得更清楚了嗎？莫非我之前的症狀只是停藥之後的暫時現象，而現在我的情況逐漸好轉？

他們在幾乎無人的快速道路上往北行駛。不同於下雨總是像個血栓一樣，導致首都交通動脈阻塞，每年的第一場雪向來有種清淨的作用。街道上空蕩蕩的，如果一個人膽子夠大，或是駕駛著一部能在雪地上安全行駛的汽車，會比在尖峰時間更為快速地通行。此刻，前後的車輛都距離他們很遠，幾乎連車燈都看不見。

望向車外的視線一片模糊，就跟馬克看進內心的視線一樣。對於珊德拉在這場瘋狂戲劇中扮演著什麼角色，他還是毫無概念。她似乎甚至為這齣戲寫好了劇本，預先寫下他經歷的所有夢魘。但這怎麼可能呢？為什麼他們的臥室裡有張嬰兒床？為什麼她想要更改遺囑，如同那個神祕的律師所言？不過……真有那個律師嗎？也許他就跟那間憑空消失的醫院一樣，其實並不存在？

這個隱形的路標又把我帶到康斯坦丁那裡，馬克在心中做出推論。他在一本雜誌上看見布萊托伊醫院所刊登的啟事，而那本雜誌就放在珊德拉父親醫院的候診室裡。

學習遺忘

可是要遺忘什麼呢？

今天還會發生什麼事？在十一月十三號？

哈博蘭德教授的聲音在他的記憶中迴盪：「把你想忘記的事情想起來！」

他要如何才能辦到？

班尼的手機嗶嗶響起，把馬克從思緒中喚醒。

「什麼事？」他弟弟讀了那則簡訊之後，臉色陰沉下來，班尼把手機塞回兩個座位之間的架子上。

「沒什麼，只是計畫改變了。」

「什麼意思？」

「我不能陪你了，馬克。我已經失去太多時間了。」

「做什麼事的時間？」

班尼露出一絲苦笑。「你不需要知道。我找錯對象借錢，而……」

艾瑪突然放聲尖叫，而安全帶緊緊勒住馬克，讓他不由得高舉雙臂。

「可惡，這是哪裡來的瘋子？」班尼喊道，生氣地按著喇叭。但太遲了，頂多只是讓那個超車的駕駛露出一抹疲倦的笑容。

馬克呆住了。

那輛車在他們前面變換車道，此時正以危險的高速朝坦柏霍夫大道的出口急馳而去，那是輛大批生產的高級箱型轎車。車牌被照亮了，但由於沾了污泥而無法辨識。儘管如此，馬克十分肯定是誰超了他們的車：那輛黃色的富豪汽車，艾瑪在警察局前面拍下來的那一輛，坐在前座朝他們轉過頭來的那個人，幾乎可以確定是個金髮女子。

56

「追上去！」馬克大吼，班尼還來不及抗議，馬克就已經伸手去拉方向盤。車子向右偏轉，那股力道把他們甩向前方，如同被後面的車子撞上一樣，但班尼只不過是踩下了剎車，好取回對車子的控制權。

「你在幹嘛？」班尼跟艾瑪幾乎同時大喊，幸好坐在後座的艾瑪繫著安全帶。

「珊德拉。」馬克只說了這幾個字，指著前方。

市區的氣溫要比米格爾湖高，雪片一落在柏油路面就融化了，視線也明顯清楚許多。

「在哪裡？」班尼現在被迫從坦柏霍夫大道的出口下了快速道路。

「那裡，在那輛富豪汽車裡。」

「你在胡說。」

「拜託！」馬克也聽出自己聲音裡的絕望，「幫我這個忙。」

班尼雖然搖搖頭，彷彿不明白他讓自己捲進了什麼麻煩，但還是加快了車速。

他們以高速沿著坦柏霍夫大道往前行駛，朝著空橋廣場的方向，經過那座已經停用的機場。

「也許你說的沒錯！」此時艾瑪也加以證實，她緊緊抓著後座車門上方的扶手。在他們前方，那輛富豪汽車擠到一輛公車前面，那輛公車佔用了三線車道上的兩線。此外，在他們前方大約一百公尺處，一輛停在路邊的大卡車使得路面變得更加狹窄。

此時已經看不見那輛富豪汽車，他們也不可能跟上去，儘管如此，班尼並未減速，仍然朝著被阻塞的車流末端衝過去。

「停下來！」馬克大喊，準備好面對最糟的情況。然而班尼不但沒有放慢速度，反而把方向盤猛地一轉，衝上了人行道。艾瑪又開始尖叫，而馬克之所以沒有跟她一起扯開喉嚨，是因為他一頭霧水。幾秒鐘之前，他還必須央求他弟弟追過去，而此刻班尼卻打算把他們全害死。當他們駛近通往機場的車道入口，馬克才又說得出話來。「別這樣，這不值得。」

班尼看進後視鏡，隨即又注視著前方。「只是讓你了解一下狀況，我們不是在跟蹤。」

「而是？」

「而是在逃亡。」

馬克轉過身去。

該死，這又是怎麼回事？

後面的摩托車騎士距離他們只有兩個手臂的長度，追蹤他們時，就跟班尼一樣完全不顧交通規則。他沒有戴安全帽，而是戴著黑色的滑雪面具，用一條藍灰色的領巾蒙住了嘴。那人騎著輕型的越野機車，一手扶著車把，另一隻手把一樣東西壓在耳邊。

「見鬼了，那是誰？」

班尼伸手去拿他的手機，似乎又收到一通簡訊，他從停在路邊那排車輛中的一個缺口又衝回馬路上，跟蹤他們的蒙面騎士也如法炮製。

「瓦爾卡的手下。」班尼說，往手機螢幕瞄了一眼之後，又把電話塞了回去。

「瓦爾卡？你還在替這個變態狂工作嗎？」

在這一瞬間，一道閃光亮起，在他們的側面，在車子外部。班尼剛剛以大約一百公里的時速闖過了一個紅燈，對馬克來說，這就等於回答了他剛才的問題。他們身後的機車騎士也同樣不理會那個有照相裝置的紅燈。

「那裡，正前方！」艾瑪喊道，指著終於又出現在前方的黃色富豪汽車。

此刻他們朝著市中心方向，行駛在美林大道上，只有那許多輛並排停在路邊的貨車使他們必須放慢車速。

二十秒鐘後，他們跟那輛黃色箱型車中間只隔著一輛Smart，直到身後那陣有如縫紉機的答答聲消失了，馬克才注意到，那輛越野機車似乎不見了。

「我們甩掉他了嗎？」他問，為了往右轉進萊比錫路，他們又闖過一個紅燈。此時雪已經停了。

「沒有。」班尼說，而艾瑪又開始尖叫，因為那輛機車突然從一棟建築物的車道入口衝向他們的右側，那個戴著滑雪面具的男子就出現在他們的側面車窗旁。

「他有槍。」艾瑪大喊，伏下了身子。班尼在那人還來不及扣下扳機之前踩了剎車，而這一回他們的確是被後車撞上的力道給甩向前方。後面那輛沉重的越野車來不及反應，以整部車的重量衝撞上來，他們的車因而在馬路上打轉。

「該死！」馬克還喊了一聲，但是已經太遲了。在車子打轉的那一剎那，他憶起跟珊德拉那場車禍的最後一瞬：車胎爆開時的巨響，方向盤如何偏轉，而那排樹愈來愈近。一切就發生在她把那張什麼也看不出來的照片拿給他看之後不久。

接著是一陣摩擦聲，不是在他的回憶中，而是在當下。他們撞到了那輛摩托車，那個騎士從側面消失在他們這部車的水箱下。嚇人的拖曳聲響了很久，那聲音比十根指甲刮過乾燥的黑板還要恐怖，然後他們的車子終於停住了。

驚嚇過後，班尼頭一個打開車門，馬克跟在他後面，艾瑪則全身發抖，繼續坐在後座，但並沒有受傷。「他到哪兒去了？」

班尼跟馬克面面相覷。

那輛機車橫躺在引擎蓋下方，就卡在那裡，但那個騎士卻不見蹤影。

一群看熱鬧的人立刻聚集在他們身邊，雙向車道上受阻的車流按起喇叭。

馬克往車後走，想確定那人沒有從汽車底下，一路被甩到後面那部車的車底。

「你們瘋了嗎？你們這兩個白癡？」越野車的駕駛對他們大吼，剛才他還在檢查被撞凹了的水箱。那人大約五十多歲，身穿一套慢跑服和一件長袖運動上衣，腳上穿著一雙迷彩綠的橡膠靴。「你們腦袋裡裝的是大便嗎？」

馬克沒理會他，也沒有彎下身尋找消失的機車騎士，而是不知所措地呆望著班尼的行李廂，在撞擊之下，行李廂的蓋子掀了起來。

這意味著什麼？

除了一個帆布袋之外，行李廂裡還有好幾樣武器：兩把刀、一把手槍、一把散彈槍，如果他沒有看錯的話，還有一把園藝用的剪刀躺在一個塑膠袋上，血紅色的液體在袋裡晃動。

他還沒來得及伸手去拿，人就被扯開了。

「不要碰！」班尼大聲喝叱。

「這是在搞什麼？」

馬克指著行李廂，此刻他弟弟用雙手壓下行李廂的蓋子。

「沒錯，這是在搞什麼？你們這兩個白癡，為什麼突然緊急剎車？」那個身穿運動長褲的駕駛在他們身後咆哮。「這他媽的是怎麼回事？」

在他們身後遠遠的地方，依稀可以聽見警笛的聲音從波茨坦廣場那邊傳來。

「快走，這裡我來處理。」班尼說，把行李廂蓋壓到了底。

馬克無措地凝視著那部轎車被撞凹的車尾。

「我之後會跟你解釋，我發誓，但是現在沒有時間。」

班尼望著這場車禍癱瘓交通之前，富豪汽車轉彎的那個十字路口。

「腓德烈大街總是塞車，說不定你還追得上她。」

他弟弟得再重複一次，馬克才總算回過神來，開始徒步追蹤。

57

沒跑多久，他就看見了她。

珊德拉。

那輛富豪汽車的駕駛先讓她下車，然後往前開到下一個路口的一座停車場，入口車道上方的閃光看板顯示，裡面還有三百一十七個停車位。珊德拉在等紅綠燈，她穿著奶油色的冬季大衣，衣領是人造毛皮，她把雙手撐在腰間，彷彿有脊椎痛的毛病。

也可能是她的肚子太重了。

馬克繼續跟上她，還沒走到路口，停車場電子看板上的數字便轉換為三百一十六。

她在這裡做什麼？是誰載她來的？康斯坦丁嗎？

人行道的號誌轉為綠燈，珊德拉往前走。看樣子她並不趕時間，一邊走，一邊在她那特大號的手提袋裡找東西。她每走一步，金髮就在背後隨之飄盪。馬克彷彿能聞到洗髮精的香味，覺得自己跟他的妻子是如此靠近，雖然他們之間至少還相隔五十公尺。

「珊德拉。」他喊，但只有幾個剛從一家手機店裡晃出來的青少年朝他看過來，嘲諷地對他品頭論足。他用手壓住腹股溝，用呼吸來對抗胸側的刺痛，當他幾乎忍不住想要休息時，他看出了她的目的地。

珊德拉要去購物。當然，孩子就快出生了。

馬路對面那家嬰兒用品店的櫥窗已然布置出冬天的氣息。一個造雪機噴出厚厚的人造雪花，落在展示的嬰兒護欄和嬰兒車上，店門口，一個比真人還大的雪人身穿粉紅色嬰兒服，招徠喜歡小孩的顧客。

珊德拉放慢了腳步，此時就在他伸手可及的距離。他伸出一隻手，想碰觸她的頭髮，想撫摸她的後腦，每次她偏頭痛一發作，就要他用力按她的後腦。他想按摩她的後頸，把她拉向自己，看進她的眼睛裡，她的眼睛會回答他所有的問題。然而最後他只敢輕輕敲敲她的肩膀，喊她的名字，聲量比他所以為的要大，他的聲音沙啞，連他自己都覺得陌生。

「珊德拉！」

她轉過身，在最初那一剎那，她還試圖保持冷靜，考慮是否該微笑還是打聲招呼，隨後恐懼占了上風，她的嘴角開始顫抖，而馬克簡直可以聽見她在想什麼。

他想對我怎麼樣？

她倒退一步，張開了嘴，但最後是馬克先開口說話：「對不起，真的很抱歉。」

他舉起了手。

從正面看去，那個女子跟珊德拉毫無相似之處，受驚的她只是搖頭。

「不，我不是要……」馬克結結巴巴的，看著她用雪白手指緊緊抓著的手提袋，這個金髮女子的年紀大得多，妝也化得太濃。「我認錯人了，對不起。」

然後他留在原地。

她先是倒退著離開，直到她自認跟這個陌生人之間有了一段安全距離，才轉過身去。馬克愣愣地望著她的背影，重複著他的道歉，她最後一次回頭時，用看野狗跟流浪漢的目光看著他。她走過那家嬰兒用品店，沒再多看馬克一眼，隨即融入一群日本觀光客中。在通往腓德烈大街的十字路口，那些觀光客剛從一輛遊覽車上下來。

「對不起。」馬克朝那個陌生女子消失的方向喃喃低語，她就像個不再記得的名字一樣消失了。

對不起。

他凝視著腳下，注意到他站在一灘融化的雪水中，看著他濕濕的手指不可抑制地不斷顫抖。馬克覺得自己血糖太低，然而卻不覺得餓。他疲憊不堪，卻又精神亢奮，有如空腹時喝下了一壺咖啡。而他想要哭泣，為了他的妻子、他的人生、他自己，但他卻哭不出來。

我神智不清了，他頭一次把這個念頭視為結論，而非疑問。接著他閉上眼睛，把臉埋在手裡，一點也不在乎那些被他擋住去路的行人會怎麼想。

也許根本沒有這些行人？也許他並非閉著眼睛站在人行道上，也沒有聽見大城市裡的喧囂。

也許我躺在一所醫院的床上？在我旁邊的不是停車自動取票機，而是點滴架？我並非穿著牛仔褲，而是插著導管？而車流穿梭的聲音是我的人工呼吸器所發出的聲響？

馬克害怕睜開眼睛，他擔心最糟糕的情況，亦即看清事實的真相，那真相將會揭露他的人生是個謊言。等他終於克服了這份恐懼，把眼睛睜開，他把頭向後仰，像個想用舌頭接住雪花的小孩。由於如此，起初他並未受到太大的驚嚇，因為灰色天空裡雲朵的變化讓他一時沒有看見那座鷹架。可是鷹架外的那層帆布隨即劈啪劈啪地響，被風吹得壓在那棟辦公大樓上。

這不可能。

突如其來的認知引發了一場內心的地震。馬克步履踉蹌，雖然他並未移動。

他緩緩地立定轉了一圈，彷彿他後頸裡仍有一塊碎片，像具3D攝影機一樣，把周遭的環境掃瞄進去，把那些讓他無比迷惑的資料儲存起來。他看見那家嬰兒用品店、汽車出租店、醫學專業書店，還有通往地下停車場的車道入口，手機店的充氣吉祥物在風中搖晃。他憶起所有這些細節，是他昨天從另一個角度觀察到的。

在小便的時候，在七樓。

當他轉完一圈，又回到起點，身後的艾瑪小心翼翼地把手擱在他的肩膀上，而他找到了最後的證據。他發現了那個擦亮的黃銅牌子，體面堂皇地標明位於這棟大樓的精神病醫院：

布萊托伊醫院

那家醫院又在那兒了。

而他就站在醫院氣派的入口正前方。

58

艾瑪也在同一個時間發現醫院，但反應比他要快。剛剛還擱在馬克肩膀上的手不經意地垂下，接著他看見艾瑪的背影，她朝著醫院入口的旋轉門走去，小心翼翼地一步一步往前走，彷彿遵從著一個催眠的指令。

「艾瑪，別去！」馬克還想對她喊，可是已經太遲了。在旋轉門旁邊，兩名男子打開了那道玻璃側門，手裡拿著打火機跟一盒香菸，從大樓裡走出來，走進戶外的寒冷中。艾瑪從他們身邊擠過去，在那扇門尚未關上之前，從門縫溜了進去。

馬克別無選擇，只好跟在她後面。

乍看之下，這棟大樓的入口大廳就像機場辦理登機手續的區域。一條紅毯通往一個鋁鋼櫃臺，一位年輕小姐身穿類似制服的衣著，在櫃臺後面等待訪客。她在跟一位白髮男子聊天，那人站在櫃臺前，手裡似乎拿著一杯咖啡。大廳裡播放著悅耳的古典音樂。

「這實在不該由您來操心，教授。」馬克緩緩接近艾瑪時，聽見那位年輕小姐在說話。艾瑪走到一半，在距離接待處大約還有十公尺的地方停下來，抬頭往上看。就跟這所醫院一樣，這個入口大廳也是個浪費空間跟能源的標準例子。大廳足足有三層樓高，從四樓開始，才是成排的辦公室。那些玻璃帷幕讓人覺得自己彷彿站在一個巨大的水族箱裡，只是水被放掉了。每走一步，都在天花板和牆面之間發出回聲，有如在教堂裡一樣。

「這東西總是出狀況，昨天我們甚至沒辦法上網。」接待小姐指著電腦螢幕，用輕快的語調繼續說。到目前為止，她跟她的談話對象都沒有注意到他們。

「我們得離開這裡。」馬克小聲地說，抓住艾瑪的手，那手又濕又冷。

「我跟你說過吧，它在這裡，這間醫院沒有消失。」

艾瑪的情緒過於激動，無法壓低音量。「他們告訴你的地址是錯的，馬克，他們想要引誘你到那個開挖的坑洞去。我偷聽到他們談話時，他們就是在討論這件事。」

她的聲音愈來愈大，終於引起櫃臺後面那位金髮小姐的注意。

「有什麼是我能替您服務的嗎？」她輕快地說。那位白髮男子也轉過身來，因為在跟這個比他年輕四十歲的金髮小姐打情罵俏時受到打擾，眼神中有一絲淡淡的惱怒。然而他的不悅只維持了很短的時間，那個咖啡杯隨即從他手中滑落，碎裂在大理石地板上。

「感謝老天，」他呼吸急促地喊，聽起來既吃驚又鬆了一口氣。接著他伸手去拿他的手機，「魯德威希小姐回來了。我再重複一次，魯德威希小姐……」

此刻馬克更使勁地扯著艾瑪的手，可是她有如在地板上生根了一樣，他無法移動她分毫。

回到出口，出去，離開這間醫院。

在他失去了那寶貴的幾秒鐘時，白髮男子已經朝他們走了過來。他的呼吸很喘，彷彿從櫃臺跑過來的這段短短距離已經耗盡了他所有的精力。他舉起一雙手臂，表示他沒有惡意。

「妳還好嗎？」他問，淚水湧進艾瑪的眼睛。

「你還記得？」她怯生生地問。

那男子此時距離他們只有兩步，馬克鬆開了她的手，以求在必要時可以獨自後退。

「當然記得，」那個老人回答：「我們到處找妳。」

一切都在剎那間發生，三名看護從他們斜後方的電梯裡衝出來，電梯的鋁門甚至還沒有完全打開。艾瑪太過困惑，乃至於沒有反抗，在幾秒鐘之內，他們就把她壓在地板上，把她的雙手固定在她背後，她馬上被打了一針，安靜下來。

馬克沒有機會幫她，心裡納悶他們為什麼還沒有對他動手，為什麼容忍他在這所醫院的接待大廳裡靜靜地旁觀，自問何時會遭到跟她相同的命運。

當一個黑影在他右邊出現，他嚇得往後退，隨即認出那個白髮男子，那人做了一件事，是馬克正盤算著要逃跑的大腦完全沒料到的。那人朝他伸出手來，並且向他致謝。「你幫了我們很大的忙，也替我們省下了很多麻煩。真的很謝謝你把她帶回來。」

「回來？」

馬克看著那幾名看護的背影，他們把艾瑪放上一張輪椅，推她進了電梯。

「我希望她沒有給你造成太大的麻煩？」

「麻煩？」馬克又複誦對方的話。

他聽見外面有輛汽車在按喇叭，感覺那像是來自另一個宇宙的信號。

「昨天她才讓我們的兩名看護受了重傷，當時他們想在大馬路上攔住她。她的妄想症發作時，她會有暴力傾向。這位先生貴姓？請問你是在哪裡找到我們這位病人的？」

那位白髮男子失望地把手縮回去，馬克始終沒有跟他握手。

「魯卡斯，」他本能地回答：「馬克．魯卡斯。」一邊伸手去摸後頸，這是他的另一個反射性動作，就算那塊紗布此刻已經不在了。

「喔，對，我想起來了。你曾經接受過我的治療啊。」

「你**認識**我？」馬克一個字一個字重重地說。

「當然認識。你發生車禍是什麼時候的事？六個星期前？」

馬克覺得天旋地轉。「你是誰？」他問那個男子，這個他這輩子從未見過的人。那人微笑時露出的假牙牙套、高高的額頭、脖子上接近下巴處的星形胎記，全都無法喚起他的記憶。

「喔，對不起，」那人說：「我以為你知道這裡是什麼地方。」微笑從他臉上消失。「我是派崔克．布萊托伊教授。」

59

沒有人阻止他。沒有壯碩的身軀擋住他的去路，沒有人伸手拉住他，也沒有人用手肘勒住他的脖子，把他的臉往下壓。要制服他其實輕而易舉，他這麼虛弱，根本反抗不了。馬克腦海中思緒翻騰。

如果這人果真是這所醫院的院長，那麼他昨天下午遇見的人是誰？是誰在新科恩區的露天泳池外面攔住了他，替他做了幾個小時的檢查？

那扇旋轉門又把他送回外面的世界，然而馬克覺得他的靈魂彷彿還留在布萊托伊醫院的大廳，留在那個白髮男子身旁，等待著他再回去。

他轉過身，抬頭往上看。這正是他昨天來過的地方，但他並非站在法國路上，而是站在相隔一個街區的一條平行街道上。

他們想把我整垮。不知道是誰想讓我失去記憶，而那人用了最簡單的伎倆。

昨天那輛豪華房車開到了法國路，從那兒轉進一座停車場，那座地下停車場很可能跟這棟辦公大樓相通。

馬克歇斯底里地失聲大笑。他從不曾看過布萊托伊醫院的外觀，而窗戶外面的帆布提供了掩護。只有從廁所的窗戶望出去時視線不受阻擋，然而那只讓他看見了十字路口的一小部分，他一點也沒有起疑。

現在呢？我該怎麼辦？

馬克步履踉蹌，漫無目的地沿著人行道往前走。他在對抗一個看不見的敵人，分辨不出善惡，甚至不知道發生這一切的原因何在。

也許真是珊德拉在背後主使這一切？也許是哪個公關顧問給了她這個建議，如果大家知道電影是根據真人真事改編，會讓那部電影更為成功。

只不過是先有劇本，才發生了真事！

法國路上的各種噪音朝他湧來，其中一聲汽車喇叭把他從思緒中拉了出來。還在醫院大廳時，他就已經聽見，不過這次聲音更近了。

他往旁邊看，認出坐在駕駛座上的是他弟弟。

「上車！」班尼把車停在他身邊，從那輛髒兮兮小車敞著的車窗對他喊：「快點，我們沒有時間了！」

60

那輛車似乎屬於一名年輕女性，不然就是個有幼兒的家庭。好幾隻腳上有吸盤的絨布大象黏在後車窗上，在汽車音響的錄音帶匣裡插著一捲《小象班傑明》廣播劇。

「我只是借用一下，」班尼解釋，雖然馬克並沒有問他。之前十五分鐘，他們兩個都沒有開口，而現在他弟弟突然多話了起來。「我會再把車開回停車場，我是說真的。警察來的時候，我沒辦法再等下去，所以就溜掉，然後替我們弄到了這部車。」

馬克只是無言地點點頭，無法集中精神，因為班尼的說話聲不是車裡唯一的聲音。還有一個聲音正在用英文唱歌，唱著一個大家該一起去的地方，只有自己知道的地方。過了好一會兒，他才意識到音樂是從收音機裡傳出來的。馬克把音樂關掉，把手放在車門的把手上。

「停車！」他小聲地說。

班尼對他伸出中指，「想都別想。」

「我不想跟一個殺人兇手有牽扯。」

「你也要跟那個瘋婆娘一樣來這套嗎？我沒有殺害任何人！」

他們以平穩的速度轉進圍繞著勝利紀念柱的圓環，班尼做了個深呼吸。這輛福斯汽車裡有嘔吐物跟廉價香水的難聞氣味，想來是有人嘗試用後者來蓋過前者。

「那你為什麼帶著一個血淋淋的垃圾袋和半個武器庫開車兜風？」馬克問。

「那些武器不是我的。」

「那是誰的？」

「瓦爾卡的。」

「你做了什麼？」

「什麼也沒做，我只是跟他借了點錢。」

「借錢做什麼？」

「一門穩賺不賠的生意，現在反正也無所謂了。我拜託瓦爾卡把錢匯到我生意夥伴的戶頭裡，可是那樁生意吹了，我上當了。」

「那塞在運動用品袋裡的鈔票是哪兒來的？」

班尼匆匆朝後座瞄了一眼，那個沾著血跡的帆布袋就躺在那兒。

「我保留了一部分現金，是瓦爾卡替我偷偷送進精神病院裡的。可是要還清全部的錢，我還少了另一半。」

他弟弟只用一隻手握著方向盤，另一隻手按摩著他踩油門的那條腿。

「現在他的殺手在追你？」

「差不多是這樣。如果我替他辦好一件事，瓦爾卡答應勾消我的債務。」

他們切換車道，超了一個大學生的車，那人正在六月十七大道上找停車位。在大學校區和下一個圓環前還有一個紅綠燈。

「他要你做什麼？」

「一個叫肯恩・蘇可夫斯基的記者太過仔細地調查了瓦爾卡，所以瓦爾卡要我殺了他，剪斷他的手指，也有可能是先剪斷他的手指再殺了他。之後他要我離開柏林。」班尼望進後視鏡。

「該死，幾個小時之前，我就應該要抵達阿姆斯特丹了。現在我完蛋了。」

「怎麼說？」

班尼嘆了口氣。「因為我當然只是虛晃一招。昨天晚上我去找過蘇可夫斯基，向他示警。在那之後，我本來想去跟所有我該道謝的人一一道別，你知道的，朋友、熟人，或是在我難過時幫過忙的陌生人，就像那位教授。」

他伸手從飛行員夾克側面的口袋拿出一張皺巴巴的紙條，遞給馬克。名單上有十個名字，前三個被劃掉了，最後一個被劃掉的是哈博蘭德。馬克確認自己的名字不在名單上。

「那是我開車帶你們去那兒的真正原因，你跟哈博蘭德去散步時，我把從瓦爾卡那兒拿到的一部分錢放在廚房的桌上。醫生是少數幾個真正關心過我的人，那是他應得的。」

原來如此。這一切漸漸有了道理。

「就跟雷娜一樣？」馬克問。

他們在一個紅燈前面停住，班尼吃驚地看著他。

「你是不是也用瓦爾卡的錢向你的護士道謝了？」

「沒錯，一萬五千歐元。」班尼沉默了半晌之後，點頭承認。

「我以為我可以在艾迪想把錢討回去之前離開柏林，可是他提早下了最後通牒。」

「那個血淋淋的袋子裡裝了什麼？」馬克還是有點猜疑。

「一個豬頭，是我送給瓦爾卡的道別禮物。我原本打算讓他在打開行李廂的時候發現，那時我早已不在國內了。」

紅燈轉綠了，而到目前為止，阻擋班尼說話的那道堤防似乎也跟著潰決。此刻他滔滔不絕地道出了一切：他昨天夜裡如何碰上交通臨檢，他行李廂裡的武器差一點就被發現了，瓦爾卡要他用那些武器殺了那個記者。最後他甚至把那個女孩在他公寓裡遇害的事告訴了馬克。「然後你跟這個有妄想症的女人出現了，我沒辦法及時離開，現在艾迪的人到處追我。」

班尼切到右邊，在最後一秒，從恩斯特羅伊特廣場的圓環出口開了出去。他們朝著德國歌劇院的方向，沿著俾斯麥路快速行駛。

「你需要錢，為什麼不來找我？」

馬克在外套裡摸索那個裝著藥片的小塑膠袋，確認那袋藥肯定丟在出車禍的那部車上。現在他別無選擇，只好期望那股噁心的感覺不至於變得更嚴重。

「姑且不論我們這段時間以來並不怎麼親近，」班尼瞥了他一眼，笑著說：「你沒有九萬歐元。」

天哪，這麼多？「看在老天的份上，你要這麼多錢幹嘛？」

「你最好不要知道。」

馬克試著不要提高嗓門。跟他弟弟吵架從來不會有什麼結果，別人愈是想要弄懂他，他就愈是封閉自己。「可是為什麼偏偏要跟瓦爾卡借呢？我認識一些人，如果你分期償還的時候慢了幾天，他們不會馬上挖出你的膝蓋骨。」他平靜地說。

「如果你指的是你岳父的話，那我只能大笑。」

「為什麼？」

「他破產了。」

「**什麼**？」

又一個紅綠燈由黃轉紅，對班尼來說，那只表示繼續加速，雖然他們旁邊的其他車子都踩了剎車。

「你這話是什麼意思？」馬克大惑不解。

「破產了。這幾個字難道還有別的意思嗎？」

班尼往後視鏡瞄了一眼，彷彿害怕又被跟蹤了。當馬克朝後面轉過身，卻沒有認出任何人。

「他開那家醫院花了太多錢了。你沒看報紙嗎？」

沒有，過去這幾個星期，我對外面的世界毫無興趣。

「還有，他手下的一名外科醫生在做心臟瓣膜移植之類的手術時出了差錯。錯不在康斯坦丁，但他還是得挨告。據說連那棟別墅都會換主人，就是我們現在要去的地方。」班尼從側面看著馬克。

「你還想去那兒吧，對不對？」

61

人類的大腦就連最顛撲不破的事實都有辦法壓抑，例如人人都必須面對生、老、病、死。每個人都會碰到的這一切顯得如此不真實。我們玩牌，但洗牌的卻另有其人，儘管我們經常為此感到絕望，到末了我們還是感謝這套制度的慈悲。假使我們能夠預見未來，還會想繼續走人生這條路嗎？

站在他岳父的別墅前，馬克這樣自問。班尼留在車裡，答應在車道上等他。班尼實在不太能接受他們必須來到此處的計畫。

「你在找什麼呢？」馬克下車時，班尼問他。

「尋找真相。」馬克這麼回答。

難道康斯坦丁是因為債務，所以想把馬克逼瘋嗎？難道他想讓馬克被判定沒有行為能力，好成為馬克的監護人，如此一來，就能得到出售那部劇本的收益？不論如何，馬克想討回他的人生，哪怕是一個鰥夫的人生。康斯坦丁站在他跟真相之間，他必須要求康斯坦丁說出真相，然後事情就會結束，不管是以什麼方式。

他用力敲著門，從前康斯坦丁總是在放小艇的船庫裡藏一把備用鑰匙，以防自己被關在門外。然而這種不設防的時光早已成為過去，三年前有人闖入，導致珊德拉失去了他們的第一胎，在那之後，康斯坦丁聘請保全專家，裝設了錄影監視器，有客人來訪時，屋內會響起不擾人的通報信號。進門不再使用鑰匙，而需要相符的指紋。然而馬克今天根本無需把食指按在門口冰涼的辨識器上，因為門本來就是開著的，他一敲門，門就慢慢地開了。

「哈囉？」

馬克走進前廳，感覺到不對勁，雖然一切看起來都仍在原位：進門處那張可以放手機和鑰匙的小桌、裝飾著樓梯前端的大理石圓球，還有那面鑲著銀邊的巨大鏡子，訪客在鏡子裡顯得更高也更苗條。通常這讓客人一進門就感到心情愉快，但今天在馬克身上卻起不了作用，原因不僅在於他岳父從來不會不鎖大門。

而是因為他聽見了陌生人的聲音。

一男一女在二樓交談，兩個人聽起來都很愉快，對彼此很熟悉。

「哈囉，是我。」馬克對著樓梯往上喊。沒有回答，只有一聲輕笑，接著是那個男子的一段長長獨白。

他爬上樓梯，從前他會在每隔一週的週日，跟珊德拉一起爬上這座樓梯。每個月兩次，康斯坦丁邀請全家人來喝茶，珊德拉的母親過世之後，大家都以為這個傳統將會中斷，但康斯坦丁卻把這個傳統維持下來。於是他們繼續開車到這兒來，在樓上圖書室的壁爐前聊聊最近發生的事，這棟屋子裡共有三座壁爐。每隔一週的週日都是如此，直到發生了那場車禍。

馬克爬到樓梯上面的平台，那兩人說話的聲音更大了。

「康斯坦丁？」他沙啞地喊。他有好幾個鐘頭沒喝水了，他的舌頭好似不再屬於他。

走廊在他面前分別向兩邊延伸，左邊是客房，右邊是書房跟相連的圖書室，聲音就是從那裡傳出來的。馬克靠得那麼近，乃至於他能聽懂一部分對話。

「是我就不會那麼做。」那女子愉快地抗議。

「真的嗎？我可不那麼確定。回想一下妳的難堪經驗。」那個男子回答。

「噢，上一次是在游泳池裡，不過我實在沒辦法講給你聽。」

雖然馬克幾度出聲，讓別人知道他在這裡，那對男女卻沒有回答他，這讓他覺得心裡發毛。於是馬克決定，從現在開始，盡可能不要發出聲音，躡手躡腳地往右邊走，踏上光線昏暗的走廊。

更接近書房時，除了那兩人的說話聲，馬克還聽得見一種靜電的輕微沙沙聲。書房大約位於走道中間，在客用洗手間的斜對面。

「妳說謊。」那個男子在門後笑著說。

「不，真的，我實在記不清楚了。」

「喔，這還真巧。」

馬克屏住了呼吸，壓下那個沉重的門把，開了門，隨即愣住了。

那對男女在其中正聊得起勁的書房一片凌亂，立式檯燈倒在地上，斜對面是被割破的皮沙發，波斯地毯被揉成一團，像條特大號的手帕，扔在一個空書架前面。原本放在架上的書籍、圖片、相框和藝術品散了一地。

馬克環顧四周，尋找那對男女，並在一塊滿是灰塵的玻璃後面找到了他們。那台電視倒在一個水已流光的海水水族箱後面，這台老電視還能運作，實在是個奇蹟，那許多條死在木質地板上的魚就沒有那麼幸運了。

「您覺得呢？我們很重視各位的意見！」螢光幕上的男子說，他的模樣就像個漫畫版的晨間節目主持人，繫著一條喜氣洋洋的領帶，穿著一件喜氣的外套，帶著喜氣的笑容。攝影機又往後拉，拍出攝影棚的背景，和他那位金髮同事。

「不，我真的不願意回想那件事。」

「妳看吧？」

畫面每兩秒鐘就閃動一次，而且聞起來有燒焦的氣味。電視機的電線受損，碰到從水族箱裡流出來的水，起了反應。

馬克決定，還是讓電視繼續開著比較安全。他望向那張書桌，在這片混亂之中，那是唯一一塊淨土，屹立在整片面湖的窗前，彷彿足可讓國家元首在上了漆的桃花心木桌面簽署改變世界的合約。馬克從碎玻璃上踩過去，用腳把那個翻倒的地球儀兼迷你吧推到一邊，同時在心裡盤算接下來該怎麼做。

要在一棟單是臥室就有六間的屋子裡尋找危險藏在何處是不可能的，如果那個闖入者還在屋裡，馬克只有任對方宰割的份。另一方面，他也沒有理由再留在這裡。在這片混亂中，他想關掉身後那喋喋不休的談話，卻連電視遙控器都找不到，更別說找到能為他心中的黑暗帶來光亮的答案了。

「話雖如此，可是要是當中出了差錯怎麼辦？」

「好吧，親愛的觀眾，您對這件事情有什麼看法呢？請撥打螢幕上顯示的熱線電話。」

馬克正打算離開，此時他的目光落在地板，一個從書桌裡被抽出來的抽屜上，乍看之下，這個抽屜就跟其他的抽屜一樣，要看上第二眼，才會發現那個令人不安的差別。

「您會不會參加呢？現在請各位觀眾來表決！」

馬克蹲下來，摸著那幾個數字，有人用稚氣的筆跡，將之潦草地寫在抽屜背面。

11．23

他的孩子預定出生的日期。

「按一表示『會』，按二表示『不會』。」

他把抽屜翻過來，裡頭只有一份文件。他用顫抖的手指拿起那張灰綠色的銀行收支明細，是康斯坦丁在私人銀行的戶頭。

「不過，現在讓我們來播放《檔案〇九》的一集報導，是我們所敬重的 SAT 1 電視台同事烏里希．麥爾所提供的，這集報導肯定會影響您的看法。」

過去這幾天以來，提款的金額愈來愈高，戶頭已經出現赤字，最後一行註明著「帳戶已凍結」。

馬克朝電視看過去。

在這一秒，他內心的紛亂得跟這個凌亂房間毫無差別。彷彿也有人把他理智的所有抽屜都抽出來，弄翻在地上，而他無法再釐清個別的思緒。珊德拉、康斯坦丁、他們的寶寶，這一切都互有關連，卻沒有一件事有道理。康斯坦丁的債務也好，這間被搗毀的書房也好，或是此時正朗聲說出他名字的他妻子的聲音也好。

62

馬克不知所措地呆望著電視螢幕，上面出現了珊德拉的特寫鏡頭。她的頭髮汗濕，沒有吹整過，她的眼睛紅紅的，向外突出，她看起來很絕望、很緊張。儘管他從未見過她這般狼狽的模樣，他還是認出那是他的妻子。

鏡頭硬生生轉到一個體型瘦長的記者身上，就一個新聞性節目的調查報導來說，他顯得過於年輕，但他低沉的嗓音彌補了他外型魅力的不足。

「布萊托伊醫院一向被視為正派經營的私人醫院，主治心因性疾病。不過這幾天以來，一項不尋常的實驗引起了騷動。據說這個實驗就在我身後這棟建築物裡進行，但顯然並未獲得政府機關的核准！」

攝影機先是掃過醫院前面那熟悉的鷹架，然後鏡頭裡出現入口處的黃銅牌子。記者在幕後配上旁白：「那個計畫的名稱是記憶實驗，據說，在這個實驗中，受試者的記憶會被消除，好讓他們得以抹去一生中最難堪的回憶。這個想法當然很誘人，意外、失戀、悲劇，假如能夠永遠忘記讓我們傷心的一切，那會如何？」

那名記者又出現在畫面裡，走在那間醫院前面的馬路上。行人好奇地朝他轉過頭的畫面一併被捕捉。「可是，如果在這個過程中出了差錯，那會怎麼樣？如同這位病患，有人把他的檔案交給了我們。」

馬克嚇了一跳，電視上出現一份被塗黑部分資料的文件，雖然無法辨識主治醫師的姓名，但他自己的名字，馬克．魯卡斯，卻幾乎在每一行裡出現，病歷右上角的照片也沒有被遮住。

「對，這是我丈夫的病歷。」珊德拉證實了這樁不可思議的事，她的聲音比剛才還要絕望。「請您說出他的名字、公開他的照片，也許他能藉此找回他的記憶。」

此時攝影機不僅拍到珊德拉的臉，也把她的全身都納入了鏡頭。她躺在一張醫院病床上，肚子變得更大了。

馬克開始無聲地哭泣。

「我不知道為什麼會這樣，可是我丈夫在那裡接受過治療，而現在他什麼都記不得了。」鏡頭又是一轉，一具手提攝影機搖搖晃晃地朝著布萊托伊醫院的接待櫃臺移動，就是不久之前，艾瑪被制服的地方。突然有一隻手伸到鏡頭前面，一陣推拉之後，觀眾就只能從一個歪斜的角度看見那個大廳。

「可惜該院院長不願意針對這些指控表示意見。我們的拍攝小組被禁止進入醫院。」

在醫院裡的珊德拉最後一次發表意見，結束了這段報導。「他什麼都記不得了，」她又說了一次：「不記得我，也不記得我們的寶寶。」眼淚從她的臉頰滑落，「老天爺，他甚至不知道胎兒有意外狀況。」

意外狀況？

此刻他太太直接對著攝影機說話：「馬克，如果你聽見這段話，就快到我這兒來。」

她在啜泣，「求求你，我們的寶寶不太對勁，他們得提早替他接生。」

這段插入的影片就此結束，接下去又是那一雙主持人聒噪的對話。他們咧嘴微笑，彷彿剛剛結束了十月啤酒節的實況轉播。

「那麼，各位觀眾可以繼續表決。」那名男主持人笑著說：「你會讓別人消除你的記憶，好讓你再也不必想起一段難堪的經歷嗎？」

「還是……」那名女主持人接著說：「你會說：『不，我不做這種事，馬克．魯卡斯的例子就是殷鑑。』順帶一提，他太太今天下午即將分娩，她會在希納醫院，以剖腹生產的方式生下寶寶，說來悲哀，孩子的父親……」

馬克站起來，摀住了耳朵，想用他的尖叫蓋過那兩名主持人的聲音，好讓他不必再忍受這場瘋狂。

就在這一剎那，一聲槍聲在車道上響起。

63

他到樓下時，他弟弟正一頭撞上院子裡一盞路燈的柱子。他想必是得以從車裡逃出來，奪下了攻擊者的武器。那把槍躺在半公尺之外，在一叢觀賞用的灌木旁邊，槍的主人正準備狠狠地朝班尼的腰間踹下去。

馬克不知道這人是否是之前那個摩托車騎士，還是瓦爾卡派來的另一個打手。那個男子沒有戴著滑雪面具，只不過對一個偏好運動型摩托車的人來說，他的體型顯得太過龐大。

班尼想站起來，但是辦不到，試圖手腳並用地爬出危險地帶，卻徒勞無功。攻擊者從後面朝他兩腿之間踢下去，班尼的身體像把折疊小刀一樣縮了起來，那名打手隨即彎下身子。

趁著這個時候，馬克悄悄繞過了那部車，如今那車少了擋風玻璃。現在他距離那把槍只有兩公尺，先前那個殺手想必是用那把槍擊碎了擋風玻璃。他正想繼續縮短自己跟那把槍之間的距離，此時那個彪形大漢笑著朝他轉過身來。

「我看起來像個娘兒們嗎？」他問。

馬克舉起了雙手。

他從正面看見了那人的臉，認出這個想殺害他弟弟的人。

「哈囉，瓦爾卡！」

他比馬克記得的還要胖。

「看哪，看哪，我們親愛的街頭社工先生。嘿嘿，我們樂團的成員又到齊了。」

艾迪傲慢地咧嘴笑了，一邊檢查手槍的彈匣。每次發射之後，灌木叢旁邊那把散彈槍就必須重新裝上彈藥，但是班尼這把手槍裡裝了足夠的子彈。

「真可惜，當初你為了那個小妞而離開我們的樂團。」

「從什麼時候開始，你不怕弄髒自己的手了？」馬克問，他呼出的空氣散做白霧，但他既不覺得寒冷，也沒有感覺到從湖上吹來的風。恐懼讓他全身發熱。

「從你弟弟想他媽的擺老子一道時開始。」瓦爾卡回答，每吐出一句髒話，他就踹班尼毫無保護的臉一腳。奇怪的是，他弟弟只用上臂護住腹部，卻沒有護住自己的臉。濃稠的血從他嘴和鼻子裡流出來。

「原來你也是艾迪墨菲的影迷。」在那個狂人踹第三下之前，馬克喊道。

瓦爾卡愣住了，「什麼？」

「那是一部電影的對白，『絕對不要想整整人的人（never fuck a fucker）。』或是類似的話。出自《你整我，我整你》那部片，不過無所謂啦，瓦爾卡，你的說法也很好。」

艾迪咧嘴一笑，往下看看在他腳邊縮成一團的班尼。「你就是為了這個愛耍小聰明的傢伙，被關在瘋人院裡？」

「去你的！」班尼聲音沙啞地擠出這幾個字，並馬上為此付出少了一顆門牙的代價。

遠處傳來一艘貨船的氣笛聲，那船正沿著水路，往格里尼克橋的方向前進。馬克環顧四周，在這一區，每一戶人家的地產都大到無法從車道看見房屋。沒有人會來幫忙，而在他前面的那把散彈槍，此刻也只不過是根無用的棍棒。瓦爾卡距離他有三部車身那麼遠，假如馬克衝出去，在他跑到一半之前，整個彈匣裡的子彈都會射進他的胸膛。

馬克很清楚這一點，就跟艾迪一樣，他根本沒有費事地把槍對準馬克，而是蹲了下去，那雙牛仔馬靴的金屬鞋尖距離班尼的右眼只有幾公釐。他抓起班尼的頭髮，把他的頭從石子路上抬起來，直到班尼滿是鮮血的嘴就在瓦爾卡唇邊。

「好吧，班尼，你準備好去死了嗎？」他輕聲問，用手槍抵住班尼的下巴。

此刻他聽起來不再像個流氓，而像個心理變態狂，那是他的真面目。

馬克震驚地看見他弟弟疲憊地點點頭，像是已經認命。

班尼同時輕聲對瓦爾卡說了些什麼，他細微的說話聲，被風聲和樹木的窸窣聲所淹沒。帶血的唾液從他的下巴往下滴，而基於某種不可解的理由，在班尼閉上眼睛之前，他的眼中彷彿流露出深深的感謝。

「那好吧，你就下地獄去吧，你這個瘋子！」艾迪說。

馬克決定寧可衝向死亡，也不要束手無策地站在這裡，他剛剛下了這個決心，瓦爾卡卻做出一件完全不合邏輯的事。

他憐愛地摸摸班尼的臉，隨即站起來，把那把手槍一拋，扔得遠遠的，然後沿著那條石子路，朝著院子大門走出去，沒有再回頭。

64

「他為什麼那麼做？」馬克必須對著行車時迎面撲來的風大喊，那風彷彿以龍捲風的速度吹上他的臉。瓦爾卡之前開槍擊碎了擋風玻璃，幸好只把無人的前座打成了蜂窩，班尼在千鈞一髮之際伏下了身子。

「為什麼艾迪就這樣走了？」馬克朝後面轉過頭去，他弟弟縮著腿，橫躺在後座上，用身上那件T恤的下襬擦拭嘴巴。

「我不知道，大概今天是我的幸運日吧。」

班尼一陣作嘔，轉身側躺，吐在腳踏墊上。過了好一會兒，他才能繼續往下說：「我猜他是不想弄髒自己的手，他的手下遲早會找到我。」他呻吟著，「反正一切都結束了。」

馬克不知所措地搖搖頭，對著迎面而來的風大喊：「我們馬上就到了。」

屋漏偏逢連夜雨，又下起雨雪來了。濕濕的雨雪擋住了他的視線，汽車、行人、車道上的標誌還有路旁的房屋，一切都在他眼前化做一連串舞動的影子。

「我們要去哪裡？」班尼試圖抬起頭。

「希納醫院。」

一輛家庭用的箱型車在他們後面閃燈，催促他們開快一點，但馬克實在有心無力，他不可能開得更快。

他鬆開緊握方向盤的手，往手上吐氣，伸手觸摸他外套內袋裡的那把手槍。他在一灘融化的雪水裡找到它，彈匣還插在槍上。

「該死的，我們這是在哪裡？」班尼想用手肘把自己撐起來，但隨即又無力地頹然倒下。沿著克拉多威大道，此時他們穿過的社區可以媲美如詩如畫的巴伐利亞村莊，這裡又乾淨又整齊，小酒館取名為「馬車小館」或是「村莊小棧」，而教堂尖塔的數量就跟馬場一樣多。難怪那些逛市集的人睜大了眼睛，盯著他們這輛被槍打爛的破車，活像是在看一個世界奇蹟。

馬克鬆開方向盤，擦掉臉上的雨雪。雪的成分愈來愈多，而他把油門又鬆開了一些。

「我得告訴你一件事。」他聽見班尼呻吟著說，馬克望進後視鏡。

「當年你離開樂團，而我吞了那些安眠藥的時候……」

「那個情況很糟，我知道，老弟。我那時候應該多關心你一點的。」

「不，我不是這個意思。」班尼在咳嗽，「那不是因為你的緣故。」

「而是？」

「是為了珊德拉。」

這句話就跟雨水一樣，冷冷地打上馬克的臉。珊德拉？

「你不是唯一愛上她的人，馬克。」

他朝後轉過身。

「別擔心，」班尼防衛地說：「我跟她之間沒有什麼，就算一開始的時候，她還猶豫不決。」

馬克全身痙攣，手指把方向盤抓得更緊，試圖整理翻騰的思緒。

原來這就是原因。

所以珊德拉在他們剛開始交往時，吊他吊了那麼久，因為她無法在他和他弟弟之間做出決定。

「為什麼你要告訴我這件事？」

班尼慢吞吞地回答：「為了讓你別再為我操心。事實是，當年珊德拉很快就愛上了你，我只不過是那個需要幫忙的小弟，一時之間讓她有點迷惑，弄不清楚自己到底想要什麼。我們見過三次面，之後她就明白，選擇你才是正確的。我接受了她的決定，可是在那之後，我實在受不了再待在你們身邊。」

難道說……

那張拼圖一片片地逐漸成形。

班尼第一次試圖自殺，是因為失戀？

「你從來沒有扔下我不管，馬克，是我跟你斷絕了聯絡，直到……」

他的聲調仍然上揚，馬克追問：「直到？」

「媽的，直到珊德拉有一天湊巧又在路上碰到我。那是她第一次懷孕的時候。」

馬克連呼吸都有困難。

三年前？難道班尼是她舉止那麼奇怪的原因？她和他約在科恩區的街頭咖啡館見面？

「你很難想像，不過我那時候的情況比今天還糟。」班尼又吐掉了一點血。「她立刻看出我過得渾渾噩噩的，自動把過錯推到她自己身上，好像她選擇愛你，是我墮落的原因似的。」他乾笑了一聲。「一派胡言，那完全是我自己的責任。」

他的聲音愈來愈溫柔，聽起來宛如在夢中，而馬克漸漸明白了。

該死，他還愛著她，在這麼多年以後。

「你們真的很像，馬克。她想要幫我，彌補她自認為犯下的錯誤。恐怕當時她甚至回頭審視過你們的關係，自問當年是否做出了正確的決定。媽的，珊德拉那時候是個荷爾蒙過剩的孕婦，你肯定也經驗過她情緒的波動。」

「我還是不懂，你到底要告訴我什麼。」

「其實很簡單。在那段時間裡，珊德拉好幾次跟我約了見面，而我們每見一次面，她的情緒就變得更糟。她沒辦法跟你談這件事，畢竟事關你們的婚姻，再說她也知道我們兄弟之間的關係有多糟。最後，她去向她爸爸求助，她想求他，看他能不能幫幫我，用他的錢和他的人脈。」

馬克又短暫地把頭轉到後面去，他弟弟很少像此刻這麼悲傷。

「現在你懂了嗎？」班尼聲音沙啞地問：「要不是因為我，她就不會失去你們的第一個孩子。要不是因為我，歹徒闖入的那一天，她就不會在康斯坦丁的別墅裡，而是跟你在一起。」

馬克發覺自己屏住呼吸已經太久了，他貪婪地吸進冰冷的空氣，然後咳了起來，在過去這幾分鐘裡累積的緊張情緒隨著咳嗽而稍稍化解。

「忘了吧。」馬克拭去一些擋風玻璃的碎片，接著他把班尼的手槍放在身旁，萬一又受到攻擊，他伸手就能拿到武器。「那不是你的錯。」

「是我的錯。」

「不，那是個巧合，是命運的捉弄。真要說是誰的錯，應該說我們兩個都搞砸了。」

馬克默默地思索他弟弟的告白，一會兒之後，他們在一個紅燈前停下來。風向改變了，馬克利用這段時間，用一條手帕把眉毛、鼻子和嘴巴擦了一下。

「當年我們全都做錯了，對不對？」馬克問。

班尼呻吟了一聲表示同意。

「那今天呢？」馬克望進後視鏡，「今天我們能把事情搞定嗎？」

「我不知道，我們可以用收音機來占卜一下。」班尼忍著痛，開玩笑地說。

收音機占卜。

光是這幾個字，就勾起了一連串的舊日回憶，如同又捲進車裡的雪花一樣濃密。

如果他沒有記錯的話，他們最後一次玩這個遊戲，是在他們把父親的車沉入湖裡的那一夜。

「我該玩嗎？」馬克問。

「該。」班尼叫道，咳了起來。或許他在笑，馬克無法確定。他們正轉進黑爾街。

「好吧，要問的是：『親愛的收音機占卜，今天這一切會怎麼收場？』」

他把車速加快到每小時五十公里，看也沒看地伸手打開了收音機。

廣告。

「我們沒有時間了，轉台！」

馬克啟動了自動搜尋功能，先是找到一個爵士樂電台，接著是一個古典音樂台，之後的電台不是在閒聊，就是在報新聞，整整找了七次之後才成功。

I know, I know what's on your mind，一個高亢而特殊的男聲唱著，And I know it gets tough sometimes.

「喔，你大可以這麼說。」班尼喊道。

我知道你在想什麼，有時候日子很難熬。

馬克轉身向後。「你知道唱歌的人是誰嗎？」

班尼閉上眼睛，然後遺憾地聳聳肩膀，從他臉上腫脹的傷口，可以想見他有多痛。

「你呢？」班尼用幾乎聽不見的聲音問。

他們駛上一座結冰的橋，跨越哈弗爾河，而車輪失去了控制。馬克放慢了車速，雖然他一心只想盡快抵達醫院，好治療班尼的傷。

而且珊德拉正要在那兒把孩子生下來？

他幾乎慶幸他的大腦可以忙著玩這個孩子氣的收音機占卜遊戲，免得他滿腦子想著，他正開車前往醫院，準備目睹他死去的妻子分娩。

「我馬上就想出來了。」他說，當那段副歌響起。

Cause it's all right, I think we're gonna make it.（因為不要緊，我想我們辦得到。）

馬克用衣袖把臉擦乾，他的皮膚、嘴唇，甚至連舌頭都快凍僵了，但他們就快到了，他已經依稀能見到那棟大樓。

希納醫院位於史潘道區跟夏洛蒂堡區的邊界，院區的大多數建築都只有三、四層樓高，從黑爾街上看過去，會被那排濃密的樹木擋住，幾乎看不見。只有那棟十五層樓的新大樓像個陽具般巍然聳立，裡面有供病患家屬及療養病人住宿的旅館。那座大樓已成為有助於汽車駕駛辨認方向的地標，如果想去森林舞台聽一場音樂會，最遲得在這裡打起閃光燈。

I think it might just work out this time.（我想這一次事情可能會成。）

「你聽見他在唱什麼了嗎？一切都會很順利。我們辦得到的。」

All right.

馬克知道這是個荒唐、可笑、幼稚的迷信，儘管如此，他還是忍不住為了這個占卜結果感到高興。

他們離開了黑爾街，轉進一條私有道路。道旁有標誌提醒車輛減速慢行，戶外的燈光已經點亮。

「好吧，可是那個歌手叫什麼名字？」班尼繼續咳嗽，此刻那聽起來已經不再像是笑聲。

難道瓦爾卡還是射中他了？

對他弟弟的擔憂，趕走了占卜結果所帶來的莫名欣喜。

「我不知道。」馬克小聲地說。那條路愈來愈窄，他們經過了一個供訪客使用的停車場。

「該死，你知道那代表什麼意思。」

馬克無言地點點頭。他當然曉得規則，畢竟那規則是他自己在二十多年前發明的。必須認出歌手，收音機占卜才會有效，否則就會帶來不幸。

「對，這不是個好兆頭，但是我馬上就想起來了……」

克里斯，克里斯多夫，克里斯．瓊斯，克里斯多福……

馬克知道他就快想起來了，此時一支手機在他腳邊響起，他詫異地往下看。「嘿，老弟，有人找你。」

他彎下腰，伸手去拿那支諾基亞手機，手機的螢幕在閃動，一個沒打開的信封顯示，收到了一則簡訊。

「之前從我身上掉下去的。」班尼說。

馬克吃了一驚，接著他全身的肌肉都痙攣起來。

「怎麼了？」他弟弟從後面問，然而馬克有如麻痺了一般，呆望著手裡那支手機。

這不可能是真的，不要居然連……

班尼啟動了預覽功能，所以有足足兩秒鐘的時間，馬克得以看見那則簡訊的內容，以及發送者的名字。

你們在哪裡？動作快一點，班尼，時間馬上就到了。馬克不在的話，我們沒辦法開始！

康斯坦丁

馬克無措地呆望著後視鏡，下一樁令他震驚的事就在那裡等他。起初他只看見他弟弟伸出手臂去抓扶手，接著班尼的臉進入了他的視線。

他弟弟往前撲，伸手穿過那個被子彈打爛的前座靠背。可是馬克的動作更快，他踩下剎車，那把槍因此向前滑，車身旋轉了九十度，又向前滑了半公尺，才停在一個禁止停車的牌子前面。

馬克伸手從下面撿起手槍，把槍管抵在他弟弟流血的額頭上。

65

「別靠近我，」馬克大叫，他下車時，幾乎無法在濕滑的路面上站穩。「留在你現在待的地方，你這個卑鄙的叛徒！」

空氣裡有股汽油味，那輛小車的冷卻器轟隆隆地響，像個吸滿灰塵的吸塵器。馬克一個踉蹌，差點跌倒。

他放棄了牽制他弟弟的念頭，跌跌撞撞地盡快沿著車道往上走。

那條用石塊鋪設的道路通往一棟樸素的平頂建築，兩部救護車停在那裡。不同於布萊托伊醫院，康斯坦丁沒把從自費就醫的病患那兒賺來的錢，花在建築或室內設計上，而是用來添購新穎的儀器、聘用受過頂尖訓練的醫護人員。因此，乍看之下，這個入口大廳就跟一所公立醫院沒什麼兩樣：包覆著鋁鋼的接待櫃臺，醫院必有的書報攤位及販賣部，電梯旁邊的牆面上標示著各個樓層的所有科別，稍微後面一點是通往訪客餐廳的入口。

往哪兒呢？我該去哪裡？

馬克轉身，撞到了一張空輪椅，一名年輕的看護把輪椅擺在那兒，自己在跟門房聊天。要不是馬克伸手抓住接待櫃臺，他差點就摔了一跤。

「他在哪裡？」馬克大叫，舉起了手槍。那名看護頓時臉色蒼白，手裡拿著一個有夾子的寫字板往後退。馬克身後吵雜起來，他聽見叫喊聲，接著是急促的腳步聲和更多的尖叫。門砰地關上，冷空氣從外面擠進來，然而這一切都發生在另一個世界裡。

「康斯坦丁．希納，你躲在哪裡？」

那個門房是個矮胖的男子，眼睛紅紅的，有著三層下巴，他舉起一雙手臂，坐在旋轉椅上往後滑動，彷彿只要在他跟那個瘋子之間有足夠的距離，就足以減輕子彈的力道。他在發抖，張開了嘴，卻什麼聲音也發不出來。他就跟醫院的那段廣告影片一樣寂靜無聲，那段影片正在他們上方的平板電視螢幕上，不停地重複播放。

「他在哪裡？」

「在手術室，」門房總算用沙啞的聲音擠出這幾個字，他用身上那件藍色制服的廉價布料擦拭自己汗濕的額頭。「三號手術室，在四樓。」

「好，現在你去打電話叫警察來，懂了嗎？在那之前我不會……該死，這是什麼？」

馬克沒有把話講完，抬頭往上，看著螢幕上的康斯坦丁，廣告片正播放到他岳父帶著一群感興趣的病患參觀這所醫院的片段。透過一個幸福的家庭，向觀眾證明接受高級醫療的好處。

馬克緊張地眨眼。

他從未見過那名年輕女子，跟那個笑嘻嘻的小孩，可是他認得飾演丈夫跟祖父的兩名演員。年長的那一個，正帶著讚許的表情在審視手術房，他就是向馬克自稱是布萊托伊教授的人。另外一個則不愛住單人房，寧願躺在馬克家地下室的堅硬行軍床上。影片中突然出現一個壯碩的看護，推著一個坐在輪椅上的灰髮男子往餐廳走，馬克也不是第一次看見這兩個人。坐在輪椅上的男子之前假扮成流浪漢，把他死去妻子捎來的紙條塞給了他。而那個身材高大的看護，昨晚他不准馬克進入自己的辦公室時，馬克就覺得他很眼熟。也許馬克曾經在其他的電視廣告裡見過這名演員。

「事情不是你所想像的那樣。」

馬克猛地轉過身，看見他弟弟的臉。班尼小心翼翼地朝他走近，走路時避免讓右腿用力。

「滾開！」馬克把槍對準了他。

「把槍放下，聽我解釋。」

「不，你滾！」

此刻大廳裡只剩下他們兩個，幾張恐懼的臉孔從外面貼著通往入口大廳的窗玻璃，好幾個人拿著手機在講話。

「別這樣，我帶你到珊德拉那兒去。」班尼一跛一跛地朝他走過來，向他伸出了手。

「拜託。」他又一次無聲地央求。

馬克嚥了一口口水，在臉上抹了一把。他的兩條腿開始發抖，而他覺得噁心想吐。他是那麼筋疲力盡，甚至連手槍都拿不直。

「你說謊。」他哭了。

「不，」班尼說：「來吧，現在還不太遲。」

66

青光眼手術、大腸直腸科、微創手術、腸胃科、腫瘤科……這幾年來，康斯坦丁大大擴展了這所醫院的醫療項目。起初成立這所醫院的目的，是做為進行特殊外科手術的醫療機構，如今還包括了風濕病科、整型手術中心跟產科。此刻班尼就帶著他往產科走。

他們花了很長的時間才爬到四樓，班尼似乎有腦震盪的跡象，而且走路時拖著一條腿。儘管如此，馬克還是用槍抵著他的背。他弟弟愚弄他愚弄得夠久了，先是排拒，後是幫忙，然後是他展現的兄弟情誼，而現在說不定連他所受的傷都是裝的。

他們抵達這棟平頂建築的最高一層，打開一扇玻璃門，後面就是產科的區域。

「周產醫學中心」，藍色牌子上寫著反白字，還有一個路標指向右邊。

當他們踏上走道，馬克問：「這裡是哪裡？」他曾和珊德拉去參觀過新生兒科，那裡的牆上掛著彩色照片，上面是快樂的嬰兒，還有更快樂的父母抱著孩子向醫護人員道謝。在可能的範圍內，那裡盡可能布置得不像一所醫院，例如把牆面漆成橙色，醫護人員的袍子上繡著迪士尼的人物圖案做為裝飾，走道上播放著輕柔的古典音樂。

生產不是疾病。康斯坦丁總是這麼說，然而他的這句座右銘似乎並未在產科發揮作用。

「這裡不是產房。」班尼說。

「不是？」

馬克瞥向另一個指標：「三號手術房／新生兒加護病房」。

「被送到這裡來的，都是有問題的嬰兒。」

「老天爺，他甚至不知道胎兒有意外狀況。」

「什麼樣的問題？」

馬克沒有得到回答，與此同時，他們正前方的一扇門開了，一張寬大的病床被推了出來，上面躺著他的妻子。

67

珊德拉。

她臉色死白，眼皮半閉著，雙手像祈禱一樣，交疊在高高隆起的肚子上。管線從她的手臂連接到床架邊的醫療器材上，一名護士推著她，沿著走廊往前走。

「等一下。」他大喊，跟到床邊，好再次確認。然而那不是幻覺，就跟她昨天打開他公寓的門，而他並未認錯一樣。

珊德拉。

他認出了那兩片嘴唇，還有那兩道彎彎的眉毛，那是他經常親吻和撫摸的地方，所花的時間都可以用小時來計算了。

「你是誰？」那名護士吃驚地問，看見他手裡的槍，伸手去拿她的呼叫器。

「是我，馬克。」他回答，目光牢牢盯著珊德拉。

這真的是我嗎？是我站在這裡，看著我死去妻子的眼睛？還是我根本不存在，只是活在一個恐怖的虛幻世界裡？

馬克哭了起來，把手伸向珊德拉，用食指撥開她的雙唇，彷彿想要幫助她發出聲音，因為她似乎要費極大的力氣，才能把嘴巴張開。感覺上像是過了一輩子，他才終於聽見讓他得以解脫的那幾個字。「我愛你，馬克。」

他感到無比的輕鬆。

「我是這麼愛你。」珊德拉含混地說，她的眼睛像玻璃一般閃著，而她的微笑像是受到藥物的影響。

眼淚湧進他的眼眶，他舉起手臂，做出一個無助的手勢，轉身面對他弟弟，班尼默默地看著他們兩個。接著他隨手把武器扔在地板上，雙手抓著那張床的金屬床架，此刻那名護士繼續推著床向前走。他有幾百萬個問題想問，卻一個也問不出口：為什麼妳還活著？你們對我做了什麼？我們的寶寶是怎麼回事？

「為什麼？」最後他只吐出了這個問題。

「拜託，請你不要打攪她。她已經上了麻醉藥，得進手術室了。」

馬克幾乎沒聽見那護士所說的話，但也沒再阻攔她。他跟在床邊走，向珊德拉俯下身子，她無聲地動著嘴唇。

「什麼？」他問：「妳說什麼？」

「我很抱歉。」

「為了什麼抱歉？」

他往前看，他們距離那道雙扇玻璃門只剩下幾公尺了，在那道門後，就是經過消毒的無菌區域。

「我們做得太過分了。」

「在什麼事情上？你們究竟做了什麼？」

珊德拉的聲音輕飄飄的，她體內的麻醉劑從內部麻痺了她，把她的意識從他身上拉開。她輕聲呢喃著：「可是我們別無選擇，你懂嗎？我們不能讓你回想起來。」

她用最後一絲力氣抬起身體，可是護士輕輕把她按回床上。馬克感覺肩膀上有股壓力，接著一隻手出現了，把他往後面拉。那一拉把他從他的妻子身旁拉開，她的床被推進通往手術房的閘門。

「我們不能讓你回想起來。」珊德拉絕望地又說了一次，接著她就消失了。

永遠地消失了。

等那兩扇門在她身後闔上，馬克覺得他徹底失去了他的妻子。

「跟我來，」一個聲音在他身後說，說話者的手緊緊抓住他的上臂，像把老虎鉗。「是時候了，現在我會向你解釋一切。」

馬克轉過身，看見他岳父那張由於憂心和疲憊而滿是皺紋的臉。康斯坦丁．希納從來沒有顯得這麼老過。

68

「她還活著！」

「對。」

「根本沒有發生車禍？」

康斯坦丁帶馬克和班尼走進一個寬敞的診間，三個人站在診間裡，盡可能地遠離彼此，形成一個無形的直角三角形的三個頂點。

「不，車禍的確發生了，但是並不致命。珊德拉只受到輕傷，可是你的安全氣囊……」他重重地呼吸，緊抿著嘴，嘴唇失去了血色，「……你的安全氣囊沒有漲起來，你的頭撞到側面的車窗，當下就失去了意識。」

班尼把一張旋轉椅拉到身邊，背對一扇玻璃門坐了下來。門後是一大片露台，環繞著這棟新建築的整個正面。

「我們把你送到這所醫院來，」康斯坦丁說，他跟馬克都還站在那張辦公桌前。「當你醒過來時，完全不記得車禍發生之前那幾個小時的事。那是個機會。」

「見鬼了，你在說些什麼？什麼機會？」

他心中冒起冷冷的怒氣。

「我們必須用盡一切辦法，讓你維持局部失憶的狀態，直到今天。可是我們很清楚，那場車禍所造成的創傷沒有大到能讓你長時間壓抑記憶，所以我們決定讓你的大腦去想點別的事。」

「你們假裝珊德拉死了？」

「相信我，這一切對我們來說也不容易。有好幾次我們都想要中斷，尤其是我女兒。」

馬克想起那輛黃色富豪汽車的照片，艾瑪在警察局前面拍下之後，拿給他看的那一張。

「他們兩個在爭吵，就是因為這樣，我才會把那一幕拍下來。」

「那間布萊托伊醫院是怎麼回事？真有這家醫院嗎？」

「是的，派崔克是我的好朋友，他經常治療我的住院病人。你醒來之後，他也替你做過檢查。派崔克推測，你的失憶狀況不會維持太久，但他並不想正式將你納入他的實驗計畫，我能理解他的考量，畢竟他是真的在從事嚴肅的研究，而我們所做的事卻極不符合醫學倫理。不過，至少他把他醫院的一層樓提供給我們使用。」

這麼說來，艾瑪果然只是個病人！

馬克不知道該哭還是該笑，他最親密的戰友、幫他最多的人，竟是個從醫院逃走的妄想症患者。想來她的確偷聽到康斯坦丁和正牌布萊托伊教授之間的談話，只是過早下了定論。她從醫院裡溜走，好向他示警，而她的精神妄想症也愈發嚴重。

「我還是不懂，何必費這麼大的工夫？」馬克用雙手緊貼著自己灼熱的臉頰。他在抽噎，那些話語只能斷斷續續地從他嘴裡吐出。

「因為這件事攸關性命，馬克。相信我，我們從來沒打算傷害你，我們只是想用悼念妻子的哀傷，延緩你恢復記憶的過程。而頭幾個星期情況也很順利，可是你隨即開始夢見車禍發生前那幾分鐘的事，我們曉得，你遲早會明白那是怎麼一回事，並且自己推想出其餘的部分。」

班尼。

「所以我們把有虛構廣告的雜誌放在我的候診室裡。」

學習遺忘。

「到最後，我們就只需要一天，只要你不在這二十四小時內想起來就好。我們沒辦法更早準備這場手術，提早動手術把胎兒拿出來的風險太大了。」

馬克猶豫了一下，最後他實在忍耐不住，躍過了那張辦公桌，他岳父就站在桌子後面。

「你們要我忘記什麼？」他大吼，一拳朝他岳父臉上打下去，康斯坦丁踉蹌著往後退，馬克伸手掐住他的喉頭。

「說！」他大喊，用力掐了下去。

「馬克！」班尼在他身後喊：「放開他。」

康斯坦丁的眼睛從眼眶裡突出來，臉頰漲得通紅，但他甚至不曾抬起手來自衛。

「用這種方式，你永遠不會得知答案！」班尼的語氣很冷靜，幾乎無動於衷，也許就是他聲音中這種奇怪的漠然讓馬克恢復了理智，他又用力壓了一下，然後鬆開了手。

康斯坦丁大口吸氣，伸手去摸長著斑點的脖子，開始乾嘔。

「快回答我的問題，不然我發誓我會殺了你！」

他岳父咳了起來，朝著地板低下頭，然後他又直起身子，伸手從辦公桌上拿起一份檔案，走到牆邊一個有金屬框的玻璃箱前面。他打開那塊毛玻璃後面的鹵素燈，從檔案夾裡抽出一張照片，把照片夾在燈前。「這是一張放大了很多倍的超音波照片。」

除了黑色和白色的斑點之外，馬克什麼也看不見，他也不知道那些斑點究竟是良性還是惡性的。儘管如此，他還是認出了這張照片。

他上一次看見這張照片，是在車禍發生前幾秒鐘——在珊德拉的手裡。

就是因為這個，她才鬆開了安全帶！為了伸手去後座拿這張超音波照片。可是為什麼呢？

「在這張照片上，我們看見你未出世兒子的胃部和腹部。而這裡……」康斯坦丁又咳了起來，小心翼翼地敲著照片上一塊有陰影的部位，「……是他的肝臟，從這裡可以很清楚地看出問題。」

他憂心忡忡地看了馬克一眼。「胎兒沒有膽管。」

「這表示？」

「他患有當年導致你父親去世的相同病症，馬克，只不過情形更嚴重。膽汁沒有辦法流出來，這個嬰兒會帶著無法發揮功能的肝臟出世。」

「那……那我們能怎麼辦？」

「能做的不多，一個人沒有肝臟是活不下去的。」

馬克覺得自己像在原地旋轉，雖然他沒有移動分毫。「你是說，我的兒子只能死去？」

康斯坦丁點點頭。

那又何必這麼大費周章？何必在預產期的前十天，透過剖腹產讓他出生？

一個演員在布萊托伊醫院裡假裝替他做檢查，那長達數小時的檢驗、抽血、他必須填寫的那些毫無意義的心理問卷——這一切都只是為了爭取時間，好讓他們準備一場啞謎，消除他手機裡的資料，更換他公寓的門鎖和門邊的名牌。可是為什麼呢？他們安排更多的業餘演員，自稱是他辦公室的主管、被綑綁的律師或是他本人？那齣虛構的劇本、有珊德拉聲音的答錄機、那些偽造的帳戶資料、康斯坦丁別墅裡，那段貌似一集新聞節目報導的影片，事實上卻是假造的——這一切都是為了誤導他的記憶，同時又要讓他在適當的時間來到這間醫院。*為了什麼？*

「我知道你在想什麼。」康斯坦丁試圖讓馬克聽進他所說的話，馬克宛如被麻醉了一般，凝視著夾著那張照片的玻璃箱。「我們怎麼能對你做出這種事來？我怎麼能對你撒謊？拿一片並不存在的碎片當藉口，替你治療，好讓你服用有助於壓抑回憶的藥片？可是這件事攸關生死，我的孩子，你了解嗎？難道你以為我覺得那很好玩嗎？調換你手機的 SIM 卡，把那盞該死的海豚夜燈捻亮，只是為了把你弄糊塗？藏在你的廁所門後，當你在你的公寓裡到處找我時，把自己關在浴室裡？相信我，這一切並不是我搞出來的。我雇用了一個擅長做角色扮演的團體，通常他們收取豐厚的酬勞，舉辦給成年人玩的戶外追逐遊戲。他們並不知道這究竟是怎麼一回事，可能表演得太誇張了一點。你在艾希坎普發現的那部劇本、你家地下室的那個律師、我被翻箱倒櫃的書房，還有你們屋子裡的家具，那樣做當然是不對的。可是我們別無選擇，這你應該了解，對不對？老天，那可是你的兒子！我的外孫！」

馬克只聽進了這番長話的片段，他岳父每說三個字，就有一個字被他的思緒給掩蓋。

不，這說不通。為什麼他們不要我想起我兒子致命的疾病？他並沒有存活的機會啊？

除非……那份認知像一道閃電一樣擊中了他。「你們需要一個捐贈器官的人！」

康斯坦丁茫然地看著他。「對，當然。我以為……」他望向班尼，「難道你還沒有跟他解釋過？」

他弟弟搖搖頭，眼裡有股深深的悲哀。「說話的事留給你，我只是負責做骯髒活兒的人。」

「所以你想要做器官移植？」馬克插嘴。

「對，但是你知道，要等一名具有可捐贈肝臟的嬰兒死亡，這種機率趨近於零。」

「所以你需要一個跟我兒子具有相同基因的人？」

康斯坦丁小心地點點頭。「只要是個血型相容的捐贈者就行了。」

「可以把那人的肝臟切成小塊，放進嬰兒的身體裡？」

「對。」

喀答一聲，宛如在一根計算尺上，真相的第一顆珠子推進了他的意識。「嬰兒出生之後多久，你們會需要那個器官？」

「馬上。」

「捐贈者死亡之後，肝臟能保留多久？」

康斯坦丁不安地看著他的手錶。「只有幾個鐘頭的時間。」

喀答，喀答，又是兩顆珠子，又是兩個真相。只剩下最後一個問題了。

「假如捐贈者是我的話，我在手術之後還能活下來嗎？」

「不能，」康斯坦丁說：「很抱歉，所以我們別無選擇。我們就是不能讓你回想起這件事。」

康斯坦丁的呼叫器響起，他最後一次點點頭，彷彿確認了一樁談好的買賣。

「好了，可以開始了。」

康斯坦丁走到班尼的椅子前，把手放在他的肩膀上，說：「我可以放心地把事情交給你，對吧？只要朝頭部開一槍，腦死，但是心臟必須保持跳動。就照我向你示範過的那樣做。」

班尼點點頭，從夾克口袋裡掏出手槍，打開了保險，康斯坦丁則離開了房間，把門鎖上。

69

「你自己不老是說，為達目的可以不擇手段嗎？這不是你的座右銘嗎？」

「妳瘋了，珊德拉。目的再正確，也不能拿死亡做為手段。」

車禍前那場爭吵的回憶蓋過了血液簌簌流動的聲音，他不安的心臟漸漸加快把血液打出來送到他全身的速度。

所以這就是他們的計畫。

他們不能先殺了他，因為他兒子出生之後，需要他的肝臟。

哈博蘭德果真說中了一切。

「嗯，我不確定布萊托伊醫院要怎麼在病人身上引發人為的失憶。到目前為止，喪失記憶都是偶然產生的副作用。不過，我可以想像他們讓受試者接受一種震驚療法。而這不就是你目前所碰到的情況嗎？接二連三發生的打擊？」

「轉過身去。」班尼下了命令，他再檢查了一次彈匣，然後關上窗前的百葉窗簾。日光只能從通往露台的那扇門透進來。

「你瘋了。」馬克失去了所有的時間感，外面還在下雪，從這兒望出去，整座城市宛如覆蓋了一層髒兮兮的棉花糖。看似如此不真實的一切，卻是現實無誤。

「拜託，轉過身去，他們就在這一秒取出嬰兒。我們沒有太多時間了，嬰兒必須馬上動手術。」

「可是何必呢？這一切真的有必要嗎？」

他想跟他弟弟四目相接，但是班尼垂下了眼睛。雖然拿槍控制場面的人是班尼，他的手卻同樣在發著抖。

「不然你會試圖找出折衷的辦法。」班尼說：「珊德拉不想冒這個險。」

「我但願你並不知道。」

「真的沒別的辦法了。」

馬克絕望地用手遮住臉。「可惡，班尼，你明明曉得我的。你難道不認為我會自願犧牲自己嗎？」

「你會嗎？」

馬克的雙腿差點就要一軟。

我有這個勇氣嗎？還是我會跑開？

「你曉得我的，我們是兄弟！」

「我知道，可是沒有別的辦法了。」班尼吸了吸鼻子，他站在辦公桌旁的光線昏暗之處，馬克看不見淚水正從他弟弟的臉頰上滑落，因為他自己也哭了，馬克緩緩轉身面對牆壁，有如慢動作一般。

他凝視著那個被照亮的玻璃箱，上面夾著他兒子的超音波照片。這是他能看見他孩子的唯一一張照片，第一張，也是最後一張。然後他閉上了眼睛。

「為什麼不能只移植我肝臟的一部分？」他問：「為什麼非得有人死掉不可？」

「看吧？你就是會想找出折衷的辦法。對我們的計畫來說，你是個太大的風險。」

馬克的胸腔一起一伏，像個換不過氣的病人。他全身冒汗，試著去想他的兒子，他將永遠不會把他抱在懷裡，永遠不會帶他去上學，不會看著他在海裡戲水，不會在他第一次跟女朋友約會的晚上偷偷塞錢給他。他將永遠不能靜靜地看著他孩子睡著時規律的呼吸，雖然明知他的孩子唯有依靠他，才能活下去，但這份確知並未能消除他對死亡的恐懼。他不是英雄，他只是個虛弱而筋疲力盡的男人，對死亡懷著無比的恐懼。

「反正你阻止不了。」

「妳錯了。我會阻止的，相信我。」他想起撞車之前不久，他跟珊德拉的對話。

「我真希望我不必這麼做。可惡，」他弟弟輕聲低語：「我但願你沒有來找我，而我還是一直恨著你。我實在很抱歉。」

馬克眼前那些黑點不再跳動，跟珊德拉之間一番對話的最後美好回憶打動了他的靈魂。

「要是我們當中有一個人死去——別急，讓我把話說完——那麼先走的那個人應該給對方留個信號。」

「把這盞燈打開？」

「好讓我們知道，儘管如此，我們也並不孤單，知道我們惦念著彼此，就算我們看不見對方。」

「班尼，」馬克說，又睜開了眼睛。

「嗯？」

「你不必這麼做。」

「我必須這麼做。」

「不，我會自己做。」

「不行。」

那聲回答聽起來悶悶的，彷彿他弟弟用手帕蒙住了嘴巴。

馬克猛地轉過身去，但是已經太遲了。

他弟弟已經扣下扳機，他用兩隻手抓緊了槍，槍管就塞在班尼的嘴裡。

70

「不——」

對死亡的恐懼，使馬克所有的感官都繃緊了，乃至於他以為那聲響會震破他的鼓膜。

然而槍聲並未響起，沒有鮮血四濺，也沒有腦漿弄髒面向露台那扇窗戶的窗簾。只有一聲金屬的喀答聲，像枝便宜的自動原子筆發出的聲音，但是就連這個聲音也幾乎讓人無法忍受。也許是彈藥的品質不佳，被撞針擊中時，子彈潮濕的引信沒起反應。不然就是根本沒有子彈被推進彈膛，因為泥沙或是什麼髒東西堵住了彈簧。子彈之所以沒有射進班尼的腦袋、轟碎他的腦殼，說不定跟瓦爾卡之前把手槍扔進那灘雪水也毫無關係，而是另有原因。

班尼急忙把保險推回去，準備再試一次。

「不——」

馬克覺得自己有如在一場惡夢中，夢裡，你只能在原地掙扎，卻無法前進一步，以躲開危險。彷彿有條隱形的橡皮筋把他往後拉，他緩慢而遲鈍地朝他弟弟走去。時間似乎在倒流，或者至少是靜止不動的，他從不曾用這麼慢的速度穿過一個房間。

事實上，一切都發生在半秒鐘之內，接著馬克就走到那張辦公桌旁，抄起那盞沉重的黃銅檯燈，燈座朝前，往他弟弟的脛骨敲下去。

班尼在窗前癱成一團，雙手抱住了腿，痛得大叫。

「你這個白癡！」他喊道：「你這個可惡的白癡！」

馬克拾起滑落在他腳邊的手槍。「為什麼？」他大叫，嗓門幾乎跟他弟弟一樣大。「為什麼你要這麼做？」

「你難道還不懂嗎？」班尼的上身前後擺動，像個自閉症患者一樣，他緊緊閉上流淚的雙眼，握緊拳頭大喊。然後真相終於大白。

「你也有那種病！」

「什麼？」

班尼又重複了一次，把那句話一字一字地吐出來，口水順著他滿是鬍渣的下巴往下流，一絲唾液一直拖到他胸前。

當然。

我也有那種病。

71

馬克望向露台，端詳他在窗中的倒影，雪花在窗外飛舞。

對知情者來說，事情顯而易見：泛黃的眼睛、疲倦感、愈來愈厲害的頭疼和四肢疼痛、皮膚發癢，這都是肝硬化的徵兆。

在他面前，班尼試圖撐著椅子站起來。「你的肝快完蛋了，」他喘著氣說：「只是沒你兒子那麼嚴重，他一出生就沒有膽管。你還可以活久一點，但是也久不到哪裡去，馬克。你明白嗎？」

不，他不明白。雖然他的大腦掌握了所有的事實，但他的理智卻拒絕拼湊其中的關連。

「你要犧牲自己？」他目瞪口呆地問。

「我們別無選擇！」

班尼坐到椅子上，筋疲力盡地緊緊抓住椅背。「早在那場車禍之前，他們就發現寶寶有肝臟缺陷，那是在希納醫院做例行超音波檢查時發現的。」他急促地解釋。「康斯坦丁大為震驚，但他既沒有告訴你，也沒有告訴珊德拉，他打算等找到一個合適的器官捐贈者之後再告訴你們。」

「那個捐贈者就是你！」

班尼點點頭。

「起初他查看了官方的捐贈者資料庫，把寶寶登記在等待名單上。可是一個能捐贈器官的嬰兒死亡的機率有多大呢？還要血型相符？」

機率是零。

「於是康斯坦丁核對了所有可能捐贈器官的親戚。」

馬克點點頭。雖然他滿心不願理解，他的理智卻漸漸歸納出正確的結論。就因為如此，康斯坦丁說服了他去做健康檢查，在車禍發生前三個星期。他的疲倦感、噁心感，還有四肢疼痛，康斯坦丁的確找出了這些症狀的原因，但是卻瞞著他。

「爸爸把他的肝臟缺陷遺傳給你，而你又把它遺傳給你的寶寶，馬克。我們一家只有我逃過一劫。」班尼笑了，「這條長鍊偏偏在我身上斷了，這真是諷刺，不是嗎？」

此刻他弟弟幾乎用懇求的語氣在說服他，而馬克回想起班尼的護士雷娜．施密特那番神祕的話，這段話如今有了意義：

「……班尼的舉止就從做過核磁共振檢查的那一天開始改變……通常我們會掃瞄大腦，看看有沒有異常之處，可是班尼卻只有掃瞄下腹……我把片子找來看過……他很健康。」

「你願意為我而死？」馬克問，這個問題本身聽起來就很不可思議。

班尼按住椅子站了起來。「為了你和那個嬰兒。這就是那個計畫，在車禍發生的那一天，當你們聚在別墅裡，康斯坦丁頭一次向你們透露了他的計畫。」

這就是他們不要我回想起來的事。

「難道真的沒有其他的捐贈者可以考慮嗎？」馬克無措地問。

「沒有。」班尼悲傷地看著他。「不管是合法的，還是黑市都沒有，我試過了。」

所以你才去借了那筆錢，這個念頭在馬克腦中一閃而過，九萬歐元。班尼向瓦爾卡借了那筆錢，想買一個非法捐贈的器官，好拯救馬克父子的生命，但事情沒有成功。

「馬克，你看著我。」班尼用拳頭有節奏地敲打自己的肚子。「我有一個健康的肝臟，而且，我也有相容的血型，這是珊德拉所沒有的。短期內，你很難再碰到具備同樣條件的人，你明白這意味著什麼嗎？」

馬克點點頭。他弟弟是理想的捐贈者，就因為如此，他在一夕之間改變了他的生活，開始做運動、攝取營養的食物，一切都是為了即將要動的手術而準備。也就因為這樣，瓦爾卡後來放了他一馬。班尼想必是在最後關頭向他透露了實情，也許是在他被艾迪從汽車裡拖出來，在康斯坦丁家的院子裡被痛揍了一頓之後才說的。正因為瓦爾卡知道班尼時日無多了，他才沒有殺了班尼。既然對方會自行了斷，那又何必弄髒自己的手呢？

「珊德拉愛著你，」班尼小聲地說：「康斯坦丁也一樣。他們之所以安排這一切，是為了不要同時失去你和那個孩子。所以，拜託，拜託你把槍還給我。」他幾乎是在央求，「讓我把事情做完。」

馬克向後退了一步，雖然他尚未完全回憶起在康斯坦丁家的最後一次聚會，但此刻他很清楚，在那次拜訪之後，他們為了什麼在車上爭吵。

「可是你應該明白，我們沒有別的選擇，對吧？」

出於絕望，珊德拉同意了這個駭人的計畫，想藉此拯救她的孩子和丈夫。當時馬克不贊成，在回程中仍在反對，若非發生了那場車禍，他肯定又會再次破壞他弟弟的自殺計畫。

「你們為什麼把事情弄得這麼複雜？」他絕望地問。

「珊德拉說過：事情後來失控了。康斯坦丁一方面要維持你的失憶狀態，讓你不會阻攔我的死亡，另一方面也必須讓你做好動手術的準備。為了這個緣故，你才必須經常去換藥。」

「他為什麼不乾脆用藥物控制我，或是綁架我？」

「康斯坦丁嗎？」班尼搖搖頭。「你岳父也許是不顧一切，但他不是壞人。他想要救你，而起初他只想用一個謊言來做到這一點，所以他把你關在一個精神的監獄裡，要從這個監獄裡逃脫，遠比從一個有形的監獄裡逃脫更難，你懂嗎？除此之外，他不能就那樣讓你失蹤，你還得在調查委員會面前撤銷你當年的證詞，否則我永遠不會從精神病院裡被放出來。」班尼咳了起來。「當然，他做得太過火了，當艾瑪突然出現，那場混亂就更加不可收拾。那個逃跑的瘋婆子不在劇本裡，沒有人料到她會出現，就跟沒有人料到你會來向我求助一樣。可惡，馬克，本來我想利用自己死前那幾個鐘頭去道別，結果突然之間，你、瓦爾卡還有這個有妄想症的女人都纏上了我。」他的聲音變得沙啞。「後來珊德拉不願意再演下去了，請求康斯坦丁終止一切，把實情告訴你。可是他已經失去了理性，到最後，他們父女就只能被驚慌和恐懼所驅使。」班尼哽咽地說：「為了你而恐懼，為了那個嬰兒而恐懼。你明白了嗎？」

是的，很遺憾。

他們讓他經歷了種種打擊，但他們並不想傷害他，只是想要保護他。他們要他遺忘，然後活下去。

「那現在呢？」馬克問，身心的力量都徹底用盡。「這件事究竟要如何了結？」

72

班尼憂傷地笑了笑，朝他的手錶瞄了一眼。「肝臟是人體中，唯一可以分割的器官，」過了一會兒之後他說：「你兒子得到左邊的肝葉，你則拿到比較大的那塊。康斯坦丁是這樣跟我解釋的，這可以成功，但是我的動作要快！所以，拜託……」

他伸出手。「把槍給我吧，我本來就想這麼做了，現在我的自殺至少有了意義。」

「我不能讓你這麼做。」

「一切都準備好了，你兒子在手術室裡等待，如果我不死，他就沒有活下去的機會。你也沒有！」

「也許吧。」馬克回答，然後他引用了一位老人的話，他在幾個鐘頭之前，初次認識的那個老人，唯一始終對他誠實的人。

「做錯誤的事，本身就永遠不可能是對的。」

班尼不解地看著他，「一個人死去，兩個人活下來。這有什麼錯？」

「生死可不是什麼數學算式。」馬克大喊。

他弟弟翻了翻白眼。「你不懂，對吧？你想要一個理由，好吧，聽好了，我就給你一個理由。」

班尼把汗濕的頭髮往後攏，頭髮上還沾著血跡。「你應該還記得五月的那一天吧？」

歹徒闖入的那一天，珊德拉的流產。

這個問題給了馬克重重一擊。「你想說什麼？」

「是我。」

「什麼？」

「是我在瓦爾卡面前多話，說珊德拉老爸那兒有東西可偷。」

「不。」

「的確是這樣。我沒想過要他們去打劫，我只是多嘴，說了些閒話，說一個有錢人怎麼會笨到沒替屋子設保全。有一次我跟珊德拉見面時，她跟我提起船屋裡的那把備用鑰匙，萬一我哪一天需要地方落腳，而屋裡剛好沒人的話，可以用得上。」

淚水模糊了班尼的眼睛。

「該死的，她想要幫我，結果卻失去了她的寶寶，你們的寶寶。我試過了，可是我真的沒辦法帶著那份罪惡感活下去，所以我才割破了自己的動脈。」

有那麼一瞬間，馬克感覺不到腳底下的地面。他剛剛第二度阻止了一個人自殺，而這個人造成了他第一個孩子的死亡。一陣憤怒和傷痛的海浪淹沒了他。

難道哈博蘭德說錯了嗎？做錯誤的事情，有可能會是對的嗎？

他想起他對那些青少年做的輔導工作，想起茱莉亞，他用一個心理學的技巧救了她，同時又把她送回了地獄。他明白他這輩子奉行的原則正受到最嚴苛的考驗。

為達目的，可以不擇手段？

「當時我立刻就向珊德拉認錯了，」班尼說：「可是她不想對我提出指控。」他嚥了一口口水，「為了你的緣故。她希望你永遠不會得知她感情動搖的真正原因，再說，她知道我對自己的憎恨，對我來說，就是最大的懲罰。」

「有時候一樁悲劇具有不可思議的力量，能把彼此相愛的人緊緊拴在一起。」馬克想起康斯坦丁說過的話。

所以珊德拉在流產之後又跟他重歸於好，所以她和康斯坦丁才會願意接受班尼想要犧牲自己的提議。

「拜託，」班尼央求著，「讓我有彌補的機會，對你，對那個孩子，還有對珊德拉。」

馬克的下唇開始顫抖，他想到此刻他必須做出的決定會有什麼後果。如果他阻止班尼自殺，他就會冒著失去自己生命的危險，同時也宣判了他孩子的死刑。

他舉起槍，檢查了保險，把槍機推回去，好送進一顆新的子彈。接著發生了他預料中的事，他弟弟咬緊牙關，不顧那刺骨的疼痛，在受傷的那條腿上使力，向前一躍，想從馬克手裡把槍奪下。可是馬克往右一偏，閃過他，朝著通往露台的門衝去。他差點沒抓到門把，因為班尼抓住了他的外套衣袖。

他步履踉蹌地扯開門，把槍高高地扔過陽台的圍欄，同時被他弟弟往後面拖。

他們絆了一跤，有那麼一會兒，他們就只是喘著氣躺在彼此身邊，筋疲力盡，遍體鱗傷。

馬克想要別過臉，可是他做不到。他感覺到一種前所未有的情緒，在他內心將他撕裂成兩半，身為人父的復仇欲望跟手足之情交纏在一起。最後他看進班尼那雙含淚的深棕色眼睛，不知道該說些什麼，而他也沒有機會去思索，因為這一次他措手不及，一切都發生得太快了。

班尼用手肘撞上他的臉，跳起來，一跛一跛地往那扇打開的玻璃門走去。他把那條受傷的腿拖在身後，痛得呻吟，而露台上的石板地很滑。儘管如此，馬克還是沒有機會追上他，在他無法觸及的距離之外，他弟弟正準備翻過欄杆往下跳。

73

那是故意的。班尼跨過了那道欄杆，右腿先過去，像個筋疲力盡的跨欄選手。他一邊搖擺雙臂，彷彿想向公園裡那株光禿禿的垂柳道別，那棵柳樹的樹梢比這棟醫院建築還高出一公尺。他把胸部向前挪，把背脊側彎，有那麼一刻，看起來就像一個降落傘打開之前的跳傘者。接著他的左腳繼續懸在欄杆邊緣。

結冰的欄杆橫木沉沉地顫動，班尼似乎是跳到一半又想回頭，右臂在空中向後划動，而馬克的懷疑得到了證實：那並非偶然。班尼剎住了下躍的動作，想拖延自己的墜落，在最後關頭，試著抓住欄杆。

可是為什麼呢？

馬克眼前直冒金星，搖搖晃晃地從辦公室走到外面的雨雪之中。

班尼的手從欄杆邊上滑了下去，但他至少抓住了一根橫木。此刻他靠著一條手臂掛在欄杆後方，一雙腿踢動著，想用另一條手臂找到支撐，可是那些金屬欄柱結了冰，他的手一再滑落。

他想要把自己往上拉。他改變主意了。

馬克急忙過去幫他，與其說他是踩著那雙橡膠鞋底走過去的，不如說是滑過去的還更貼切。此時班尼的手指完全從橫木上滑了下去，他用雙手緊緊抓著一條窄窄的裝飾邊。

等馬克終於到了他身邊，班尼能夠用來撐住自己的就只剩下手指的第一節。

馬克俯身在欄杆上，垂直地往下看，明白班尼何以跳到一半就不跳了。

太高了。

他縱身下躍的時候挑錯了邊。

「腦死，但是心臟必須保持跳動。就照我向你示範過的那樣做。」

單是從四樓向下跳，器官能否不被撞傷而完好地保存下來就是個問題。而從這兒到下面的高度還不只四樓高，因為康斯坦丁請人在東側開挖，打算擴建，蓋一個地下停車場，或是替復健的病人蓋座游泳池。從上面看不出那個坑洞究竟有什麼用途，卻能清楚看出從這個高度往下跳會有什麼後果。

班尼會摔個粉身碎骨。

再加上那個土坑裡鋪設了鋼板，沒有灌木叢，沒有草坪，沒有泥土，那下面沒有任何東西可以減緩墜落的力道。

「媽的。」班尼輕聲嘀咕。他試著不要移動身體，免得滑下去，冰冷的手指毫無血色，他撐不了多久了。「我來幫你。」馬克說。站在欄杆的這一邊，他什麼忙也幫不上，於是他跨過欄杆，在突出的一小塊牆壁上，就是班尼緊緊抓著的地方，試著保持平衡。在濕滑的石頭上，他腳上球鞋的膠底幾乎要打滑。

「好了。」他抓住弟弟的手臂，同時用另一隻手抓住一條橫木。

「我抓住你了。」他在撒謊。他太疲倦，也太虛弱，而且渾身作痛。馬克自己都幾乎站不穩了，更別說把他弟弟往上拉，再抬回欄杆的另一邊了。

「媽的，我笨得連死都不會。」班尼說。馬克報以苦笑，又撒了個謊：「我會把你拉回來的！」

「想都別想。」

「我才不管。」

「放開我，不然我們兩個都會掉下去。」

班尼那件飛行員夾克淋濕了，馬克的手指在那濕滑的尼龍布料上滑開，但他很快又抓住了班尼的夾克。暫時抓住了。

馬克往下看，想要求救，可是在這種天氣裡，醫院院區沒有半個人影。一輛救護車的白色車頂上漆著紅色的十字，停在五十公尺遠的地方，對此刻的情況毫無幫助。

「對不起。」凝視那輛救護車的車頂時，他聽見弟弟開口。一個荒唐可笑且完全不合時宜的念頭在他腦中浮現，他不禁笑了出來。

「克羅斯！」

「什麼？」班尼問。

「那個收音機占卜。那個歌手叫做克里斯多夫．克羅斯。」

班尼向上看，露出疲倦的微笑。突然，他看起來不再像個掛在懸崖邊上求生的人，雖然他整個人就是一塊緊繃的肌肉。他的神情很平和，他已經下定了決心。

「放開我。」他最後一次央求。

All right.

馬克點點頭。

然後他用盡全力，用兩條手臂抱住他弟弟，即便他自己會因此而站不穩也無所謂。反正他也只需要幾公分，好把班尼至少拉上來一點。他沒能夠把班尼拉高到他所希望的程度，但他實在也無法做得更好了，他再也沒有多餘的力氣。

情況並不理想，風險仍然存在，最後那一秒，當他把自己推離那塊突出的圍牆，跟著他弟弟一起深深墜落，他內心有個聲音對他說，他的計畫會成功。

74

今天

壁爐裡的火沒有失去那神奇的作用。哈博蘭德在敘述時，馬克幾乎無法把目光從爐火上移開，此時他覺得那道火焰甚至比他剛才強行進入的時候更亮了。

起初他還把槍對準了坐在單人沙發上的老人，可是這位老人家一點也不為所動，愈發懇切地敘述下去，於是他把槍放在茶几上，到最後把它給忘了。此刻哈博蘭德說完了，用充滿期待的眼神看著他，他覺得既鬆了一口氣，又滿心畏懼。

這就是所發生的事，事情就是這樣。

哈博蘭德說得繪影繪聲，乃至於那些回憶就像一部影片一樣，在他心靈的眼睛前播放。

「可以請你給我一杯水嗎？」他口乾舌燥地問。他最後一次喝水，肯定是好幾個鐘頭以前的事了，他的喉嚨乾澀，好似積滿灰塵，奇怪的是，其他的不適反而變得無足輕重。他脫臼的肩膀、碎裂的肋骨、嘴裡鬆動的牙齒向他的痛覺中心所發出的信號都大為減弱。

哈博蘭德好像根本沒聽見馬克的要求。「所以你同意我的看法，也就是，這一切都是你確實經歷過的？」

馬克遲鈍地點點頭。

「那麼你何以認為自己可能精神失常了呢？」

哈博蘭德好奇地傾身向前。

「拜託，你得要告訴我。我不知道我出了什麼事。」

馬克的目光從他身上移到火焰又高又亮的壁爐裡，然後又移到窗戶上，窗前還是一片漆黑，跟他來時一樣。

「你怎麼會知道這一切的？」他問，聲音小得幾乎聽不見，他不禁想起哈博蘭德今天夜裡跟他打招呼時說的頭幾句話。

「但願你來得早一點，現在時間不太夠了。」

「難道你也只是康斯坦丁雇用的一個演員嗎？」

「不，」哈博蘭德露出和藹的微笑。「正好相反，跟艾瑪一樣，我是唯一不知道實情的人。班尼把你帶到我這兒來，只是想讓我看看你的傷口，再說他也想爭取一點時間，跟我道別。」

他從西裝上衣的內袋掏出一疊厚厚的鈔票，給馬克看了一眼之後，就又塞了回去。

「我想，班尼一點也不高興我發現你後頸的紗布下並沒有碎片。」哈博蘭德的笑容更大了。「你沒有發現，當我們從湖邊散步回來，你又跟著他開車離開時，他有多緊張嗎？你弟弟很怕我無意間幫你恢復了記憶。不過，我對他們的計畫一無所知。」

馬克回想著，不相信地搖搖頭。突然之間，房間裡瀰漫著一股消毒劑的氣味。「我不相信。如果你跟這件事沒有關係，你怎麼會這麼清楚我在過去這幾個小時裡經歷了什麼？」

「幾個小時？」哈博蘭德問。

他望向書桌上那個小小的電子時鐘。

十一點零四分，正是他們昨天上午第一次來找他的時間。

馬克迷惑地眨眼。「那鐘壞了嗎？」他看著那個時鐘問，哈博蘭德搖搖頭。

可是……這不可能，這……

他試著站起來，卻無法從那些厚厚的椅墊裡，把自己撐起來，他的手臂麻掉了，血液循環似乎不再正常。他把頭轉向門。

「我是怎麼來到這裡的？還有……」他低頭看著他那條無法再任意移動的手臂，「……我那樣摔下來之後，怎麼還能繼續活著？」

十公尺深？落在鋼板上？沒有接受醫療？

哈博蘭德好脾氣地笑了。「你慢慢問出正確的問題了。你看，我不是跟你說過，你自己就能想出所有的答案。」

「你曾經在聽過一個故事之後，但願自己從未得知故事的結局嗎？」

一種感覺突然向馬克襲來，彷彿他必須扯掉皮膚上那無形的蜘蛛網。沾滿灰塵的蛛絲不僅覆蓋了他的身體，也遮蔽了他的理智，還有他急於弄個水落石出的真相。這個真相濃縮成唯一的一個問題：「我存在嗎？」

哈博蘭德又微微一笑，把雙手交疊。壁爐裡的一塊柴火燒盡，噴出燒紅的火花，過了一會兒，他終於說：「對，這件事毫無疑問。不過，有關班尼所經歷的事，我得稍微編造一下，那是我從你跟班尼在這幾個小時的談話中重組出來的，有些地方的敘述可能有點失真。不過，我說的所有關於你的事，都真的在你身上發生過。你是真實的。」

他頓了一下，然後小聲地說：「但我卻不是。」

冰冷的寒氣鑽進房間裡，就像昨天班尼走到前廊上，想去點根菸時一樣。

想起他弟弟，馬克不禁熱淚盈眶。

「對於死亡前的最後那幾秒，你知道大家是怎麼說的嗎？」哈博蘭德邊問邊搓揉著他結疤的手腕關節。

馬克點點頭。「據說一個人的一生，或者至少是一生的一部分，會在心靈之眼前閃過一次。那些在垂死之人的內心，長期留下深刻印象的經歷：通過的考試、婚禮、孩子的誕生，但是也包括負面的經驗……」

他說不下去了。

就像一場意外？

「當然，還從來沒有人能跨過那道門檻之後又再回來，可是有許多被救活的人說，他們在瀕死之際，曾跟那些對他們意義重大的人聊天。」哈博蘭德往下說。

就像珊德拉、康斯坦丁、班尼，還有……

教授會意地點點頭，彷彿他能讀出馬克的念頭。「科學家發現，這些臨終的時刻，還有據說會朝之移動的刺眼光線，都只不過是我們逐漸死去的大腦，所產生的一種生化錯亂現象。」

火焰竄高了，比他們之前對談時更為明亮。馬克的眼睛熱辣辣的，在他四周，一切似乎都變得更清楚也更透明。

「你是誰？」他問。

「我只是一個回憶。」

教授從他所坐的單人沙發上站起來，馬克頓時不再感到那股鉛般的沉重，那份沉重把他按在沙發上動彈不得。此刻，他毫不費力地就站了起來。

「走吧，泰山。」哈博蘭德從衣帽架上拿下一件舊的毛線外套，朝他的狗彎下身子。那隻疲憊的動物把嘴抬起來，伸展身體，從放在窗前的籐籃裡爬了出來。

馬克先是看看爐火，然後望向那位醫生，他正撫摸著那隻狗的頭。

「所以一切都是徒勞？」他問：「所有的痛苦都白費了？」

哈博蘭德抬起頭來看著他。

難道我該讓班尼掉下去嗎？

「我不知道，我沒辦法預見未來，沒有人能夠，我只能告訴你，已經存在於你記憶中的事。」

馬克點點頭。那段影片播完了，最後一捲影帶從捲軸上掉落。

「不過，反正你知道我是怎麼想的。」

做錯誤的事情，本身就永遠不可能是對的。

地板輕輕地嘎吱作響，哈博蘭德踩著短短的步伐，啪嗒啪嗒地走到通往前廊的門邊，那條老狗跟在他身後。從背影看去，他們顯得疲倦，但是心滿意足。

外頭似乎亮了起來，馬克覺得壁爐的煙好像突然變得更濃了。不過那也可能只是他的想像，是他大腦的又一個生化錯亂現象，一如那位教授的影像。教授正握著門把，再次朝他轉過頭來。

「來吧，」他說：「我們去散散步。」

【柏林／時事】

目的與手段

今天，柏林夏洛蒂堡區的希納醫院關掉了一個人的維生儀器，他的命運在過去這幾週來，獲得大眾的廣泛關注。

馬克．魯卡斯跟他弟弟班雅明從該醫院的頂樓墜落，原因至今尚未釐清，而他在昏迷十天之後去世。他在墜樓後，受到嚴重的內傷，最後導致他的喪生，他於今日十一點零四分確定死亡。

有如命運的嘲諷，兩條人命因為魯卡斯之死而得以存續。若非魯卡斯先撞擊到地面，他就無法減輕他弟弟墜落的力道，他弟弟雖有多處骨折，但未受內傷，活了下來。這使得班雅明得以做器官捐贈，將他的肝臟左葉摘除，贈與一名新生嬰兒。而該新生兒正巧是死者之子，就在他父親墜樓前幾分鐘出世，生來就有致命的肝臟缺陷。

由於此事情況離奇，目前檢調機關正在進行調查。諸多線索暗示，這是一起自殺事件，目的在於做非法的器官捐贈，再加上該醫院的院長康斯坦丁．希納是死者之妻珊德拉．魯卡斯的父親。事發之時，院方已準備好要做器官移植手術，為了進行新生兒的困難手術，有一組醫生待命，而那名嬰兒自數週前就在等待器官捐贈的名單上。

此外，謠傳另有一器官移植手術小組在等待馬克．魯卡斯，據說他本人也必須仰賴肝臟捐贈才能活下去。至少這能證實檢調機關的自殺理論，因為班雅明．魯卡斯若是捐出兩片肝葉，自身絕對無法存活。不過，他若是想藉由自殺，同時拯救他哥哥和尚未出世的嬰兒，何以他後來會跟馬克．魯卡斯一起墜樓？

根據檢調單位的內部消息，恐怕很難針對此事提出控告。

「在這種家庭悲劇中進行蒐證，一向極為困難。康斯坦丁．希納多半會因違反醫療道德而被吊銷開業執照，不過由於財務問題，這位外科醫生本來就打算將醫院出售，不再執業。」

因此，此事的內幕能否有真相大白的一天，大成疑問。隨著馬克．魯卡斯之死，大部分的內情大概將永遠石沉大海，而他弟弟自從出了加護病房之後就拒絕發言。他在捐贈肝臟之後，情況似乎相當良好，親人之間捐贈部分肝臟在德國是合法的。珊德拉．魯卡斯若有任何過失，她也已經受到足夠的懲罰。她失去了丈夫，而且到目前為止，她還無法確定她小叔的肝臟左葉是否真能被她孩子的身體接受，還是會遭到排斥。在這種情況下，該嬰兒的狀況尚稱良好，但要做出最終的預測則還嫌太早。

肯恩．蘇可夫斯基

守門保鑣業界大哥受審

【柏林訊】今天於地方法院展開對柏林黑道守門保鑣圈的大哥，艾德華．瓦爾卡的審判，他被控的罪名包括謀殺一名被迫賣淫的未成年少女瑪格妲．H，她來自保加利亞。此外他被控教唆殺害本報的一名記者，該記者曾針對瓦爾卡及其犯罪行為加以調查。據檢調單位表示，由於罪證確鑿，預期很快就會判決定案。

多年之後

光線從那扇加裝防護裝置的窗戶斜斜地照進來，窗格在地板上投下長長的格影。雖然病房會定期通風與清掃，但仍有微小的塵粒在空中舞動，讓那束錐形的陽光宛如舞台的聚光燈。

「她不跟人交談。」身形結實的主任醫生說，一粒薄荷糖在細長的牙齒間閃了一下。這是為了掩蓋那股滯留的尼古丁氣味，但效果不彰。

「這樣已經多久了？」馬克．魯卡斯問，把那個不好拿的紙筒靠在床尾，他必須獨自帶著這個紙筒，走過那段來到這裡的長路。

「很久很久了。」

主任大夫朝側面跨出一步，用審視的目光朝點滴架看了一眼，那個老婦人正在接受電解質注射，塑膠袋裡的溶液還滿滿的。

「她被送到這家醫院來時，我還沒進這裡上班。不過，根據病歷資料，她的精神異常在當時就已經很嚴重了。」

「嗯。」馬克嘟囔了一聲，伸手撫摸她放在被單上的手，被單是漿過的，她的手摸起來非常粗糙。

「是誰把她轉診到這裡來的？」他問那位主任醫師。

「是她母親。照我看來，監護法庭其實早該指定一位監護人了，那位善良的太太根本處理不了那個情況。她犯的第一個錯誤是，先把她女兒送進了布萊托伊醫院，你應該聽過那段陳年往事吧？」

馬克假裝他是第一次聽見這件事。

「不知道？當年媒體上有很多報導。總之，她的妄想症在那裡更加惡化，偶爾也有精神分裂的情況。在接受治療的初期，她自認是個口譯員，但其實她連一種外語也不會說。後來，她認為自己參加了一個祕密的失憶實驗，布萊托伊醫院的確進行了那個實驗，但是只針對自願受試者。然而她在偷聽到兩名醫生之間的對話後，做出了錯誤的結論。她覺得自己受到威脅，便逃出了醫院。幸好她又被抓了回來，後來她母親終於設法把她安頓在一間安全可靠的機構裡。」

主任醫師心滿意足地用臼齒咬碎了那粒糖果，想到自己所服務的醫院口碑勝過一家私立醫院，他顯然很高興。

「我們沒辦法把她治好，可是至少她現在知道自己不是口譯員，而且沒有人要對她不利，對不對，魯德威希小姐？」主任醫生笨拙地摸摸她露在被子外的脛骨。

那個年邁的病人似乎對她周遭發生的事渾然不覺，她睜著眼睛睡覺，只靠嘴巴來呼吸。

她看起來很瘦，馬克心想，幾乎是憔悴。

跟他之前所想像的完全不同。

「這位同行先生，你聽我說，」主任醫生清了清嗓子，「我無意冒犯，可是我實在想像不出，你要怎麼突破她的心防，她對陌生人的疑心特別重。」

「其實我不算是陌生人，」馬克說，打開了那個紙筒的蓋子。「妳聽得見我說話嗎？」

他轉身面向那個婦人，一邊轉動紙筒，小心翼翼地把放在裡面的東西抖出來。

她沒有反應。

「這是什麼玩意兒？」一分鐘後，馬克完成了他的準備工作之後，那個主任醫生如此問道。他走到牆邊，伸手想觸摸那名年輕訪客暫時固定在那兒的亞麻布。

「這是件家傳的東西。」馬克回答，隨後就把全副注意力放在病人身上。

「妳看一看。」

他往旁邊走了一步，好讓她空洞的眼神可以落在床對面的那幅畫上。「我給妳帶了一點東西來。」

「哈博蘭德的屋子？」主任大夫讀出那幅畫作右下角小小的落款。他轉過身來說：「我只看得出一片白色。」

馬克．魯卡斯沒有理他，此刻他站在床頭，就站在那個老婦人旁邊，雖然她有嚴重的精神疾病，卻並未完全失去她臉上的那份溫柔。

「我叔叔班尼跟我說過，妳很喜歡這幅畫。」他輕聲開口，讓那位主任醫生沒法聽見他說的話。「他說，當年妳在他公寓裡發現這幅畫時，只有妳明白畫上畫的是什麼。後來班尼帶你們去了那裡，那棟在森林裡的小屋，妳還記得嗎？」

她的表情沒有變化，始終沒有反應。

「這位年輕朋友，你看吧！」主任大夫的口氣幾乎是洋洋得意。「她不讓任何人接近她。」

馬克心不在焉地點點頭。

「我把畫留在妳這兒，」他在她耳邊說：「然後我會再來，下個週末就會再來。也許到那個時候，妳會有興致跟我談談我的父親。」

談談那個給了我生命的人，從各方面來說。

「我相信當年妳幫了他很多忙。」

馬克繼續對她輕聲說話，儘管艾瑪的表情沒有流露出一絲理解。「不論如何，妳對他的認識比我更多。」

他把她的頭髮從額頭上撥開，然後站到旁邊。艾瑪．魯德威希的心靈似乎處於另一個空間，當她靜靜地看著那塊粗粒的白色亞麻布，她的面容依舊呆滯而沒有表情。

當他在道別時握住她的手，她也毫無反應；當那位主任醫師陪他走到病房外，她也沒有目送他離開。

很久之後，當第一顆無助的淚珠從她眼中滑落，她的眼睛甚至也沒有眨動一下。

學習遺忘

我們是一個自助團體，目前在尋找曾經參加精神病科失憶實驗的受試者。很可能你也曾是病患，而如今不再記得在你身上做過的那些實驗。只要你對自己的記憶有絲毫懷疑，請上網造訪我們的自助網頁，網址是：

www.mpu-berlin.org/anfrage/

在這個網頁上，你可以檢查自己是否曾經參加過失憶實驗。

謝謝。

後記

《記憶碎片》這本書背後的想法

開始寫作《記憶碎片》之前，有許多事是我巴不得忘記的。例如，有一次在美國，我因為熬夜過度，加上時差問題而昏昏沉沉，結果在自己的旅館房間裡迷了路。我想去浴室，結果突然站在走廊上，門當然已經關上了，而鑰匙還放在床頭几上頭。現在你只需要知道，我不喜歡穿睡衣，通常我只要需要一件短短的T恤，請把重點放在「短短的」上面。

我搭著滿載的電梯下樓，櫃臺後面那位小姐向我投來震驚的目光，帶我這個半裸的德國佬回房間的旅館員工竊笑不已。如果能夠抹去我這個難堪經驗的記憶，當時我肯定會馬上吞下一顆失憶藥丸。

那是當時，在我開始寫作《記憶碎片》之前，在我更進一步探討這個主題之前。

說實話，你會吞下一顆治療失戀的藥嗎？假如真有這樣的藥？

在特別難堪或特別悲哀的經歷之後，你會接受一針失憶注射嗎？

也許你現在會想，這個問題，亦即《記憶碎片》一書的主題，屬於科幻小說的領域。但事實卻非如此，科學家（很遺憾的，也包括犯罪的人）早就能夠使用藥物，將記憶從我們的短期記憶中剔除，而這指的並非飲酒過量之後，大腦裡暫時一片空白。被稱為「約會強暴藥物」而惡名昭彰的FM2就是這樣的藥物，跟別種麻醉劑混合在一起，會使得被強暴的受害人記不起那個可怕的事件。

至於能夠消除長期記憶的藥物研究也一直在進步。紐約及以色列瑞荷渥特（Rehovot）的生物學家發現了一種高效物質，如果將之注射入大腦皮質，會讓神經網路的一種重要蛋白質無法發揮作用。不過，這樣一來會導致完全的失憶。

麻省理工學院的馬克·貝爾（Mark Bear）所研究的是更為精準的東西。他只想消除不好的回憶，而不至於影響好的回憶。「真能這樣的話，豈不妙哉？」二〇〇八年第十四期的《明鏡週刊》（二〇〇八年三月卅一日出刊），刊登了一篇題為〈大腦的語言〉（Die Sprache des Gehirns）的報導，貝爾在裡頭如此問道。（Jörg Blech針對該項研究目前之進展所寫的文章非常值得一讀，在我的網頁 www.sebastianfitzek.de 上有該篇報導的連結。）

貝爾的切入點是，比起正面的經驗，創傷經驗在神經網路上鏤刻得更深，而他在尋找一種藥用的高效物質，只對這些較深的「刻痕」起作用。

很幸運地，到目前為止，我不曾經歷過書中的馬克·魯卡斯所經歷的重大打擊。因此，對那些在絕望之中，渴望故意引發失憶的人，我不敢傲慢地妄做評斷。不過，在我寫作《記憶碎片》時，我愈來愈明白，我不願意失去任何一個回憶。不論是我得知自己的第一本書出版了的那一天，還是我母親去世的那一夜。我認為，一個人是他所有回憶的總和，如果我們來到這個世上有什麼意義，那麼也許就是在這趟人生旅程中，盡可能地累積更多回憶。

謝詞

趁著我還沒有忘記……

這幾乎已經成了一項傳統，我在謝詞裡，總是先感謝讀者，也就是各位。

老實說，在寫作時，我根本沒有想到你們。到目前為止，我收到寄至 fitzek@sebastianfitzek.de 這個信箱的幾千封電子郵件（順帶一提，雖然有時候會拖得久一點，但我都會親自回覆每一封郵件），其內容往往互相矛盾，一位讀者認為寫得好的地方，另一位讀者覺得很蠢，要不然就是正好相反。因此，我還是維持自己在寫作第一本驚悚小說《治療》時的一貫態度——單純只寫一個「我」會喜歡閱讀的故事。正因為如此，我很感激到頭來喜歡這個故事的人不僅僅只有我一個，而是有讀者如你，願意花時間閱讀我的書。我為此而感謝各位，也希望你們在這幾個小時裡讀得津津有味。倘若情形並非如此……我曉得柏林一家醫院的地址，他們能幫助你迅速再把這本小說遺忘……

我把這本書獻給我哥哥克雷門斯（Clemens Fitzek）。我們相差七歲，分別住在柏林夏洛蒂堡區和科本尼克區，開車足足要八小時，儘管我們很少見面，我卻覺得和你非常親密。我很感謝你，不僅是因為你提供我有關醫學方面的諮詢。

我當然也要感謝大嫂莎賓娜（Sabine），妳也給了我許多寶貴的專業意見，否則我會不知道如何是好。

我要特別感謝舒赫曼博士（Dr. Marcus Schuchmann），他在柏林一家便宜的餐廳裡給了我有關醫學上的寶貴建議，我們因為碰上下雨而躲進那家餐廳。可惜我不能在此透露你是哪個領域的專家，否則我就會洩漏這本小說的結局。不過我發誓，下一次絕對不會只請你吃漢堡！

珊德拉（Sandra）——我感謝那個把妳寫進我人生這齣電影裡的劇作家，讓妳成為我生命中的女主角。哪怕我現在得要應付隨之而來的副作用：例如，妳隨口一句話就改變了我筆下故事的結局，而讓結局變得更精彩！

BB——我真慶幸當年我們沒把你父親的車給沉進湖裡，我們差一點就這麼做了。如今我感謝你讓我得以把這段往事用在《記憶碎片》裡，但願不知情的伯父永遠不會讀到這一段。

葛琳德（Gerlinde）——妳實在很瘋狂，也實在很棒。世事一直在變化，但妳對我無條件的友誼和支持始終沒變，為此我對妳有道不盡的感謝（也謝謝妳告訴我「收音機占卜」是怎麼玩的）。

佐爾特．巴克斯（Zsolt Bács），雖然我在《摧魂者》創作期間遭遇瓶頸時，是你給了我最大的幫助，但我在上一本書的謝詞裡卻沒有好好謝謝你。我欠你一筆。不過，記得聖誕老公公的話：一件大禮物就夠囉。

有時候我的確會遇見看起來比我更普通，卻比我還瘋狂的人。例如佐巴赫（Thomas Zorbach）和他在vm-people行銷公司的工作團隊。為了在我的朗誦會上營造氣氛，他能讓同事躺進存放屍體的冰櫃裡（Oliver Ludwigs，多謝了），在這篇謝詞裡，他大有贏得一席之地的資格。

跟我一起工作的人，每天都得準備好面對最壞的情況。例如，我的編輯卡洛琳（Carolin Graehl）被嚇壞了，當她度完假回來，聽見安德瑞雅（Andrea Ludorf）在講電話（安德瑞雅負責安排我在各地的朗誦會），那通電話的結尾是：「……好的，那我就替費策克準備一張輪椅。」

卡洛琳其實不需要擔心，我並沒有出意外，只是朗誦會上需要用到那張輪椅（各位最好別問為什麼）。

我的好友克里斯提昂（Christian Meyer）原本只是想陪我出席朗誦會，最後卻得把坐在剛才提到的那張輪椅上的我推上台，事前我還強迫他穿上醫院的工作袍，並且戴上動手術時用的口罩。

感謝你們配合我這些瘋狂的行徑。

看重你所做的事，但別把自己看得太重要。這是我最喜歡的一句座右銘，而這句話用在曼努耶拉（Manuela）身上再貼切不過。妳在工作上是如此出色、專業、鉅細靡遺（妳是我的快速大腦！），而我所說的任何蠢話都能令妳大笑。不過，特別讓我感謝的是妳的友誼！

如果我在下一場朗誦會上看起來像具戰鬥機器，這是卡爾．拉胥克（Karl Raschke）的功勞，他曾是拳擊手羅齊吉亞尼（Graziano Rocchigiani）的健身教練，基於某種不可知的原因，他認為必須把我鍛鍊成鋼鐵人。他可把我整慘了，讓我在訓練結束時，沒有力氣拒絕安排下一次的訓練。為此我要感謝你，卡爾，若非有你，我就會繼續又肥又懶地賴在沙發上。換句話說，我會依舊過著快樂的生活。

莎布琳娜（Sabrina Rabow）——妳做的媒體工作實在出色，這些年來，成功地阻止了我的前科記錄上報（開玩笑的啦！），為此我十分感謝妳，也謝謝妳一直是我的朋友！

順帶一提，《記憶碎片》最初的想法來自我跟神經外科醫生薩米教授（Dr. Samii）的一番談話，在他位於漢諾威的醫院裡，他說了一句讓我吃驚的話：「大多數的人在尋找新的方法和技術，希望能更輕易、更迅速地在大腦裡儲存知識，但是很少有人研究我們如何學習遺忘。」學習遺忘，我為了這句妙語而感謝你，薩米教授。

下面這幾位在我的謝詞名人堂中永遠佔有一席之地：

Dr. Hans-Peter Übleis 和 Beate Kuckertz，感謝兩位讓我這個頑童能在你們的出版社裡盡情玩耍。再說，哪家出版公司會比 Droemer 更適合出版我的驚悚小說呢？畢竟把這幾個字母重新排列，就成了 Moerder（德文的「凶手」）！

Carolin Graehl 和 Ragine Weisbrod，可惡，每次完成初稿之後我都以為：「恰到好處，不會有什麼地方需要修改了。」

接著妳們來了，透過妳們的編輯專業，大幅改善了這本書，令我不敢置信，妳們實在太厲害了。如果有人不喜歡我的驚悚小說，那麼肯定不是妳們的錯，這一點毫無疑問。

如果必須長期跟我一起工作，有些人似乎也會被嚇跑。這種情況開始於我的第一位編輯繆勒博士（Andrea Müller），是她發掘了我，我永遠感激她；接著是行銷主管克魯格（Klaus Kluge），如今他也跳槽到另一家出版社去了。這個嘛，你會發現，要推銷像是丹．布朗（Dan Brown）和肯．弗雷特（Ken Follett）這種不知名的作家有多困難。

說真的，我替你感到高興，也謝謝你為我所做的一切。

如今我認識了這家出版社的許多員工，他們每天辛苦工作，讓我的書得以被人閱讀，我其實可以把公司內部的整張分機表都放進這篇謝詞裡。如果我只舉出下面幾位做為代表，絕不表示我感謝的對象僅止於此：Andrea Ludorf、Andrea Fischer、Dominik Huber、Susanne Klein、Monika Neudeck、Sibylle Dietzel、Iris Haas、Andrea Bauer、Georg Regis、Andreas Thiele、Katrin Englberger、Heide Bogner。

我也要謝謝 Claudia von Hornstein、Christine Ziehl、Uwe Neumahr 以及我所屬的文學經紀公司 AVA International 的其他工作人員。當然我尤其要感謝我的經紀人 Roman Hocke，是他讓我得以成為作家，但我不會向其他人推薦他，否則他就沒有那麼多時間理我了！

同樣的，我也要感謝 Tanja Howarth。如果你寫了一本書，打算在英國和美國出版，那麼請你吞下一顆失憶藥丸，忘了她的電話號碼。Tanja 是我的。

現在輪到那些便宜的位子，我要用一句話感謝完畢（不是啦，只不過我只剩下幾行的空間了。你們在我心目中很重要，真的，可是，呃，我的謝詞已經太長了，而且紙張也愈來愈貴……）

所以，我要感謝的有：Ivo Beck、David Groenewold、Oliver Kalkofe、Arno Müller、Jochen Trus、Thomas Koschwitz、Dirk Stiller、Iván Sáinz-Pardo、Peter Prange、Christian Becker、Stefan Bäumer、Dagmar Miska、Christoph Menardi（謝謝你的姓氏）、Kossi、Fruti、die Alzners、Simon Jäger、Michael Treutler，當然還有我父親 Freimut Fitzek，是他培養出我對文學的熱愛。爸爸，下一本書是獻給你的！不過這對你也沒什麼實質的好處就是了。

嗯，我還忘了誰嗎？肯定有吧，而我不能把責任推給哪個藥丸。順帶一提，如果在讀完這本書後，你不再確定自己是否還記得你一生中的所有事情，不確定你是否真的曾參加過一個失憶實驗，在網路上有一個網頁可以讓你弄清楚：

www.mpu-berlin.org/anfrage/

你不妨上網去瀏覽一下，這是值得的！

最後我還想回答一個一再有人問起的問題：我寫的故事是否是以真實事件為根據。說實話嗎？我實在記不清楚了……

瑟巴斯提昂・費策克，二〇〇九年三月於柏林

國家圖書館出版品預行編目資料

記憶碎片／瑟巴斯提昂・費策克（Sebastian Fitzek）著；姬健梅譯
-- 初版. -- 臺北市 ：商周出版：家庭傳媒城邦分公司發行；
2011（民100）
面： 公分. –（iFiction；40）
譯自：Splitter
ISBN 978-986-120-995-1（平裝）

875.57　　100015050

iFiction 40

記憶碎片

原著書名／Splitter
作　　者／瑟巴斯提昂・費策克（Sebastian Fitzek）
作者網站／www.sebastianfitzek.de
譯　　者／姬健梅
企畫選書／程鳳儀
責任編輯／楊如玉

版　　權／林心紅
行銷業務／朱書霈、蘇魯屏
總 經 理／彭之琬
發 行 人／何飛鵬
法律顧問／台英國際商務法律事務所　羅明通律師
出　　版／商周出版
台北市104民生東路二段141號9樓
電話：(02) 2500-7008 傳眞：(02) 2500-7759
E-mail：bwp.service@cite.com.tw
發　　行／英屬蓋曼群島商家庭傳媒股份有限公司城邦分公司
台北市中山區民生東路二段141號2樓
書虫客服服務專線：02-25007718・02-25007719
服務時間：週一至週五09:30-12:00・13:30-17:00
24小時傳眞服務：02-25001990・02-25001991
郵撥帳號：19863813　戶名：書虫股份有限公司
讀者服務信箱：service@readingclub.com.tw
城邦讀書花園：www.cite.com.tw
香港發行所／城邦（香港）出版集團有限公司
香港灣仔駱克道193號東超商業中心1樓
電話：(852) 25086231　傳眞：(852) 25789337
Email：hkcite@biznetvigator.com
馬新發行所／城邦(馬新)出版集團【Cité (M) Sdn. Bhd. (458372U)】
11, Jalan 30D/146, Desa Tasik, Sungai Besi,57000
Kuala Lumpur, Malaysia.
電話：(603)9056 3833　傳眞：(603) 9056 2833

封面設計／黃聖文
排　　版／新鑫電腦排版工作室
印　　刷／高典印刷有限公司
總 經 銷／聯合發行股份有限公司 電話：(02) 29178022 傳眞：(02) 29156275

■2011年9月6日初版
■2020年2月27日初版5.5刷
定價 350元

Printed in Taiwan

ISBN 978-986-120-995-1

城邦讀書花園
www.cite.com.tw

廣	告	回	函
北區郵政管理登記證			
台北廣字第000791號			
郵資已付，免貼郵票			

104台北市民生東路二段 141 號 2 樓

英屬蓋曼群島商家庭傳媒股份有限公司　城邦分公司

請沿虛線對摺，謝謝！

書號：BL5040	書名：記憶碎片	編碼：

請於此處用膠水黏貼

商周出版

讀者回函卡

謝謝您購買我們出版的書籍！請費心填寫此回函卡，我們將不定期寄上城邦集團最新的出版訊息。

不定期好禮相贈！
立即加入：商周出版
Facebook 粉絲團

姓名：＿＿＿＿＿＿＿＿＿＿＿＿＿＿＿＿ 性別：□男 □女

生日：西元＿＿＿＿＿＿年＿＿＿＿＿＿月＿＿＿＿＿＿日

地址：＿＿＿＿＿＿＿＿＿＿＿＿＿＿＿＿＿＿＿＿

聯絡電話：＿＿＿＿＿＿＿＿＿＿ 傳真：＿＿＿＿＿＿＿＿＿＿

E-mail：＿＿＿＿＿＿＿＿＿＿＿＿＿＿＿＿＿＿＿＿

學歷：□1.小學 □2.國中 □3.高中 □4.大專 □5.研究所以上

職業：□1.學生 □2.軍公教 □3.服務 □4.金融 □5.製造 □6.資訊
□7.傳播 □8.自由業 □9.農漁牧 □10.家管 □11.退休
□12.其他＿＿＿＿＿＿＿＿＿＿＿＿＿＿＿＿

您從何種方式得知本書消息？

□1.書店 □2.網路 □3.報紙 □4.雜誌 □5.廣播 □6.電視
□7.親友推薦 □8.其他＿＿＿＿＿＿＿＿＿＿＿＿＿＿＿＿

您通常以何種方式購書？

□1.書店 □2.網路 □3.傳真訂購 □4.郵局劃撥 □5.其他＿＿＿＿

您喜歡閱讀哪些類別的書籍？

□1.財經商業 □2.自然科學 □3.歷史 □4.法律 □5.文學
□6.休閒旅遊 □7.小說 □8.人物傳記 □9.生活、勵志 □10.其他

對我們的建議：＿＿＿＿＿＿＿＿＿＿＿＿＿＿＿＿＿＿＿＿

請於此處用膠水黏貼